48 heures

SUZI GRANT

48 heures

La cure express pour purifier le corps et l'esprit

Traduit de l'anglais par Denyse Beaulieu

J'AI LU

Bienêtre

Sommaire

Avertissement

En cas de grossesse ou de désir de grossesse, d'allaitement, de prise de médicaments, de maladie chronique, d'allergie, d'extrême jeunesse ou de grand âge, consultez d'abord un professionnel avant d'essayer les traitements, herbes, huiles essentielles, aliments ou boissons recommandés dans cet ouvrage !

Préface

Quand j'avais la trentaine, j'étais journaliste à la télé, grosse fumeuse et bonne buveuse. Puis ma mère est morte tout d'un coup d'une crise cardiaque à l'âge de soixante et un ans, et je me suis mise à me poser des questions. Nous étions issues d'une longue lignée caractérisée par sa longévité – du moins, en ce qui concerne les femmes de ma famille. Mais ma mère, jadis en bonne santé, s'est mise à fumer à l'âge de soixante ans, elle était obèse et elle mangeait n'importe quoi, pourvu que ça ait du goût ! Elle était mal en point, malheureuse et sans grand enthousiasme face à la vie.

Sa mort m'a réveillée. Comme beaucoup d'entre vous qui me lisez, et qui avez perdu un être cher à la fleur de l'âge, j'ai décidé de mieux m'occuper de ma santé. Non seulement pour le bien de mon corps, mais aussi pour le bien de mon état mental et affectif, afin de mener une vie plus heureuse que celle de ma mère au cours de ses dernières années.

Mon itinéraire d'apprentissage m'a amenée à suivre une formation de thérapeute nutritionniste. Au départ, je n'avais pas l'intention de soigner des patients. Je voulais simplement acquérir des connaissances qui me permettraient d'être une journaliste santé plus crédible. Mais les effets bénéfiques sur ma santé – accessibles à quiconque est disposé à faire quelques changements très simples dans son mode de vie et sa façon de manger – ont été si rapides et spectaculaires que je me suis sentie obligée de répandre la bonne parole !

Je ne vis pas au sommet d'une montagne, je ne médite pas tous les jours à 6 heures du matin, et je ne refuse pas l'alcool comme s'il était produit par le diable en personne. Mais je m'occupe de ma santé physique et mentale en faisant des pauses pour me détendre, en pratiquant régulièrement une activité physique, en mangeant des aliments « donneurs de vie » et en me permettant les trucs « pas bons » avec modération.

J'ai appris et appliqué ce que les mystiques asiatiques savent depuis des milliers d'années. A court terme, le fait de modifier quelques détails dans votre mode de vie et votre régime améliorera presque immédiatement vos niveaux d'énergie et de stress. A long terme, ces changements peuvent vous aider à vous protéger de l'épidémie de maladies du XXIe siècle qui ravagent le monde occidental. Voilà ce qui m'a poussée à écrire *La Cure express pour purifier le corps et l'esprit*.

Je dédie cet ouvrage à ma mère et aux mamans partout dans le monde, qui passent tellement de temps à essayer de s'occuper des autres qu'elles en oublient parfois de s'occuper d'elles-mêmes.

Introduction

Lorsque j'écris « 48 heures », en fait je veux dire 48 heures de veille. Bon, d'accord, j'ai triché – mais il fallait bien que j'attire votre attention ! De toute façon, 48 heures de veille correspondent à un long week-end : de vendredi midi à lundi midi. Un long week-end : c'est tout ce que je vous demande de consacrer à vous-mêmes. Je ne vous promets pas des cuisses fuselées et sans cellulite au bout de trois jours. Mais je peux vous promettre de vous mettre sur la voie d'un avenir plus sain, physiquement et affectivement, avec des cuisses fuselées en prime !

Dans ce livre, vous trouverez de quoi pratiquer tous les soins offerts en thalasso, dans le confort de votre foyer. En plus d'être nettement moins cher, vous pourrez faire exactement ce qui vous plaît, quand cela vous plaît. Pas de course frénétique d'un traitement à l'autre. Vous pourrez manger quand vous en aurez envie et dormir quand vous aurez sommeil. J'espère qu'au terme de votre week-end, vous aurez envie d'introduire plusieurs de ces techniques et suggestions diététiques dans votre vie quotidienne. Tout ce qui est présenté dans le livre est abordable, et la plupart des articles nécessaires sont disponibles dans les grands supermarchés.

Il ne s'agit donc pas d'un programme irréaliste et élitiste, uniquement réservé aux quelques privilégiés qui peuvent se l'offrir. Il ne s'agit pas non plus de faire de la gym comme une folle pendant quatre jours, en se nourrissant exclusivement de jus de carotte, pour monter sur la balance lundi matin avec un kilo de moins sur les hanches et rien de plus dans la tête. Il s'agit d'un moment que vous consacrez à vous-même. Que vous soyez une mère de famille débordée, une femme active ou une étudiante, n'importe qui peut trouver un seul week-end par année pour s'enfermer et s'occuper d'elle-même, pour une fois dans sa vie. Comment pouvez-vous offrir le meilleur de vous à vos enfants, votre compagnon, votre profession ou vos études si vous tournez toujours à vide ?

Considérez ce livre comme votre programme personnel. Lisez-le du début à la fin, en répondant aux questionnaires au fur et à mesure. Puis décidez de ce que vous voulez essayer, soit avant, soit pendant le week-end. Vous déciderez peut-être de modifier certaines de vos habitudes tout de suite, ou bien d'y aller petit à petit avant de plonger à une date précise. Peu importe que vous consacriez six jours, six semaines ou six mois à vous préparer à votre week-end et à votre temps « perso ». C'est à vous de décider. Mais faites-le !

Lequel de ces objectifs s'applique à vous ? Vous pouvez ajouter ceux auxquels vous pensez.

Objectifs à court terme : Je veux...

Me sentir plus légère et plus vive.
Mieux dormir.
Atteindre mon poids optimal.
Equilibrer mes sautes d'humeur.
Avoir un teint plus net.

Avoir l'esprit plus clair.
Réduire mon niveau de stress.
Améliorer ma digestion.

Objectifs à long terme

Il n'y en a qu'un : être en forme et en bonne santé jusqu'à un âge avancé. Qu'il s'agisse de se sentir plus jeune ou d'en avoir l'air, d'éviter les symptômes de la ménopause ou simplement de vivre une vie plus longue et de meilleure qualité. Douleurs articulaires, problèmes cardiaques et autres affections chroniques liées au vieillissement ont beau être dans mes gènes, je peux les éviter ou en atténuer les effets grâce à la nutrition et au mode de vie !

1.

Ma philosophie : une nutrition naturelle

Une émission récente consacrée au jardinage par la télévision anglaise débutait sur cette phrase : « Les plantes n'ont pas besoin de grand-chose pour une croissance saine : simplement d'eau, de soleil et d'aliments, exactement comme les êtres humains. » Pourtant, combien d'entre nous se traitent aussi bien que ces plantes que nous cultivons si amoureusement ? « De l'eau, du soleil et des aliments », cela résume assez bien la philosophie de la nutrition naturelle : il s'agit de se soigner en se rapprochant le plus possible de la nature.

> **« Naturel » signifie « ce qui n'est pas contrôlé par l'homme » ; l'état sauvage et primitif de ce qui n'a pas été touché par l'homme ou la civilisation ; un paysage ou une campagne intacts ; les besoins et les envies biologiques normaux du corps. « Nutrition » vient du latin « *nutrire* »,**

qui signifie « nourrir », et de « *nutrix* », qui veut dire « nourrice ».

La nutrition naturelle n'a rien à voir avec les régimes – nous savons bien qu'ils ne sont jamais efficaces à long terme. Mais elle a tout à voir avec le fait de donner à votre corps la meilleure nutrition possible. Ainsi, au cours du programme d'un week-end et, je l'espère, de toute votre existence, vous allez vous offrir un service quatre-étoiles. Nourrir votre corps, votre esprit, votre âme et par-dessus tout, vos cellules. Car sans cellules saines, vous ne pouvez avoir ni un esprit, ni un corps sain. Elles forment la base même de votre bien-être et déterminent l'efficacité de votre fonctionnement. Vous devez donc savoir comment elles fonctionnent, et pourquoi vous devez leur fournir les aliments, les liquides et les « extra » de la meilleure qualité possible.

Nos cellules

Nous en avons des milliards – de trente à cent milliards, personne ne le sait au juste ! Chacun d'entre nous est un immense amas de cellules, dont chacune assume une tâche indispensable. Elles nous protègent des bactéries et des virus qui nous envahissent, nous débarrassent des toxines et des déchets grâce à la lymphe, et se régénèrent constamment à un rythme effarant. Les cellules de l'œil sont complètement remplacées par de nouvelles cellules toutes les 48 heures, mais celles du foie mettent six semaines à se répliquer.

Les cellules du corps ont une structure très semblable à celles des cellules de prison. La cellule est entourée d'un mur – une membrane grasse qui, de ses barreaux étroits, filtre les nutriments et les substances suffisamment petites pour passer. Mais tout ne passe pas. Et, à l'instar des prisonniers, les cellules communiquent entre elles et se transmettent des informations sur le stress, la douleur, la toxicité, voire le bonheur. Si elles ne peuvent pas communiquer entre elles, le malaise s'instaure ; elles deviennent sombres, froides et rigides. Plus rien ne fonctionne comme il faut. Au mieux, nous souffrons de constipation, de ballonnements, de problèmes cutanés ou de maux de tête. Au pire, la maladie se déclare.

> **Cellules mal en point = malaise des organes. Malaise des organes = maladie. Cellules saines = organes purifiés. Organes purifiés = santé optimale (et plus de cellulite !)**

Mais tout cela va changer grâce à notre week-end, au terme duquel nos cellules vont baigner dans le bien-être !

Ce que nous allons apporter à nos cellules au cours de ce week-end, pour une santé optimale :

1. L'équilibre des électrolytes
2. Une meilleure alimentation
3. Un grand ménage
4. Plus d'eau
5. De bonnes graisses
6. Beaucoup de lumière naturelle
7. Une respiration améliorée
8. Moins de stress
9. Plus de relaxation

1. L'équilibre des électrolytes

Les électrolytes sont les sels minéraux qui transmettent le courant électrique à travers nos cellules. Songez à ces milliards de cellules qui transportent constamment des charges électriques, un peu comme une batterie d'automobile quand le moteur tourne. Sauf que toutes vos cellules tournent vingt-quatre heures par jour ! Si vous voulez déborder d'énergie, l'équilibre des électrolytes de votre corps doit être aussi précisément réglé que possible.

En termes simples, les quatre minéraux qui assurent la santé optimale des cellules, et par conséquent l'homéostasie – l'équilibre parfait entre le liquide et les électrolytes dans votre organisme – sont le *sodium*, le *calcium*, le *potassium* et le *magnésium*. Une perturbation de leur équilibre peut engendrer le stress et un mauvais fonctionnement au niveau des cellules. Si vous avez déjà lu la notice d'un médicament de réhydratation administré après une vilaine grippe intestinale, vous avez déjà compris l'importance de l'équilibre des électrolytes.

Dans la santé au quotidien, le sodium, le calcium, le potassium et le magnésium entrent et sortent des cellules en harmonie parfaite, jour et nuit. En théorie. Le magnésium et le potassium sont essentiellement des nutriments intracellulaires – ils demeurent surtout à l'intérieur de la cellule – tandis que le sodium et le calcium sont essentiellement extracellulaires – normalement, ils devraient être à l'extérieur des cellules.

Le calcium et le magnésium se conjuguent pour réguler le sang, les nerfs, les muscles et les tissus de votre corps. Le sodium et le potassium aident à créer la charge électrique qui fait fonctionner tous les cylindres de vos muscles et de vos nerfs. Pour que tout cela soit possible, il faut que les quatre minéraux se déplacent à travers les membranes cellulaires facilement et sans effort. Ce mouvement permet au corps de se nettoyer constamment et de trouver son propre équilibre.

Hélas, notre régime du XXIe siècle est riche en calcium et en sodium mais très pauvre en magnésium et en potassium. Par conséquent, la plupart du temps, cette circulation parfaite et cet équilibre n'existent pas. Les cellules deviennent malheureuses : elles ne fonctionnent pas correctement et n'arrivent pas à se purifier, alors que chacune des cellules du corps devrait être capable de bien se purifier, pour que nous puissions mincir, guérir lorsque nous sommes malades et posséder un corps sain, sans mauvais symptômes. Selon un rapport publié par le ministère de l'Agriculture, de la Pêche et de l'Alimentation britannique en 1994, 72 % des femmes au Royaume-Uni présentent des déficiences sérieuses de magnésium et près de 94 %, des déficiences sérieuses de potassium.

Au cours du programme de 48 heures, nous allons améliorer l'équilibre des électrolytes de nos cellules en leur donnant des aliments riches en magnésium et en potassium, tout en diminuant fortement ceux qui sont riches en sodium et en calcium. Ne vous inquiétez pas : vous aurez largement assez de sodium et de calcium, sous leur forme naturelle, avec les menus proposés. Il est intéressant d'apprendre que nos ancêtres qui vivaient de chasse et de cueillette parvenaient à absorber plus de 1 000 milligrammes de calcium par jour – sans jamais boire de lait !

2. Une meilleure alimentation

Au cours des cinquante dernières années, notre régime alimentaire a plus évolué que dans les deux millénaires précédents. Depuis l'ère industrielle, nos aliments sont devenus méconnaissables – et le rythme de cette transformation s'est encore accéléré au cours des deux dernières générations.

Aujourd'hui, grâce à la technologie, les aliments traités industriellement peuvent être raffinés, rendus plus savoureux grâce à l'adjonction de fortes quantités de sel, de sucre et de corps gras, et conservés pendant plusieurs mois.

Bien que ce régime riche en lipides et en protéines nous ait rendus plus grands et plus costauds que jamais, il ne nous a pas forcément procuré une meilleure santé. Dans le monde occidental, nous ne souffrons pas de malnutrition ou de maladies comme le rachitisme, mais d'après l'Organisation mondiale de la santé, le taux de diabète, d'obésité et de maladies cardiovasculaires est multiplié par deux tous les dix ans. Comme le souligne le professeur Graham McGregor de l'hôpital St George, à Tooting (GB), à propos de l'impact de notre mode de vie du XXIe siècle : « Les maladies cardiovasculaires sont à l'origine du plus grand nombre de décès et de handicaps ; la deuxième cause principale est le cancer. Ces maladies sont principalement provoquées par notre régime alimentaire et notre mode de vie effarants ; si nous en changions nous vivrions plus longtemps, tout en jouissant d'une meilleure qualité de vie en vieillissant, car nous éviterions des souffrances inutiles en menant une vie plus saine. »

Historiquement, les êtres humains ont d'abord été des nomades vivant de cueillette et de chasse – et non pas des créatures affalées sur le canapé devant la télé avec un repas surgelé passé au four à micro-ondes. Il y quarante mille ans, nous parcourions la savane, en migrant selon les saisons, comme la plupart des animaux sauvages le font encore aujourd'hui. Nous mangions les aliments qui étaient à notre portée, où que nous soyons. Nous étions toujours prêts à repousser une attaque ou à tuer notre prochain repas, grâce à nos réserves d'énergie. De petits repas ou des collations étaient consommés toutes les deux ou trois heures au cours de la journée. Une poignée de fruits secs et de graines nous fournissait des huiles saines, quelques fruits ou des baies nous donnaient un « shoot » de sucre rapide, et nos sucres lents provenaient de plantes ou de légumes crus. Nous chassions des bêtes sauvages comme le sanglier ou le cerf, et attrapions des poissons. Mais pas tous les jours. Les archéologues ont découvert que nous étions alors en bonne santé, avec des os solides et des corps minces et musclés. Certes, nous mourions en couches ou bien à la suite d'infections ou d'accidents. Mais nous ne succombions pas aux maladies cardiovasculaires ou au cancer !

Pendant trois jours nous allons devenir davantage des « cueilleurs » que des « chasseurs » grâce à un régime riche en aliments frais et crus, à quelques céréales et sans aucun produit animal. Autant que possible, ces aliments seront de saison, et cultivés dans le pays où nous vivons. Après le week-end, nous pourrons redevenir des chasseurs-cueilleurs, et consommer beaucoup plus de protéines. Mais pendant 48 heures nous allons nous concentrer sur les aliments et les techniques qui nous aideront à nous purifier et à nous soigner naturellement.

3. Se purifier

Se « détoxifier », c'est comme prendre quelques jours de congé, ou comme démonter et huiler les différentes pièces d'une machine afin qu'elle fonctionne mieux et dure plus longtemps : cela permet au corps de se purifier. En permettant au système digestif de se reposer, l'énergie habituellement mobilisée pour traiter les aliments ingérés peut être redirigée vers les cellules et les tissus, afin qu'ils se réparent en se dépurant. La dépuration permet à la lymphe, au sang et aux organes de se débarrasser de leurs cellules trop vieilles, défectueuses ou malades, ainsi que de substances chimiques étrangères. Tandis que les nouvelles cellules saines se développent, les organes commenceront à se régénérer et nos niveaux de vitalité, d'immunité et de résistance aux maladies augmenteront de façon spectaculaire. Au cours du week-end, vous allez essayer certaines techniques capables de booster les capacités de purification de votre corps.

4. Plus d'eau

Les cellules ont besoin d'eau – elles en sont composées à 75 %. L'eau figurera donc parmi les exigences principales du programme du week-end. Vous en avez sans doute par-dessus la tête d'entendre à quel point l'eau est importante pour votre corps, mais même les scientifiques affirment aujourd'hui que nous sommes déshydratés et que nous devons boire plus d'eau.

Le Dr Susan Shirreffs est experte en réhydratation ainsi que chercheur et conférencière au département des sciences biomédicales de l'université d'Aberdeen (Ecosse). « Même un léger taux de déshydratation peut provoquer des maux de tête, une léthargie ou simplement une sensation générale de manque d'énergie », explique-t-elle. Au niveau des cellules, cette déshydratation peut provoquer des problèmes encore plus sérieux : « Au long terme, cela peut affecter le système rénal et notre fonctionnement mental, ainsi que notre système cardiovasculaire », affirme le Dr Shirreffs.

| **Alors dès maintenant, buvez plus d'eau !**

5. Les bons lipides

Les acides gras essentiels composent les membranes de chacune des cellules de notre corps et influencent par conséquent notre état de santé. Ils contrôlent la façon dont nos cellules gèrent ce qui entre et ce qui sort : l'oxygène, les liquides, les déchets et les virus.

A l'intérieur de chaque cellule se trouvent des sites récepteurs permettant aux hormones vitales comme l'insuline, et aux neurotransmetteurs essentiels comme la sérotonine, de communiquer. Si les membranes cellulaires sont trop rigides à cause d'une carence en acides gras essentiels, les substances chimiques ne peuvent entrer pour transmettre leurs messages. Le résultat peut être catastrophique. Un déséquilibre d'insuline peut provoquer une baisse d'énergie due à l'hypoglycémie, tandis qu'un manque de sérotonine provoque la dépression.

Les deux acides gras essentiels dont notre corps a besoin sont l'acide linolénique (Oméga 3) et l'acide linoléique (Oméga 6). Tous les acides gras essentiels doivent provenir de notre alimentation : notre corps ne peut pas les fabriquer. Mais à cause de nos habitudes alimentaires modernes, la plupart d'entre nous souffrons de sérieuses carences, surtout en Oméga 3, dont nous avons besoin en doses hautement concentrées pour les cellules du cerveau, des yeux, des glandes surrénales et des nerfs. Sans les acides gras essentiels, nous ne pouvons pas produire les prostaglandines, substances hormonales essentielles à notre bien-être. Les prostaglandines affectent la pression artérielle, le métabolisme, les impulsions des cellules nerveuses ainsi que le système immunitaire, et contrôlent les inflammations.

Le régime du week-end est donc destiné à booster votre consommation d'acides gras essentiels. Une fois que vous en aurez ressenti les bénéfices, vous ne pourrez plus vous en passer : c'est instantané !

6. Beaucoup de lumière naturelle

Comme je l'ai déjà dit, les cellules se transmettent des messages. Elles ont aussi besoin de couleur et de lumière pour les aider à communiquer. Si vous êtes adepte des médecines alternatives, vous savez déjà tout des *chakras* (centres d'énergie) qui, selon les yogis et plusieurs thérapeutes, se situent derrière les glandes endocrines où sont produites vos hormones. Chaque *chakra* correspond à une couleur particulière et chacun a besoin de lumière. Plusieurs thérapeutes voient également les cellules comme de mini systèmes endocriniens : vous comprendrez donc aisément pourquoi ils sont persuadés que le fait de porter des couleurs vives et de s'exposer largement à la lumière du jour est bénéfique pour vos cellules – et pour vous !

Sur un plan scientifique plus conventionnel, il existe un message chimique que chacune des cellules de votre corps est capable de recevoir : l'hormone appelée mélatonine, produite par le cerveau en réaction à la quantité de lumière solaire à laquelle nous sommes exposés. La mélatonine est également un dérivé de la sérotonine, l'hormone de la bonne humeur. Dans la journée, la glande pinéale du cerveau produit très peu de mélatonine, mais à partir du crépuscule, les niveaux sécrétés augmentent pour aider l'horloge interne du corps à se préparer au sommeil. Au matin, la production de mélatonine chute à nouveau, et le cycle se répète. Plus vous profitez de la lumière du soleil pendant la journée, plus vous produirez de mélatonine quand il fera noir, et mieux vous dormirez.

Par ailleurs, un manque de lumière naturelle intense, donc une production diminuée de mélatonine, peut déclencher chez certaines personnes un désordre affectif saisonnier et une dépression pendant les courtes journées d'hiver. La glande pinéale peut aussi être très désorientée lorsque vous voyagez d'un fuseau horaire à l'autre : il faut donc s'exposer le plus possible à la lumière naturelle dès l'arrivée, peu importe l'heure à laquelle votre corps se croit. Cela vous aidera à vous adapter à l'heure locale et à minimiser les effets du décalage horaire.

Il est important de savoir que cette étonnante substance chimique, présente dans chacune de nos cellules, aide aussi à maintenir l'équilibre hormonal du corps et à renforcer le système immunitaire, tout en contrôlant votre horloge interne. Ainsi, pour le bien de vos cellules, au cours des trois jours du programme, vous serez encouragé à vous exposer le plus possible à la lumière du jour.

7. Mieux respirer

Tout le monde respire sans y penser, seize fois la minute, en consommant près de treize mille cinq cents litres d'air par jour. Mais encore une fois, nous sommes tellement pressés, occupés et stressés que la plupart d'entre nous ne respirent pas assez profondément pour procurer à nos cellules la « vitamine O » essentielle, c'est-à-dire l'oxygène sans lequel il n'y aurait aucune vie, ou à tout le moins, aucune énergie. C'est gratuit, accessible à tous, et au cours du week-end nous allons apprendre à tirer le meilleur parti possible de cette « vitamine » donneuse de vie, afin d'avoir des cellules plus saines, un cerveau en meilleure condition et plus d'énergie.

8. Moins de stress

Nos cellules et notre état de santé ne sont pas seulement affectés par le manque d'eau et de bons lipides. Diverses influences extérieures peuvent faire des ravages internes et stresser nos cellules : une relation amoureuse malsaine, des voyages trop fréquents, un manque ou un excès d'activités physiques.

Tout en affectant chacune des cellules de notre corps, et par conséquent notre état de santé général, le stress peut spécifiquement affecter notre digestion. Dans notre état primitif de chasseurs-cueilleurs, quand nous étions attaqués par des bêtes sauvages, nous produisions de l'adrénaline, une hormone nécessaire pour combattre ou pour fuir. L'adrénaline affecte radicalement le corps sur plusieurs plans : les rythmes cardiaque et respiratoire s'accélèrent, le métabolisme augmente, l'afflux sanguin à la vessie et aux intestins diminue. De nos jours, à chaque fois que nous sommes stressés – parce que les gamins font des bêtises ou parce qu'on est frustré de se faire doubler par une autre voiture – un sang précieux est détourné de nos organes, comme le cerveau ou les intestins, vers nos muscles, afin de nous préparer à nous enfuir ou à combattre ! Comme nous n'avons que très rarement l'occasion de nous défendre contre une meute de loups ou de fuir l'ennemi à toutes jambes, tout le stress de la vie moderne s'accumule dans notre corps ; ceci affecte notre ventre, provoquant des intolérances à certains aliments, des problèmes digestifs et une accumulation de toxines. Ce qui déprime notre système immunitaire et conduit à la maladie si on n'y remédie pas.

> **Stress = système immunitaire affaibli = maladie.**

A part ce qu'on mange, la meilleure façon d'aider notre corps et nos cellules à évacuer le stress est l'activité physique. Nous avons été conçus pour nous déplacer constamment : pour labourer, semer et récolter, ou encore chasser. Au cours de ce week-end, nous allons nous lever et bouger beaucoup plus que d'habitude – de préférence dehors, pour profiter de la lumière du jour.

9. Plus de relaxation

La relaxation joue aussi un rôle essentiel dans la gestion du stress. Je me dis souvent que nous sommes exactement comme ces hamsters dans leur roue, qui tournent et tournent sans jamais reprendre leur souffle. Nos cellules ont besoin de repos pour récupérer, et se débarrasser de ses tensions physiques. Une séance de relaxation quotidienne – ne serait-ce que dix à vingt minutes – peut être presque aussi bénéfique qu'une bonne nuit de sommeil pour la régénération cellulaire.

> **Nous sommes des « être », pas des « faire ». Alors pendant le programme de 48 heures, nous allons réapprendre à « être » pour mener une vie plus saine.**

Donc, si nous avons envie de faire une nuit de quatorze heures au cours du week-end, pourquoi pas ? Avant l'invention de l'électricité, nous aurions dormi de douze à quatorze heures en hiver : il n'y avait pas grand-chose d'autre à faire. Nous allons donc effectuer un retour à la nature. Pendant trois jours, tout est possible, à condition que ce soit naturel.

Mais tout d'abord, nous allons prendre le temps d'étudier la façon dont vous allez vous préparer doucement et graduellement à ce week-end.

2.

Préparez votre week-end

COMMENCEZ TOUT DE SUITE ! Peu importe que vous décidiez d'appliquer votre programme de 48 heures dans six jours, six semaines, voire six mois. Pour éviter les symptômes de sevrage, les sautes d'humeur ou les tentations de « craquage », vous pourriez dès maintenant faire vos premiers pas sur le chemin d'une vie plus saine, pour vous préparer lentement et doucement au grand week-end.

Dans ce chapitre, nous allons nous demander :

Avec qui vous voulez passer votre week-end de cure « détox ».

A quoi vous allez être encouragée à renoncer durant ce week-end et ce dont vous pourriez commencer à diminuer la consommation dès maintenant.

Pourquoi il est important pour vous d'appliquer ce programme.

Où vous allez passer vos trois jours.

Quand serait la meilleure période pour commencer à vous désintoxiquer, pour subir le moins possible de symptômes de manque et le plus grand impact.

Avec qui ?

Avec qui devriez-vous passer ce week-end ? Il n'y a aucun doute que les effets d'un week-end de grand ménage, tant sur le corps que l'esprit, sont beaucoup plus prononcés si vous passez ce temps dans la solitude et la tranquillité, en compagnie de vous-même. C'est ce que j'ai fait, et je ne puis assez vous recommander d'essayer : se couper du monde et de la rumeur ambiante, c'est un peu comme se laver le cerveau à l'eau fraîche ! Cette coupure de trois jours donne l'impression d'avoir passé une semaine de vacances, avec en prime l'avantage d'avoir été à la fois bonne pour la santé et totalement jouissive. Mais vous devez vous connaître et savoir si vous pouvez supporter d'être seule. Si vous n'avez jamais passé une nuit sans votre partenaire ou si vous n'êtes jamais partie toute seule en vacances, alors il vaut mieux ne pas vous lancer en solitaire.

Si vous avez un chien, ou que vous pouvez en emprunter un, vous pourriez bien opter pour ce compromis. Un chien ne vous poussera pas à déboucher une bouteille de vin, et vous êtes assurée de passer de longues heures en plein air à marcher ou courir. Et si vous n'êtes pas habituée à être toute seule, un animal familier – même prêté – est un compagnon merveilleux, dont la présence vous rassurera la nuit. En plus, il ne parle pas !

Si vous tenez vraiment à un compagnon humain, il y a plusieurs possibilités. J'ai rencontré plusieurs femmes tellement enthousiasmées par le programme qu'elles décident de se faire un petit week-end pas trop cher avec une copine, en laissant leurs maris avec les enfants à la maison ! Vous pouvez louer une petite maison à la campagne, emprunter l'appartement d'un ami ou échanger de maison : pères et enfants dans l'une, tandis que vous et votre copine vous offrez un week-end dans l'autre maison, sans distractions. Faites comme vous voulez, à condition d'éviter les travaux ménagers !

Si vous décidez de passer votre week-end avec une amie, il est important de bien la choisir : il faut qu'elle soit aussi impliquée que vous dans cette expérience, pas qu'elle essaie de vous tenter dès le premier soir avec « un petit verre de vin ». Elle (ou il) doit être capable de rester tranquille sans bouger ni parler pendant dix minutes d'affilée, sans éclater de rire ou se sentir gêné. Vous devez pouvoir être totalement honnête avec cette personne, être capable de parler avec elle de vos problèmes digestifs ou de vos sensations négatives. Il faut que cette personne soit habituée à vous voir sans maquillage, en vieux jogging ou en peignoir. Que vous puissiez partager avec elle vos pensées les plus secrètes et les plus profondes.

Cette personne pourrait tout à fait être votre mari ou votre partenaire. Il n'y a pas de meilleure façon de refaire le point sur votre relation et de raviver votre vie sexuelle. Si vous passez un long week-end ensemble à apprendre ues techniques de massage, sans télé ni enfants, vous découvrirez à coup sûr où vous en êtes dans votre couple. C'est une démarche courageuse, à ne pas conseiller aux âmes timorées !

Alors songez bien à la personne avec laquelle vous aimeriez passer ce week-end, et aux raisons pour lesquelles vous croyez que cette personne conviendrait. Mais ne prenez pas de décisions définitives avec d'avoir terminé la lecture de ce livre. Puis revenez à cette page et remplissez le questionnaire.

QUI	AVANTAGES	INCONVÉNIENTS
Moi toute seule	*Personne à qui penser*	*Peur de dormir seule*
Animal domestique		
Meilleure amie		
Partenaire		
Fille		
Sœur		
Mère		
Autre (ami gay, copain qui pratique le yoga, etc.)		

Quoi ?

Jetez un coup d'œil à la liste des tentations ci-dessous et cochez ce qui vous fait craquer. Il s'agit sans doute de la liste la plus révélatrice de ce livre. En général, je n'ai pas besoin de tester mes clients pour des intolérances alimentaires : simplement en leur demandant ce qui les fait craquer, et ce dont ils ne peuvent pas imaginer se passer, je dispose de l'indice principal de l'intolérance dont ils souffrent sans doute. Très peu de gens ont des envies irrésistibles de céréales, de fruits secs, d'eau, de fruits ou de légumes ! Pensez-y : avez-vous déjà vu une pub pour des graines de courge ? Le pain et les pâtes sont invariablement en tête de toutes les listes, ou encore le chocolat, le café, l'alcool... Allez-y, testez-vous tout de suite.

La liste des tentations classiques (cochez celles sans lesquelles vous ne pourriez pas vivre, et ajoutez celles qui ne figurent pas sur la liste !)

cigarettes
alcool
sucre
thé
café
produits laitiers : lait et fromages
pain
gâteaux, viennoiseries et biscuits
chocolat
bonbons
boissons gazeuses sucrées, même light
friandises salées comme les chips
fritures
viande
repas traiteur
aliments préparés

Comment vous en êtes-vous sortie ?

Vous devriez peut-être commencer à songer à réduire très vite votre consommation de l'un des articles cochés. Si vous diminuez graduellement votre consommation de ces produits sans lesquels vous n'imaginez pas vivre, un à la fois, votre corps n'entrera pas en état de choc, avec des symptômes comme des maux de tête liés au sevrage, des ballonnements ou des éruptions cutanées. Choisissez un jour où vous vous sentez particulièrement reposée, forte et pleine de bonnes intentions, et décidez, soit de réduire votre consommation lentement et graduellement, soit, si vous vous en sentez le courage, de renoncer totalement à un produit. Répétez le processus autant de fois que vous avez coché de produits, un par semaine, jusqu'à ce que vous en mangiez ou buviez la plus petite quantité possible. Rappelez-vous que vous n'êtes pas obligée de renoncer complètement à ce que vous avez coché : il s'agit simplement d'en réduire la consommation à tel point que vous puissiez sans malaise vous en passer totalement pendant trois jours.

Si vous optez pour un sevrage graduel, voyez cet exemple : supposons que vous buviez actuellement de six à huit cafés par jour, avec du lait et du sucre ou un édulcorant artificiel. Au cours de la 1re semaine, commencez par boire moitié moins de tasses de café que d'habitude. Au cours de la 2e semaine, réduisez encore de moitié. La 3e semaine, diminuez de moitié la quantité de sucre ou d'édulcorant ; la 4e semaine, laissez tomber le sucre ou l'édulcorant complètement. A partir de la 5e semaine, essayez de vous passer de lait, jusqu'à ce que finalement, vous en soyez à une ou deux tasses de café noir par jour. Sans lait ni sucre, de toute façon, ça ne vous plaira pas autant ; vous aurez d'autant moins de mal à réduire le nombre de petits noirs. Si vous êtes incapable de boire votre café noir sans sucre, ne vous inquiétez pas – il est plus important, à ce stade, de surmonter vos envies de sucre que de renoncer aux produits laitiers. Vous ne voudrez pas de sucre ou d'édulcorants artificiels dans votre régime à l'avenir, pour le bien de votre santé et de votre ligne. Ceci constitue un bon point de départ.

L'objectif : se sevrer d'une addiction (qu'il s'agisse de trois boissons alcoolisées tous les soirs, de vingt cigarettes par jour ou d'une tablette de chocolat tous les après-midi)

1re semaine	:	Diminuer la consommation de moitié
2e semaine	:	Diminuer une fois de plus de moitié
3e semaine	:	Une petite portion par jour
4e semaine	:	Essayer d'en rester à une fois par semaine

Mettez au point votre propre programme, avec votre agenda, pour que vous puissiez y arriver à votre rythme. Ou mettez-vous d'accord avec un ami qui vous encouragera et vous soutiendra. (Si vous pensez que vous aurez du mal à renoncer à quelque chose, essayez de démarrer le processus un vendredi – ou le vendredi soir. Ainsi, vous aurez tout le week-end pour gérer les symptômes ou les sautes d'humeur !)

La seule chose à consommer sans modération : l'eau !

Pour l'instant, la principale habitude à changer dès maintenant – quoi que vous fassiez – c'est de boire plus d'eau, jusqu'à deux litres, c'est-à-dire huit grands verres, par jour.

Peu importe qu'il s'agisse d'eau plate ou gazeuse, d'eau de source ou d'eau du robinet. Il s'agit simplement de consommer de l'eau, sans saveur ajoutée, en plus grandes quantités que celles auxquelles vous êtes habituée, à partir d'aujourd'hui. Cela vous aidera à surmonter vos sensations de manque, équilibrera le taux de sucre dans le sang, freinera les sautes d'humeur et vous procurera une sensation de satiété. Vous aurez meilleure mine et vous vous sentirez mieux, je vous le garantis !

Pourquoi ?

Pourquoi vous lancez-vous dans ce programme ? Certes, il s'agit d'une part de vous encourager à adopter un régime plus sain, à vous désintoxiquer et à vous purifier, peut-être même à mincir un peu. Mais il est tout aussi important de savoir que ce week-end va permettre à tout votre système nerveux de se calmer, et déstresser votre esprit. Une fois de plus, il s'agit de descendre de votre « roue de hamster » pour faire un grand ménage du corps et de l'esprit. Ce qui aura des effets bénéfiques à long terme sur votre santé mentale, physique et spirituelle (des bénéfices définitifs si vous continuez à suivre ne serait-ce que quelques-unes des suggestions de cet ouvrage).

Au cours de ce week-end, vous allez aussi stimuler vos cinq sens : l'ouïe, la vue, le goût, le toucher et l'odorat. Selon des travaux scientifiques publiés par l'université d'Oxford, la plupart d'entre nous souffrons de carences sensorielles, ce qui affecte notre santé. Au cours des cent dernières années, les chercheurs ont étudié chacun de nos sens séparément. Mais après une décennie de travaux sur le multisensoriel, le psychologue expérimental et neurologue Charles Spence, auteur des recherches citées ci-dessus, confirme pour la première fois que nos cinq sens doivent fonctionner ensemble, pas séparément.

D'après le Dr Spence, le mode de vie du XXIe siècle sous-emploie nos sens affectifs, alors que nous souffrons d'une surcharge visuelle et auditive. « Nous passons 90 % de notre temps à l'intérieur, à regarder la télévision ou un écran d'ordinateur », écrit-il. « Nous négligeons nos deux principaux sens affectifs – le toucher et l'odorat – et ce déséquilibre a un impact négatif sur notre santé et notre bien-être. »

D'ailleurs, d'après ces travaux, le fait de se dorloter est une vertu et non un vice : vous pouvez même améliorer votre productivité et votre efficacité en passant un peu de temps à nourrir vos sens frustrés. Donc, vous pouvez vous prélasser sans la moindre culpabilité dans un bain parfumé, vous masser ou vous faire masser tout en sachant que c'est bon pour la santé. Mais pour stimuler ces sens négligés, il faut se débarrasser de la télé !

Certaines d'entre vous se diront qu'il leur est impossible de vivre sans téléviseur ou téléphone portable (j'en faisais partie). Mais ce n'est que pour trois jours et ça va changer votre vie pour toujours. (C'est aussi pourquoi vous aurez moins de mal si vous vous installez, pour la durée du programme de 48 heures, dans un endroit qui n'a pas de télé et une mauvaise réception des réseaux de téléphone cellulaire !)

Afin de vous préparer au week-end, examinez la liste des choses que nous faisons ou utilisons, qui peuvent nous stresser ou drainer notre énergie – des choses que nous devrons éviter ou éventuellement éliminer le plus possible au cours des trois jours, afin de revenir à un état naturel de béatitude.

Stressants et draineurs d'énergie

Téléphones cellulaires et SMS

Téléphones ordinaires

Regarder la télé

Ecouter la radio ou de la musique – à moins qu'elle ne soit relaxante

Conduire la voiture
Utiliser un ordinateur
Utiliser un fax
Porter une montre
Réveille-matin

Au cours des semaines qui précéderont le week-end, essayez de passer un jour par semaine, ou même une demi-journée par semaine, ou encore une soirée, sans aucun de ces stressants. Considérez cela comme une expérience scientifique. Allez-y, essayez !

On peut parfaitement vivre sans ces objets, puisqu'on le faisait dans le temps. Les téléphones portables, les e-mails, les fax, les ordinateurs, les agendas électroniques sont de merveilleux gadgets high-tech qui sont censés nous simplifier la vie. Il est certes beaucoup plus facile pour moi d'écrire ce livre aujourd'hui qu'il y a trente ans ; cela dit, nous travaillons de bien plus longues heures, et nous sommes beaucoup plus stressés qu'avant. Nous sommes désormais accessibles à n'importe qui, n'importe quand, où que nous soyons, ce qui en soit peut être très stressant.

Comment réduire votre niveau de stress avant le week-end

– Marchez dix minutes par jour d'un pas rapide, dans la lumière du jour, quelle que soit la météo !

– Passez dix minutes par jour à ne rien faire du tout, à ne penser à rien, en silence (faites-le dans la salle de bains si c'est votre seule façon de vous isoler).

– Passez dix minutes par jour à faire la cuisine, à jardiner, ou à n'importe quelle activité manuelle qui ne soit pas bruyante, sans radio ni télé.

– Faites du stretching cinq minutes par jour (voir les exercices du chapitre 10).

– Faites un gommage cinq minutes par jour (voir le chapitre 6).

Où ?

Votre lecture de la section « avec qui ? » vous a peut-être suggéré la réponse à cette question. Vous pouvez partager votre maison avec une amie, ou louer ensemble une maison à la campagne, ou encore emprunter l'appartement d'un ami. Peu importe où vous soyez à condition qu'il s'agisse d'un lieu indépendant avec cuisine, et que vous puissiez contrôler l'environnement et le carburant qui entre dans votre organisme. Hôtels et maisons d'hôtes sont exclus pour cette raison – trop de distractions et de tentations !

Mais si vous passez le week-end avec un ami ou votre partenaire, il serait bon de vous demander de quoi vous avez besoin, l'un et l'autre, comme influence extérieure. Qu'est-ce qui vous aiderait à vous détendre tous les deux ? Un grand parc près de chez vous, une rivière, la mer ? Pouvez-vous être tranquille à l'extérieur aussi bien qu'à l'intérieur ?

Personnellement, j'ai besoin d'être près de l'eau le plus souvent possible. Je suis Scorpion, et la proximité de l'eau, de la mer en particulier, est un besoin pour moi. Donc pour moi, la « cure détox » parfaite se déroulerait au bord de la mer. D'autres ont besoin d'être entourés d'arbres, de montagnes ou de lacs. Certains n'auront aucune envie de partir de chez eux. D'ailleurs, la première fois que j'ai appliqué le programme de 48 heures, j'ai trouvé plus simple de le faire à domicile parce que j'avais tout sous la main et que c'était plus pratique. La fois suivante, je suis allée en Cornouailles, où mon téléphone portable ne recevait aucun signal et où la télé et la radio passaient mal – ce fut encore plus efficace.

Essayez cet exercice tout simple dès maintenant pour déterminer le lieu où vous tirerez les plus grands bénéfices lors de votre week-end. Asseyez-vous tranquillement, en silence, sans radio ni télé, dans un endroit où vous ne serez pas dérangée, la salle de bains par exemple, et videz votre esprit pendant cinq minutes. Puis, prenez un stylo et une feuille de papier, et dessinez un cercle entouré de sept branches. Inscrivez le mot WEEK-END au centre du cercle et sans vous donner le temps de réfléchir, laissez faire votre inconscient en écrivant les sept premiers mots ou phrases qui vous viennent à l'esprit, très vite, avec un mot ou une phrase par branche. C'est un peu comme un jeu d'association mentale, mais on appelle cela une « cartographie mentale », et cela m'a été d'une aide inestimable dans mes études, pour prendre des décisions de vie ou même pour écrire ce livre. Cela vous aidera à découvrir ce dont votre moi intérieur a vraiment besoin (à moins que vous ne le sachiez déjà !).

Voici à quoi ressemblait ma propre carte mentale :

WEEK-END - AIR FRAIS

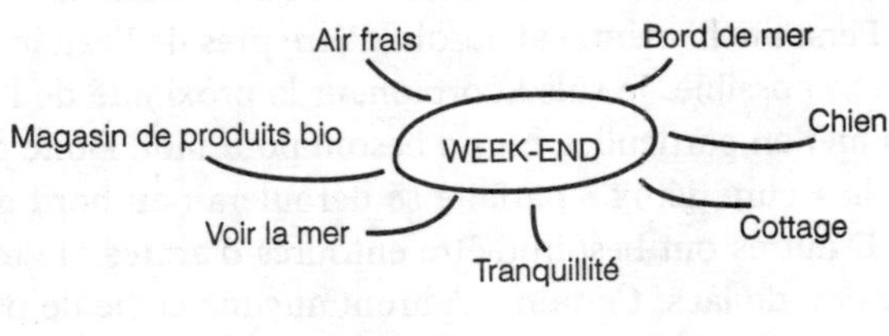

A quoi ressemblera la vôtre ?

Quand ?

Parce que vous aurez peut-être besoin d'un peu de temps pour éliminer les aliments dont l'absence pourrait vous incommoder au cours des trois jours, votre week-end devra sans doute être planifié longtemps à l'avance dans votre agenda. De plus, les saisons et même les cycles lunaires peuvent jouer un rôle important dans la difficulté ou la facilité de s'en tenir au programme. Plus vous avez d'aliments à exclure, plus vous aurez besoin de temps pour vous préparer et plus il sera ardu de les exclure tous. Prenez donc votre temps et tenez compte des saisons, de la lune et de tout ce qui pourra vous aider ! Il n'est pas question que vous souffriez pendant ces trois jours. Ils sont censés représenter une expérience positive.

Cela dit, si vous vous conformez déjà à plusieurs de mes recommandations quant au régime et à la consommation d'eau, vous serez peut-être capable de vous lancer directement et d'appliquer le programme presque immédiatement. Rappelez-vous : vous pouvez commencer dans six jours, six semaines, voire six mois. C'est à vous de décider, en fonction de votre mode de vie et de vos habitudes.

Les saisons

Le printemps est véritablement la saison du renouveau. Tout renaît, plantes, arbres, animaux. L'énergie de la terre jaillit littéralement à cette époque de l'année et c'est l'une des meilleures périodes pour commencer une cure détox express et transformer votre façon de manger. Le corps a envie d'aliments purifiants : crudités, salades, fruits, céréales et fruits secs. Plus on se rapproche de l'été, moins nous avons besoin d'aliments « bourratifs » et plus il sera facile d'améliorer vos habitudes alimentaires. Vos cycles de sommeil subissent également une évolution, et vous vous réveillez sans doute plus tôt naturellement.

L'été est le moment où nous devons nous tourner vers le soleil pour nous nourrir, tout comme notre jardin. Nous avons besoin d'être le plus possible dehors, et nos aliments doivent être aussi colorés que nos fleurs ! C'est le meilleur moment de l'année pour mincir et se lever tôt, car nous avons plus envie d'être actifs.

En automne, le corps est également très réceptif aux changements dans l'alimentation. Avec le printemps, c'est la saison la plus bénéfique pour se « nettoyer », afin de préparer le corps pour l'hiver. Plusieurs personnes ont constaté qu'elles étaient moins sujettes aux rhumes, à la grippe ou aux désordres affectifs saisonniers au cours des mois d'hiver lorsqu'elles se sont préparées à affronter les journées plus courtes en consommant des aliments nourrissants et purifiants. C'est le moment de manger chaud – légumes vapeur, soupes et tisanes. Nous allons nous calfeutrer chez nous, et nous aurons envie de dormir plus longtemps – et avec raison.

En hiver, nous avons besoin de plus de carburant pour notre corps et de plus de sommeil pour recharger nos accus (et nous avons une envie folle d'hiberner dans nos « cavernes » !). C'est le moment de faire des siestes fréquentes – quand le travail et les enfants nous le permettent !

Nouvel An, nouveaux débuts

Evidemment, la plupart d'entre nous choisissent le pire mois de l'année pour démarrer un programme de cure et changer de mode de vie : janvier. Là où le corps a justement le plus de mal à se purifier parce qu'il est déjà en train de mobiliser toutes ses énergies à combattre les virus environnants. Cela dit, c'est le meilleur moment de l'année pour arrêter de fumer ou de boire de l'alcool, parce que tout le monde a pris la même résolution. C'est aussi le bon moment pour s'enfermer tranquillement après le tourbillon des fêtes de fin d'année.

Quelle que soit la saison choisie pour démarrer votre programme de 48 heures, vous trouverez de nombreuses propositions de menus pour chaque période de l'année au chapitre 17.

Les cycles lunaires

La lune affecte les marées, nos cycles menstruels et même la courbe des naissances. Saviez-vous que sages-femmes et services d'obstétrique sont en alerte à chaque pleine lune ? La raison en est simple. A l'intérieur de chacune des cellules de notre corps, les rythmes de la lune exercent leur force d'attraction, tout comme sur les marées. Il y a même une marée dans ce verre d'eau posé à côté de vous. (Allez, buvez-le !)

Au cours de la pleine lune, la force d'attraction lunaire sur ces marées est plus forte qu'en toute autre période – d'où les grandes marées, les violents orages et les coups de folie des lunatiques. Avez-vous déjà remarqué une sensation de ballonnement au moment de la pleine lune ? Faites-y attention la prochaine fois, vous verrez que vos cellules sont à marée haute !

Il n'y a rien d'étonnant, par conséquent, à ce que la lune ait un effet profond sur les capacités de purification de nos corps. Quand la lune est montante, l'attraction sur nos cellules est beaucoup plus faible et moins spectaculaire, comme une espèce de marée basse : les effets secondaires et les symptômes de sevrage seront donc minimisés.

(L'ovulation est également associée à la nouvelle lune : pensez-y si vous essayez de faire un bébé !) Alors, même si cela vous semble farfelu, si vous avez vraiment du mal à totalement renoncer au café, aux cigarettes ou à l'alcool, faites-le de préférence lors de la nouvelle lune. Mentalement et physiquement, la nouvelle lune est associée aux recommencements.

Quel est le meilleur moment de programmer le week-end ? Dans la période suivant la pleine lune, autrement dit en lune descendante : le corps a beaucoup plus de facilité à se désintoxiquer et à se purifier durant ces deux semaines. Choisissez donc un week-end dans les deux semaines qui suivent la pleine lune – consultez votre agenda, on y trouve la plupart du temps un calendrier des cycles lunaires.

Faites vos provisions

Vous savez peut-être déjà quand, où et avec qui vous voulez faire le programme de 48 heures. Vous avez peut-être déjà commencé à vous sevrer de vos « addictions ». Bientôt, vous vous sentirez assez forte pour suivre le programme en entier pendant trois jours.

Mais tout d'abord, voici une liste des articles non alimentaires dont vous aurez besoin au cours de votre week-end. Vous en possédez peut-être certains et si vous vous équipez petit à petit en ajoutant ces articles à vos courses hebdomadaires, la dépense passera mieux. La plupart des grands supermarchés ont dorénavant des sections « aliments naturels » où vous trouverez la plupart des produits de base nécessaires. Vous en trouverez d'autres dans les magasins d'aliments naturels. Quant aux articles plus importants ou plus coûteux, vous pouvez toujours demander à vos amis ou à votre famille de vous en faire cadeau pour votre anniversaire ou pour Noël.

Articles non alimentaires

Filtre à eau

Mixeur (il peut être très basique)

Centrifugeuse électrique (certains modèles sont peu onéreux, mais cet article ne sera nécessaire que si vous entreprenez votre cure détox au printemps ou en été)

Pommeau de douche avec flexible

Peignoir douillet

Serviettes moelleuses

Tapis de yoga ou d'exercice

3 petits sachets (soit 3 x 200 g) de sels d'Epsom (sulfate de magnésium) [1]

Brosse pour le corps

Gant de toilette

Loofa (gant de crin végétal)

Eponge naturelle

Votre sélection d'huiles végétales et d'huiles essentielles pour vos auto-massages (voir chapitre 6) ou pour mettre dans la baignoire (chapitre 8)

Brûleur d'huile essentielle

Bougies

Bâtonnets d'encens

Musique new age ou classique en CD ou cassettes (plus un lecteur CD portable si vous n'êtes pas chez vous)

---

1. Les sels d'Epsom ne sont pas commercialisés en France sous cette appellation. On peut néanmoins les commander chez certains pharmaciens en précisant qu'il s'agit de sels de sulfate de magnésium pour le bain, ou directement chez un fournisseur industriel. A défaut, vous pouvez vous rabattre sur les sels de la mer Morte, qui n'ont cependant pas la même proportion magnésium-sodium. (*N.d.T.*)

Vous pouvez également commencer dès maintenant à stocker certains des aliments non périssables les plus courants de la liste. Une fois de plus, si vous les intégrez dans vos courses hebdomadaires au fur et à mesure, vous ne remarquerez pas les dépenses supplémentaires.

Aliments non périssables à stocker dès maintenant (bio si possible)

ESSENTIELS (sauf en cas d'allergie)

Amandes, noix du Brésil, noix, cajous, châtaignes – n'importe quelle sorte de noix, sauf les arachides, à conditions qu'elles ne soient pas salées.

Graines de lin

Huile de lin[1] (à conserver au réfrigérateur)

Graines de sésame, de tournesol, de courge et pignons (à conserver au réfrigérateur)

Granules de lécithine

Riz entier à grains courts, ou riz basmati entier

Thé vert et/ou autres tisanes

Jus d'Aloès Vera – un anti-inflammatoire que je vous conseille vivement (à conserver au réfrigérateur)

---

1. En France, l'huile de lin est malheureusement très difficile à se procurer car elle n'est plus commercialisée pour la consommation alimentaire. Vous pouvez néanmoins la commander à de petits fabricants d'huile bio tels que Bio Planète, Ölmühle Moog
Rue de Limoux
F-11150 Bram
Tél. : (33) 4 68 76 70 60
Fax : (33) 4 68 76 70 69
Si vous n'arrivez pas à vous en procurer, vous pouvez remplacer l'huile de lin par l'huile de graines de chanvre, également riche en acides gras essentiels Oméga 3 et Oméga 6. (*N.d.T.*)

Optionnels

Cochez les articles au fur et à mesure que vous les achetez, en vous concentrant sur ceux que vous aimez (plutôt que ceux dont vous pensez que vous devriez les aimer). Une fois que vous aurez lu tout le bouquin vous saurez quelles techniques et recettes (voir chapitre 17) vous souhaiterez probablement essayer. Vous pourrez alors commencer à stocker les articles optionnels.

Eau minérale
Tahina allégée (beurre de sésame)
Miel clair
Pois chiches en boîte et autres légumineuses
Lentilles sèches
Tomates en boîte
Tomates séchées
Bouillon de légumes en cubes
Olives
Farine d'avoine
Votre sélection de céréales, sauf celles à base de blé (voir chapitre 5)
Sel de mer
Tamari (sauce japonaise à base de soja)
Flocons de Nori (un succédané de sel à base d'algues japonaises)
Vinaigre de riz brun, plus naturel et moins fermenté que les vinaigres ordinaires, mais le vinaigre de cidre convient également
Huile de sésame (pour les dents)
Moutarde / Moutarde en poudre
Huile d'olive
Lait de soja ou de riz
Lait de coco

Figues et abricots secs

Epices : piment rouge en poudre, piment de Cayenne, cannelle, curcuma, graines de cumin ou garam masala

Spiruline ou chiendent (*agropyron repens*) – les compléments alimentaires en poudre contiennent de hauts niveaux d'éléments nutritifs et sont utiles au cours d'une cure détox.

Provisions d'aliments frais

Une fois que vous aurez consulté les propositions de repas, vous aurez une bonne idée des produits frais dont vous aurez besoin pour le week-end. Tout ce que je peux vous dire, c'est de faire le plein de fruits et de légumes ! (Pour plus d'infos sur les mérites des différents fruits et légumes, voir le chapitre 5.) C'est à vous de choisir. Certes, citrons, gousses d'ail, gingembre frais et herbes aromatiques sont essentiels. Quant à certains des ingrédients les plus exotiques, comme le galangal (un délicieux gingembre doux utilisé dans la cuisine thaïe), vous pouvez essayer de les trouver dans des magasins d'alimentation asiatiques.

Liste des préparatifs : est-ce que j'ai...

choisi qui m'accompagnerait pour le week-end.
réduit mes addictions.
commencé à boire plus d'eau.
essayé de passer une journée sans « stressants ».
décidé où aller.
vérifié mes préférences alimentaires en fonction des saisons.
vérifié les cycles lunaires.
trouvé un week-end sans activités extérieures.

vérifié les prévisions météo à long terme.
commencé à acheter les articles de la liste de courses.
décidé que j'étais bien prête.

Prête pour la première étape ? Buvez plus d'eau – beaucoup plus d'eau ! Au cours du prochain chapitre, je vais vous expliquer pourquoi c'est si important, quel genre d'eau il est préférable de boire et en quelle quantité il faut la consommer.

3.

Buvez de l'eau !

L'eau représente les trois quarts de la surface de la terre ; pour nos corps, c'est pareil. L'être humain est composé d'eau, de 65 à 75 % – elle imprègne nos tissus, notre sang, nos organes et même nos os. Elle joue un rôle absolument vital en permettant au corps de remplir ses innombrables fonctions.

Quel est le rôle de l'eau dans nos corps ?

L'eau transporte l'oxygène vers chacune des cellules du corps. Elle transporte également le sodium, le calcium, le magnésium, le potassium et tous les autres sels minéraux à travers les membranes cellulaires afin de parvenir à l'équilibre des électrolytes, sans lequel rien ne fonctionne correctement.

Quand il y a assez d'eau dans le corps, le sang et la lymphe circulent plus aisément. Le sang transporte enzymes et substances nutritives vers les organes, tandis que la lymphe rejoint le système sanguin pour emporter les déchets afin qu'ils soient excrétés (par la peau, le nez, l'intestin, les reins ou les poumons).

L'eau aide à diluer les acides de notre corps, rendant le sang plus alcalin et notre système interne plus sain. Elle hydrate aussi la peau, lui donnant un aspect plus jeune, et joue un rôle essentiel dans la santé du cerveau. Nous oublions parfois que le cerveau lui aussi est un organe – un organe presque entièrement composé d'eau et de graisses. Un fluide aqueux protège chacune des articulations et des os du corps, et toutes les vertèbres en sont également entourées. Donc, si vous voulez éviter d'avoir mal au dos, buvez de l'eau !

Sans l'eau, nous n'aurions ni salive, ni muqueuses, ni sucs digestifs. L'eau aide aussi à réguler la température du corps et à maintenir le taux de sucre dans le sang en libérant le sucre contenu dans les cellules, selon les besoins. (Essayez de boire deux verres d'eau la prochaine fois que vous avez faim et que vous n'avez rien à manger sous la main.)

Enfin, plusieurs thérapeutes, dont je fais partie, sont convaincus que la maladie prend son origine dans le côlon (la partie inférieure du gros intestin). C'est dans le côlon que le corps utilise la plus grande part de l'eau consommée, afin de donner du volume aux déchets et de les aider à sortir du corps. Plus vous buvez d'eau, plus souvent vous irez aux toilettes, et moins les déchets et les toxines resteront à stagner dans votre corps.

Les autres bénéfices de l'eau (en bref)

Aide les reins à excréter les acides.
Soulage le stress.
Réduit le taux de cholestérol.

Régule la pression artérielle.
Prévient les maux de tête.
Prévient la gueule de bois (!).
Prévient la fatigue.
Aide à prévenir les réactions allergiques.

Et avec les autres boissons, ça ne marche pas ?

En un mot : NON ! Quand je rencontre une personne qui ne boit pas d'eau, je lui pose aussitôt cette question : « Si vous avez un chien ou un chat, quelle est la première chose que vous vérifiez le matin ou quand vous rentrez chez vous le soir ? » Le bol d'eau. « Et si vous avez un jardin ou simplement quelques plantes en pot dans votre appartement, que leur donnez-vous ? » De l'eau.

Certains chiens ne refusent pas un bol de bière – de temps en temps. Certains jardiniers ne jurent que par les feuilles de thé qu'ils répandent aux pieds de leurs plantes – à l'occasion. Et certains chats adorent un bol de crème – assez rarement. Mais comme boisson principale, ils ont besoin d'eau dans 90 % des cas. Tout comme nous.

Nous pouvons évidemment boire thé, café, bière, vin, etc., avec modération (MAIS PAS DURANT LE PROGRAMME DU WEEK-END !). Cependant, pour une meilleure santé du corps et de l'esprit, nous devons augmenter notre consommation d'eau pour compenser la consommation de boissons qui ne comblent aucun de nos besoins, et ne nous apportent qu'une satisfaction psychologique ! Bien sûr, certains vins ou thés sont riches en antioxydants, mais ce sont quand même des diurétiques, qui font travailler nos reins. Colas et boissons gazeuses sucrées ne doivent être consommés que TRÈS RAREMENT, VOIRE JAMAIS. (Nous y reviendrons.) Comme l'explique le Dr Susan Shirreffs, experte en réhydratation, « thé, café, cola ou toute autre boisson contenant de la caféine sont diurétiques : ils stimulent les fonctions urinaires. L'alcool a un effet diurétique encore plus prononcé que la caféine. » En d'autres termes, chaque fois que vous buvez un café, un thé ou une boisson alcoolisée, vous encouragez vos reins à évacuer de votre corps plus de liquide que vous ne venez d'en absorber.

> **Consommer trop de diurétiques dans la journée peut stresser le corps, et le stress provoque la déshydratation.**

Consultez la liste suivante et cochez tout symptôme qui s'applique à votre cas :

Check-list des symptômes de déshydratation

Urine ambrée et foncée
Constipation
Fatigue permanente
Teint brouillé
Sensation de faim permanente
Sautes d'humeur
Problèmes hormonaux
Taux de cholestérol élevé
Mal de dos
Problèmes articulaires
Maux de tête

Bon, alors quelle quantité d'eau dois-je boire ?

Croyez-le ou non, nous perdons deux litres d'eau tous les jours sans rien faire. Cette eau est évacuée à travers la transpiration, la respiration, la toux, l'éternuement, les règles, les fèces et l'urine – bref, par le simple fait d'exister physiquement. Vous devez donc remplacer, au minimum absolu, la quantité d'eau que vous perdez – et plus encore si vous pratiquez un sport ou menez une existence très stressante.

De manière générale, je recommanderais de 1,5 à 3 litres de liquide par jour (y compris les jus de fruits et autres boissons). En tout cas, au cours du programme, il sera essentiel de boire deux litres d'eau pure et naturelle par jour, afin de vous désintoxiquer sans risque ni malaise. Ce qui ne représente que huit verres d'eau par jour.

C'est en observant votre urine que vous saurez si vous buvez assez. A part le premier pipi du matin (votre corps est alors très déshydraté) vous devriez normalement avoir une urine jaune paille – un jaune très clair.

> **ATTENTION : Ne buvez pas plus d'un litre d'eau en une heure. Trop d'eau peut déséquilibrer vos électrolytes, surcharger les reins et/ou provoquer un œdème du cerveau.**

Et si j'ai des problèmes de vessie ?

Lorsque vous commencerez à boire plus d'eau, faites-le quand vous êtes à la maison, ou dans un endroit où vous aurez facilement accès aux W-C. Il faudra sans doute attendre deux semaines avant d'entreprendre de longs trajets sans « pipi-stop ». Mais ne vous inquiétez pas : votre vessie s'adaptera à l'augmentation de liquide et bientôt vous n'aurez plus besoin de vous précipiter sans arrêt au petit coin pour la soulager.

En effet, au bout d'une ou deux semaines, votre corps s'habituera à être de plus en plus « hydraté » et il demandera de plus en plus d'eau. Vous découvrirez alors que pour la première fois, vous avez soif d'eau. C'est ce qui m'est arrivé – j'étais de ceux qui trouvaient l'eau insipide et qui devaient se lever plusieurs fois dans la nuit pour aller aux toilettes. Très vite, mon corps a changé. J'ai été étonnée de constater que j'avais une véritable envie de boire de l'eau, et je ne me relevais plus la nuit que si j'avais bu du vin ou trop de café dans la journée !

Quand devrais-je boire de l'eau ?

1. Essayez de consommer vos huit verres d'eau tout au long de la journée. Vous serez étonnée de la quantité que vous pouvez boire si vous laissez une bouteille de deux litres sur la table, en remplissant un verre à toutes les heures. Vous n'avez pas besoin de boire le verre d'un seul trait. Sirotez quand vous y songez.

2. Si vous avez peur de devoir vous lever la nuit, buvez votre dernier verre d'eau avant 21 heures. Vous aurez quand même avalé vos huit-dix verres, et plus encore si vous commencez la journée avec un verre d'eau dès que vous vous réveillez !

3. A l'heure des repas, essayez de ne pas boire d'eau avec vos aliments, car cela peut perturber la digestion. Laissez-vous de trente minutes à une heure avant et après

les repas, ce qui permettra à votre système digestif de décomposer les aliments.

Quelle sorte d'eau devrais-je boire ?

1. Préférez l'eau plate à l'eau gazeuse – il est plus facile d'en boire de plus grandes quantités. Les bulles d'une eau gazéifiée vous « remplissent » trop vite et font disparaître votre soif naturelle. Les bulles donnent des gaz, gonflent les cellules et encouragent la cellulite, ce qui devrait achever de vous convaincre !

2. Si vous tenez à ajouter un parfum, n'achetez pas de jus en bouteille ou en carton – vous aurez plus d'éléments nutritifs en pressant des fruits frais, orange ou citron par exemple, dans un verre d'eau. Si c'est indispensable ! C'est aussi un bon truc pour inciter les enfants à boire plus d'eau, et les sevrer des boissons gazeuses addictives et bourrées de sucre.

3. Il est beaucoup plus facile de boire de l'eau à la température de la pièce en plus grande quantité, car elle est à la température naturelle du corps et ne choque pas l'estomac comme peut le faire un breuvage glacé (c'est l'une des raisons pour lesquelles les vacanciers ont des problèmes de digestion dans les climats très chauds).

Eau du robinet ou eau en bouteille ?

Les experts n'arrivent pas à un consensus sur la question, alors c'est à vous de décider. Peu importe, pourvu que vous buviez cette eau ! Mieux vaut réhydrater votre corps, que de vous lancer à la recherche du gadget le plus dispendieux pour filtrer le moindre produit chimique de l'eau du robinet. Mais voici quelques éléments qui vous aideront à faire votre choix.

L'eau du robinet : Elle a souvent mauvais goût, et elle est pleine de produits chimiques et de sels minéraux – certains sont bons pour vous, d'autres mauvais.

L'eau adoucie : La plupart des sels minéraux en ont été retirés, et elle a généralement une teneur élevée en sodium. Alors si vous vivez dans une région où l'eau a été adoucie, éloignez-vous du robinet !

L'eau dure : Elle recèle en général plus de sels minéraux, notamment du calcium et du magnésium, alors à la limite elle peut convenir, à condition qu'elle ait un goût à peu près correct.

Un bon tuyau pour améliorer le goût de l'eau du robinet

Si votre budget ne vous permet de boire que l'eau du robinet mais qu'elle a mauvais goût, essayez ceci. Faites bouillir l'eau. Laissez-la rafraîchir dans une grande carafe (pas en plastique), laissée ouverte afin que l'air puisse circuler. Lorsqu'elle est fraîche, versez-la dans un autre contenant, d'une hauteur de 15 cm au minimum. Puis reversez-la dans la première carafe. Répétez le processus deux fois, en finissant dans la première carafe. Cela peut sembler farfelu, mais cela permet vraiment d'oxygéner l'eau (si vous avez des poissons, vous comprendrez) et cela améliore son goût. En plus, c'est gratuit !

Eau minérale naturelle : La loi stipule qu'elle doit provenir de la source naturelle où elle est mise en bouteille, et que sa teneur en sels minéraux doit rester constante. Elle n'est pas traitée, donc par définition elle est naturelle. Mais lisez bien les étiquettes pour vous assurer qu'elle contient des taux réduits de calcium et de sodium. Souvenez-vous de ce qui vous a été expliqué à propos de l'équilibre des électrolytes dans le chapitre 1.

Eau de source : En Europe, elle est obligatoirement « naturelle », c'est-à-dire non traitée. Encore une fois, lisez attentivement l'étiquette.

Eau filtrée dans une carafe : C'est la méthode de filtrage à domicile la plus simple et la moins chère. Les filtres sont beaucoup plus abordables qu'auparavant, mais ils ne permettent de traiter qu'une quantité limitée d'eau à la fois, et le filtre doit être changé régulièrement. Cela dit, c'est moins cher et meilleur pour l'environnement que d'acheter des tas de bouteilles en plastique.

Eau filtrée « sous le robinet » : C'est plus cher qu'un filtrage dans une carafe, mais très efficace car le charbon actif permet d'éliminer herbicides, pesticides, chlore, 75 % du fluor ajouté à l'eau, ainsi que plomb, cuivre, cadmium et mercure.

Processus d'osmose inversée : C'est encore plus cher mais cela permet d'éliminer 100 % des impuretés de l'eau, y compris le fluor. Toutefois, cela élimine en même temps presque tous les sels minéraux naturels, dont certains sont bons pour nous. Mais il ne faut pas redouter la carence en sels minéraux : si fruits et légumes forment la majeure partie de vos repas, vous y trouverez tout ce dont vous avez besoin.

Eau distillée : C'est cher, et l'appareil est encombrant. Les chercheurs n'ont pas encore tranché la question. Certains affirment qu'il s'agit de l'eau la plus pure de la planète, car elle ne contient aucun des sels minéraux non organiques contenus dans l'eau du robinet ou l'eau minérale, ni aucun des poisons et polluants retrouvés dans l'eau du robinet. D'autres maintiennent qu'elle est trop pure et pourrait « drainer » de précieux sels minéraux hors de notre organisme, tout comme l'eau de pluie draine les minéraux des rochers. (Là encore, vos nouvelles habitudes alimentaires vous permettront de réabsorber tous ces sels minéraux.)

Alors voilà : c'est à vous de voir. Pourvu que vous buviez de l'eau, pas besoin de vous tourmenter sur le type d'eau que vous buvez. Choisissez ce qui convient le mieux à vos goûts et à votre portefeuille ! (Et moi, qu'est-ce que je bois ? Un mélange d'eau distillée et d'eau minérale à basse teneur en calcium et en sodium, et même parfois l'eau du robinet, quand je suis dans un endroit où elle a bon goût !)

Les bons tuyaux pour boire de l'eau

– Mieux vaut l'eau plate que l'eau gazeuse.

– Mieux vaut qu'elle soit à la température de la pièce.

– Ne la buvez PAS pendant les repas, mais une demi-heure avant un repas, et une ou deux heures après.

NE BUVEZ PAS PLUS D'UN LITRE EN UNE HEURE.

– Ne buvez pas après 21 ou 22 heures.

– Utilisez une bouteille pour vérifier la quantité d'eau consommée. Vous n'achetez peut-être pas régulièrement de l'eau en bouteille, mais vous pouvez utiliser une bouteille propre d'un litre et demi à deux litres, que vous remplirez en début de journée. Laissez-la sur votre bureau ou sur le comptoir de la cuisine, et assurez-vous qu'elle est vide à la fin de la journée !

4.

Eliminez les aliments à risques

Tout ce que nous mangeons ou buvons est étranger à notre système interne, jusqu'à ce que les composants en aient été chimiquement transformés et étiquetés. Pour simplifier, la bouche et l'estomac décomposent mécaniquement et chimiquement la nourriture en composants assez petits pour être absorbés par l'intestin grêle et passer ainsi dans le sang. De là, ces composants sont charriés vers l'usine chimique du corps, le foie, où ils sont décomposés en éléments encore plus petits et classés comme « amis » ou « ennemis ». Les « amis » sont envoyés partout dans le corps comme nutriments, et les « ennemis » sont expulsés !

Imaginez-vous que chaque aliment représente un défi différent pour le corps ; plus ce défi est difficile à relever, plus les cellules deviennent stressées et déshydratées quand elles traitent cet aliment. Si le corps est constamment mis au défi pendant une longue période, il peut devenir très « sec » ; l'estomac est alors incapable de digérer correctement des aliments ordinaires tels que fromages ou chocolat, et le foie n'arrive plus à accomplir sa tâche efficacement. Les aliments « à risques » requièrent une énorme quantité d'énergie de la part du système digestif pour être décomposés, utilisés ou rejetés. Plus le repas est complexe, plus il faut d'énergie pour le digérer, et plus nous nous sentons léthargiques car notre sang est dévié d'organes comme le cerveau, pour irriguer le système digestif.

Si la digestion est trop sollicitée, les aliments stagneront dans le système gastro-intestinal et les milliers de petites protubérances en forme de doigt de votre intestin grêle n'absorberont plus la nourriture correctement, déclenchant un mal-être qui peut entraîner la maladie.

Le mal-être, en l'occurrence, est engendré par le taux élevé d'acidité des cellules. Si les cellules sont trop acides, elles ne peuvent se débarrasser facilement des toxines ou des excès d'acides et ne sont plus capables d'absorber minéraux essentiels et nutriments. Je n'expliquerai pas en détail l'importance des niveaux de pH : sachez simplement que le corps produit à la fois des fluides acides et alcalins. Les sucs gastriques doivent être acides alors que la bile et les sécrétions du pancréas doivent être alcalines. Ensemble, ces deux dernières neutralisent le contenu de l'estomac lorsqu'il passe par l'intestin grêle. Mais à cause de notre façon de manger, la plupart d'entre nous sommes acides là où nous devrions être alcalins, et alcalins là où nous devrions être acides ! De façon générale, un corps sain devrait être environ à 70 % alcalin et à 30 % acide. Trop souvent, c'est le contraire. Cet excès d'acidité augmente le risque de développer des maladies, et accélère le processus de vieillissement. Il est donc vital de corriger cet équilibre.

Pour toutes ces raisons, pendant au moins trois jours, la liste d'exclusion des aliments à problèmes est passablement stricte. Ne vous en faites pas, vous aurez de nombreuses et délicieuses alternatives, qui permettront à votre corps de ne pas faire d'heures sup'. Il pourra ainsi se reposer et se consacrer à la réparation d'organes importants comme l'intestin et le foie, et permettre à son environnement interne de retrouver un équilibre acide-alcalin parfait – c'est une sorte de grand ménage du printemps de vos intestins.

Dites non aux aliments à risques

Les trois « S » : sucre, sel et stimulants

Produits laitiers : fromage, lait et crème

Blé

Produits animaux, y compris la viande, le poisson et les œufs

Pommes de terre (mais aussi aubergines, tomates, courgettes et poivrons si vous souffrez d'arthrite).

Je parie que vous êtes en train de vous demander « Mais qu'est-ce que je vais bien manger ? » Pas de panique : au cours du prochain chapitre, nous allons énumérer toutes les alternatives. Et n'oubliez pas : ce n'est que pour trois jours ! Une fois que vous aurez lu les raisons de ces exclusions, vous serez peut-être même d'accord (et prolongerez de vous-même l'expérience) !

Les trois « S » : le sucre

Contrairement à ce que veulent nous faire croire les fabricants de boissons douces, de bonbons, de chocolats et de gâteaux, le sucre n'a absolument aucune valeur nutritive quelle qu'elle soit. Oui, c'est délicieux et ça donne un coup de peps. Mais si une tablette de chocolat à l'heure du goûter vous donne de l'énergie, c'est simplement parce qu'elle compense la chute du taux de sucre sanguin.

Le sucre sanguin s'appelle le glucose – c'est notre principale source d'énergie, sans laquelle nous ne pourrions pas être actifs. Mais le sucre raffiné, sous forme de biscuit ou de boisson sucrée, fait monter trop vite le taux de sucre sanguin et à moins que vous ne couriez un marathon, le glucose ainsi produit n'a aucun débouché. Il est transporté dans les cellules, qui l'entreposent, et le corps commence à le transformer en graisses.

A chaque fois qu'on mange du sucre, le pancréas libère une hormone, l'insuline, pour gérer la brusque hausse du taux de sucre dans le sang. Une demi-heure après avoir mangé du sucré, nous ressentons l'envie de retrouver ce « boost » de sucre. Ainsi, le taux de sucre dans le sang ressemble à la courbe d'une montagne russe, avec des hauts et des bas. Ceci peut déclencher maux de tête, irritabilité, sautes d'humeur, baisse d'énergie, sensation de froid et à terme, dans le pire des cas, une résistance à l'insuline. Celle-ci se produit lorsque le pancréas est tellement souvent sollicité pour produire de l'insuline qu'il finit par s'épuiser. Le résultat peut être l'obésité, le diabète et finalement, les maladies cardiovasculaires.

Si vous n'êtes pas encore convaincue, lisez encore ceci : le sucre affaiblit notre système immunitaire, et puissamment ! Dans une étude, on a donné à des jeunes une boisson contenant soixante-six grammes de sucre. En seulement quarante-cinq minutes, l'aptitude de leurs cellules immunitaires à engloutir les bactéries avait diminué de moitié.

Les édulcorants artificiels

Les édulcorants artificiels sont les additifs alimentaires les plus courants et les plus consommés aujourd'hui. Ils sont moins chers que le sucre et certains ont un pouvoir édulcorant jusqu'à trois cents fois supérieur. Ils se cachent dans bien d'autres produits que les boissons light et les aliments allégés : chips et autres friandises, plats pré-cuisinés et même jus d'orange. Les enfants en consomment des quantités gigantesques et personne ne connaît encore leur effet à long terme sur le corps. « Nous utilisons régulièrement des édulcorants artificiels dans le cadre des programmes de perte de poids de nos patients », explique le Dr Stephen Waring, spécialiste des risques cardiovasculaires à l'université d'Edimbourg. Mais il ajoute : « On n'a jamais réalisé d'études cliniques sérieuses sur ces produits, ce qui me préoccupe beaucoup. »

Le nombre d'obèses a triplé au cours des quinze dernières années, alors que nous absorbons pourtant moins de calories et moins de lipides, tout en consommant plus de boissons light que jamais. Autrement dit, le « light » n'est pas efficace. La plupart des professionnels de la santé soupçonnent désormais un lien entre les boissons light et la prise de poids : les papilles gustatives goûtent le « sucre », le pancréas produit de l'insuline et on repart sur la montagne russe, avec de plus en plus d'envies de sucre qui, s'il n'est pas brûlé, se transforme en graisse.

De plus, la majorité des boissons douces gazeuses, qu'elles soient light ou « normales », sont bourrées de phosphore. Bien que ce sel minéral soit essentiel à la santé des os, la quantité contenue dans une bouteille de boisson gazeuse est si élevée qu'elle « pompe » littéralement le calcium des os (parce que ces deux éléments rivalisent pour être absorbés). Ajoutez une mauvaise alimentation à l'équation, et vous ne serez pas étonnée d'apprendre que les cliniques spécialisées dans la détection de l'ostéoporose rapportent une augmentation marquée d'os fragilisés chez des patients dans la vingtaine – à cause des quantités de sodas qu'ils ingurgitent. Alors si vous voulez des os fragiles, continuez à boire un litre de boisson gazeuse light par jour !

Vous vous souvenez de la façon dont nous avons réussi à diminuer petit à petit la consommation de substances addictives comme le tabac, le café ou l'alcool.

Objectif : réduire la consommation de sucre et d'édulcorants artificiels

1re semaine : Réduire la consommation de moitié.

2e semaine : La réduire encore de moitié.

3e semaine : Consommer la plus petite quantité possible une fois par jour.

4e semaine : Remplacer le sucre par du miel, de la mélasse ou du sucre de canne bio non raffiné, si c'est vraiment indispensable !

Je ne peux rien imaginer de plus éloigné de la nature que les édulcorants artificiels : vous comprendrez aisément qu'ils ne jouent aucun rôle dans mon programme pour une alimentation saine. Toutefois, si vous avez vraiment du mal à renoncer au sucre ou aux édulcorants, vous pouvez acheter du sucre de canne bio, non raffiné, dans la plupart des magasins d'alimentation – si c'est vraiment indispensable ! Tout vaut mieux que ces édulcorants artificiels bourrés de produits chimiques.

Les trois « s » : le sel

Pendant des siècles, le sel était si précieux qu'on partait en guerre pour lui, et que les gens étaient payés en sel. C'est d'ailleurs de là que vient le mot désignant nos gages mensuels : le « salaire ». Il joue un rôle vital dans notre métabolisme et dans l'équilibre des électrolytes. Sans lui, nous mourrions.

Mais nous n'avons pas besoin de plus de cinq à six grammes (environ une cuillère à café) par jour, alors que la plupart d'entre nous en consommons le double. L'excès de sodium (le sel est un chlorure de sodium) augmente la tension artérielle, est lié aux maladies coronariennes et aux hémorragies cérébrales, voire à l'ostéoporose et au cancer de l'estomac.

Un collectif de médecins et de chefs cuisiniers anglais appelait récemment les industries agroalimentaires à réduire considérablement la quantité de sel « caché » dans nos aliments, notamment dans les plats préparés allégés, qui peuvent contenir jusqu'au double de sel que les soi-disant plats « mauvais pour la santé », non allégés. Car hélas, dès qu'on enlève du gras à un plat, il faut y ajouter un ingrédient pour lui redonner du goût – et cet ingrédient est en général le sel !

Le fait d'ajouter du sel à nos plats compte pour 15 à 20 % de notre consommation quotidienne. D'après le professeur Graham MacGregor de l'hôpital St George, à Tooting (Angleterre), grand expert de la relation entre le sel et la maladie, le simple fait de réduire notre consommation de sel à six grammes par jour pourrait améliorer la santé de vingt mille à trente mille personnes par année et réduire énormément le nombre de décès dus aux maladies cardiaques. « Plusieurs produits alimentaires à base de viande, par exemple les saucisses bon marché, contiennent d'énormes quantités de graisses, qui seraient immangeables si on ne leur ajoutait pas de très grandes quantités de sel », explique-t-il. Il signale aussi que le sel se cache dans de nombreux aliments industriels tels que les bonbons, les biscuits, le bacon, même le pain et les céréales. « Les flocons de blé ont la même concentration de sel que l'eau de mer. Biscuits, gâteaux et desserts de fabrication industrielle en contiennent autant qu'une quantité équivalente de chips. »

Trop de sodium dans un régime pousse les cellules à faire des provisions d'eau, d'où les gonflements et la rétention d'eau. Cochez sur la liste ci-dessous les aliments que vous mangez régulièrement. Abstenez-vous d'en manger pendant deux semaines et voyez ce qui se passe. Des symptômes comme les gonflements et la rétention d'eau devraient disparaître assez rapidement si vous diminuez votre apport de sel et buvez plus d'eau.

Le sel : la liste des aliments délinquants

Bacon (un gramme par bande !)

Viande fumée ou séchée comme le jambon

Margarine

Fromages à pâte dure comme le cheddar

Céréales du petit déjeuner

Biscuits

Pizza

Chips

Plats préparés

Saucisses

Poissons fumés (50 grammes de saumon fumé contiennent plus de 3,75 grammes de sel !)

Soupe en boîte

Ketchup

Pain blanc (un sandwich contient la moitié de l'apport journalier recommandé, rien que pour le pain, sans compter la garniture !)

Le programme du week-end réduira automatiquement votre consommation de sodium de 80 à 85 %, parce que le régime consiste en fruits et légumes frais, et en céréales non traitées industriellement. Vous consommerez quand même la dose quotidienne recommandée de sodium, mais sous une forme organique et facile à absorber. Rappelez-vous que les légumes verts sont bourrés de sodium organique.

Conseils pour réduire votre consommation de sel

– Arrêtez d'ajouter du sel en cuisinant.
– Arrêtez de saler vos plats sans y avoir goûté !
– Utilisez d'autres herbes et épices pour ajouter du goût, par exemple des algues.
– Diminuez nettement votre consommation d'aliments en boîte, marinés ou fumés.
– Diminuez nettement votre consommation de plats préparés, surtout allégés.
– Lisez attentivement les étiquettes et recherchez la teneur en sodium.
– Rappelez-vous que la dose journalière recommandée n'excède pas cinq à six grammes par jour, ce qui équivaut à une cuillère à café.
– En deux à six semaines, vous n'en voudrez pas plus.

Les trois « S » : les stimulants

L'alcool

L'alcool n'est pas à proprement parler un stimulant car il déprime le système nerveux. Cependant, il stimule le foie et comme vous le découvrirez plus loin, le foie doit être mis en repos pendant 48 heures. L'alcool est donc interdit au cours du week-end.

L'alcool est très déshydratant – rappelez-vous, c'est un diurétique. Songez à votre mal de tête, les lendemains de veille : il est provoqué par la déshydratation. L'eau est drainée de vos organes vitaux, par exemple le cerveau, pour venir à la rescousse de vos reins surchargés de travail.

Enfin, n'oubliez pas que l'alcool se transforme en sucre et qu'il est transformé en graisse par le corps. Il n'a aucune autre utilité nutritionnelle, à part nous détendre et nous mettre de bonne humeur. Le vin rouge est mon poison de prédilection, et je m'en justifie en me répétant qu'il est riche en antioxydants et qu'il jouerait un rôle dans le taux moins élevé de maladies cardiovasculaires en France ! Mais, parce que mes habitudes alimentaires sont « propres » à 80-90 %, plus d'un verre dans une soirée a de mauvais effets sur moi. Comme pour tout, la modération est essentielle, même en ce qui concerne ma boisson préférée.

Si vous buvez tous les soirs, vous devrez réduire petit à petit votre consommation avant le week-end, ou vous allez souffrir pendant 48 heures. Au cours de la semaine précédant le programme, contentez-vous d'un verre de vin ou de bière une ou deux fois dans la semaine – ça ne vous fera pas de mal. Mais si vous pouvez passer une période plus prolongée sans consommer d'alcool, c'est encore mieux.

Conseils pour éviter la déshydratation liée à l'alcool

Buvez de l'eau ! Le corps nécessite en moyenne de quatre à cinq molécules d'eau pour chaque molécule d'alcool ingérée, afin de pouvoir l'évacuer du corps. Donc, boire un verre d'eau pour chaque verre de boisson alcoolisée devrait remédier à la déshydratation.

Le café

La caféine est le stimulant le plus actif pour le système nerveux. Prise en excès, elle provoque l'insomnie, des problèmes digestifs et intestinaux, et peut même nuire au cœur. C'est un diurétique très puissant ainsi qu'un déshydratant. Prise en grande quantité, elle peut vraiment assécher les cellules. Un gynécologue m'a appris dernièrement que pour une patiente souffrant de problèmes de vessie, boire du café (ou de l'alcool) est aussi irritant pour la vessie que de l'érafler avec des piquants de cactus !

Le café stimule aussi la production d'adrénaline des glandes surrénales (ces petites glandes en forme de chapeau situées au-dessus des reins), ce qui apporte au corps une bouffée d'énergie pour « combattre ou fuir ». L'ennui, c'est que si vous mettez constamment votre corps en mode « combattre ou fuir », il lui arrive la même histoire qu'au petit garçon qui criait « au loup ». Quand vous en aurez réellement besoin, les glandes ne pourront plus réagir, car elles seront trop exténuées pour produire encore de l'adrénaline. Il faut aussi savoir que plus votre corps absorbe de toxines et de polluants, plus vous le nourrissez mal, plus vous vous sentez mal en point et léthargique, donc plus vous avez besoin de café ou d'autres stimulants pour fonctionner normalement. Et c'est à nouveau le cercle vicieux : taux de sucre sanguin fluctuants, suivis de glandes surrénales exténuées.

Mais, consommé avec modération, le café est un « booster » merveilleux. C'est même mon stimulant préféré. Au moins une fois par an, j'y renonce pendant trois semaines pour boire du thé vert. Du coup, je me sens beaucoup plus réveillée le matin, et plus calme dans la journée. Je reviens toutefois à mon café quotidien, parce que j'adore consommer mon petit noir dans mon café préféré. Si c'est possible, essayez de vous passer de café pendant le week-end et pendant les deux ou trois semaines qui suivent, juste pour voir ce que vous ressentez. Le thé vert bio est un bon substitut car il contient une minuscule quantité de caféine mais également quantité d'antioxydants. Si vous ne pouvez vraiment pas fonctionner sans café, essayez de vous en tenir à une tasse de café bio par jour.

Le thé

En revanche, on a beaucoup vanté ces derniers temps les bienfaits du thé. On a découvert que le breuvage préféré des Britanniques était bourré d'antioxydants, substances qui nous protègent des maladies. Ces antioxydants – vitamines A, C et E, ainsi que le sélénium – neutralisent également les molécules de radicaux libres, polluants ou toxines, qui menacent notre organisme. Le thé peut donc être bénéfique. Il contient aussi de la théanine, qui augmente le niveau de dopamine du cerveau, et par conséquent notre relaxation et notre sentiment de bien-être.

Cependant, malgré ses mérites, le thé est tout de même un diurétique, déshydratant et « agressant » pour le corps, surtout si on y ajoute du lait et du sucre. Vous pouvez tirer ces précieux antioxydants de sources plus saines. Si vous ne pouvez pas vivre sans thé, pour le bien de vos cellules dont vous allez bientôt faire le grand ménage de printemps, réduisez au minimum le nombre de tasses consommées et achetez les variétés les plus pures, de la meilleure qualité que vous puissiez trouver. Mieux encore, passez aux tisanes. Le choix est très varié, de la menthe qui calme la digestion à la camomille, qui calme l'esprit et permet une bonne nuit de repos !

Les produits laitiers

Le lait de vache représente l'une des causes les plus courantes d'intolérance alimentaire. Si, enfant, vous avez souffert d'infections chroniques des oreilles, amygdalites, eczéma ou asthme, il est tout à fait possible que vous soyez sensible aux protéines et aux sucres contenus dans le lait. Le lactose et la caséine de lait sont les deux principaux coupables. Le lait de vache favorise aussi la formation de mucus et est depuis longtemps associé au rhume chronique, à la sinusite ou au rhume des foins.

Le professeur Anthony Frew est un expert reconnu dans le domaine des allergies et de la médecine respiratoire à l'hôpital de Southampton (Angleterre). Il affirme que plusieurs personnes constatent une amélioration considérable d'affections courantes telles que l'asthme, l'eczéma, le rhume ou les problèmes digestifs lorsqu'elles troquent le lait de vache contre d'autres produits, par exemple le lait de chèvre. J'ai constaté le même phénomène chez les trois quarts de mes propres clients. Cependant, bien que le lait et le fromage de chèvre puissent jouer un rôle dans votre régime après le week-end, ce sont des produits d'origine animale qui, en tant que tels, ne feront pas partie des suggestions du programme de 48 heures.

Infos sur les produits laitiers

Le lait et le fromage sont difficiles à digérer. De nombreux nutritionnistes affirment que le lait de vache n'est bon que pour les veaux, et que les bébés humains perdent l'enzyme nécessaire à la digestion du lait dès qu'ils ne sont plus nourris au sein, ou vers l'âge de deux ans.

Le lait et le fromage peuvent provoquer des sécrétions excessives de mucus dans l'intestin, empêchant les éléments nutritifs d'être absorbés.

Le rhume chronique est souvent guéri lorsqu'on évite les produits laitiers.

On donne aux vaches des hormones et des antibiotiques qui vous sont transmis dans leur lait.

Les Britanniques et les Américains sont sans doute les plus grands consommateurs de lait du monde, et pourtant ils ont les taux les plus élevés d'ostéoporose !

Des produits alternatifs comme les légumes verts ou le lait de chèvre apportent tout autant de calcium, sinon plus !

Encore une fois, si les produits laitiers ne vous incommodent pas et que vous n'avez pas de problèmes d'oreilles, de nez, de bronches ou de peau, contentez-vous de les éliminer pour la durée du programme de 48 heures. Vous n'avez pas besoin d'y renoncer à vie. Mais voyez comment vous vous sentez après les avoir retirés de votre régime quotidien pendant quelques jours, avant de prendre une décision à long terme. Les produits suivants doivent obligatoirement être évités pour la durée du week-end :

Produits laitiers à éviter

Lait
Beurre
Margarine
Babeurre
Fromage
Fromage « cottage »
Lait évaporé ou condensé
Glaces
Chocolat au lait

Le yaourt

Le yaourt à base de lait de vache est le seul produit laitier qui fasse exception. Il s'agit d'un produit fermenté et les vitamines B fabriquées par les bactéries du yaourt dans vos intestins vous aident à absorber le calcium de toutes les autres sources, que vous trouverez dans le chapitre suivant. Mais assurez-vous qu'il s'agisse d'un yaourt bio, nature et « actif ». (Si vous décidez d'éliminer entièrement les produits à base de lait de vache, vous pouvez essayer le yaourt au lait de brebis ou de chèvre.)

Le blé

C'est l'une des cultures principales de l'humanité et l'une des plus anciennes : elle remonterait à quelque dix mille ans. Pourquoi donc renoncer au blé pour la durée du week-end ? Il est vrai que le blé entier constitue une bonne source de sucres lents (préférable pour le taux de sucre sanguin), qui apporte au corps des doses appréciables de vitamines B et E ainsi que d'importants minéraux.

Mais le blé est un aliment très difficile à digérer, qui génère de l'acide et qui serait à l'origine de plus de problèmes digestifs et intestinaux que n'importe quel autre aliment. La plupart des pains et pâtes alimentaires vendus en supermarché aujourd'hui sont d'assez mauvaise qualité, pleins de sucre, de sel et d'additifs. Si vous voulez une preuve de la quantité d'additifs contenus dans un pain industriel, voyez le temps que « tient » un pain pré-tranché et emballé, par rapport à une baguette fraîche, qui ne tient pas plus de quelques heures !

Le gluten

L'autre cause d'intolérance au blé, sous forme de problèmes digestifs tels que le syndrome du côlon irritable ou les ballonnements, est le gluten. Deux protéines insolubles contenues dans les céréales glutineuses, appelées les gliadines et les gluténines, produisent le gluten lorsque la farine est pétrie avec l'eau. Ce sont les propriétés élastiques du gluten qui rendent possible la production du pain. Il semble que la gliadine soit responsable de l'intolérance au gluten, en irritant les muqueuses du côlon de nombreuses personnes. Les protéines de blé sont composées de gliadine à 55 % environ ; celles du seigle à 40 %, et de l'avoine à 15 %. Le riz et le maïs n'en contiennent pas du tout.

La farine de blé mélangée à l'eau se transforme en matière spongieuse, semblable au chewing-gum, qui colle littéralement à n'importe quoi. Imaginez le résultat dans vos intestins, si le pain ou le blé n'ont pas été correctement digérés ou que les intestins sont déshydratés ! Le gluten recouvrira les parois du côlon, déréglera la flore bactérienne intestinale et empêchera une bonne absorption des nutriments. Même si vous ne souffrez pas d'intolérance au gluten, ce phénomène provoque fréquemment constipation, sensation de malaise, bactéries putrides, ballonnements et léthargie.

Une digestion saine peut absorber sans problèmes des aliments à base de blé tels que le pain, mais lorsque le système a été affaibli depuis longtemps par une diète d'aliments difficiles, des substances indigestes comme le gluten peuvent aggraver les problèmes intestinaux. Personnellement, je considère qu'un corps réellement bien hydraté n'aura aucun problème à digérer le pain, s'il est de bonne qualité et très, très bien mastiqué. Mais si le corps est déjà stressé et « desséché » par toute une vie de mauvaise nutrition, et qu'on mange du pain tous les jours, il y a de fortes chances pour qu'une intolérance se développe. Il faut toutefois distinguer l'allergie de l'intolérance : ainsi, en Grande-Bretagne, une ONG destinée aux allergiques considère que seule 2 % de la population souffre de véritables allergies alimentaires. La proportion souffrant d'intolérances est considérablement plus élevée. « A en juger par le nombre de personnes qui nous contactent tous les jours, explique la directrice d'Allergy UK, Muriel Simmonds, je considère que 20 à 25 %

des Britanniques souffrent d'intolérance au blé. » Ma propre pratique me fait arriver aux mêmes conclusions.

Pour la durée du programme, que vous estimiez ou non être victime d'une intolérance au blé, tout ce qui contient du blé (même les pâtes alimentaires) sera retiré du menu pour permettre à votre système digestif de se reposer. Et si vous vous réveillez la nuit après avoir rêvé d'une bonne tartine grillée dégoulinante de beurre, alors vous saurez que vous couvez sans doute une intolérance au blé et que votre corps a réellement besoin de faire une pause !

Les produits d'origine animale : viande, poisson et œufs

Les protéines animales regorgent de nutriments absolument essentiels à la santé des cellules et des tissus, à la croissance du corps et à ses capacités de réparation. Mais les protéines animales exigent du corps des efforts considérables pour être digérées et décomposées. Si elles ne le sont pas, la digestion peut devenir paresseuse et toxique. Les produits à base de viande (saucisses, pâtés, etc.) sont particulièrement générateurs d'acidité et encouragent la croissance de bactéries nocives, surtout s'ils ne sont pas correctement digérés.

Infos sur les protéines animales

1. Le corps a littéralement besoin de plusieurs jours – plutôt que de vingt-quatre heures, dans le cas d'aliments moins difficiles – pour digérer un bon gros bifteck et le faire passer de la bouche à l'anus. Tandis que ces déchets malo-

dorants progressent lentement dans l'intestin, ils taxent lourdement les capacités du corps à se nettoyer.

2. Comme on nous le répète sans arrêt, un régime riche en graisses saturées provenant d'aliments comme les saucisses, le bacon et autres viandes apprêtées peut mener à un taux de cholestérol élevé.

3. Comme pour le lait, à moins qu'ils soient issus d'un élevage bio, les animaux ont peut-être reçu des hormones et des antibiotiques, ou mangé une herbe contaminée par les insecticides, qui vous seront transmis par leur viande.

4. Bien qu'il déclenche également des acidités, le poulet est moins difficile à digérer, tandis que le poisson et les œufs sont extrêmement bons pour vous. Surtout s'il s'agit d'un poisson gras (plein d'acides gras essentiels) et si les œufs n'ont pas été cuits dans un corps gras.

Avant et après le week-end, vous pourrez dévorer un bon steak bien saignant ou l'une des viandes les plus « difficiles » en de très rares occasions (disons une fois par mois) si vous n'arrivez tout simplement pas à vous en passer. Mais concentrez-vous sur le poisson, le poulet et les œufs pour votre apport de protéines animales. Comme les poissons gras sont les plus bénéfiques, vous pouvez en manger de trois à quatre fois par semaine, et le poulet et les œufs, de deux à trois fois par semaine.

Toutes les protéines animales sont retirées du menu pendant les trois jours du programme parce que nous voulons donner au système digestif un congé pour le week-end. Vous ne manquerez d'aucune protéine grâce aux fruits secs, graines et autres friandises savoureuses. Entre-temps, essayez de :

Diminuer votre consommation de viande, poisson et produits d'origine animale, dans l'ordre de priorité suivant (les aliments les plus problématiques sont en tête de liste)

Produits à base de viande comme les pâtés, les saucisses et le bacon

Abats
Porc
Bœuf
Agneau
Volaille
Gibier
Œufs
Poissons maigres
Poissons gras

Pommes de terre (et aubergines, tomates, courgettes et poivrons si vous souffrez d'arthrite rhumatoïde)

Oui, les pommes de terre font partie des aliments à proscrire pendant le programme. Tout comme le blé, elles nécessitent d'énormes quantités d'eau pour que les intestins puissent les décomposer et les assimiler, à cause de leur taux élevé d'amidon. Bien qu'il s'agisse de glucides très nutritifs, qui reviendront au menu après le week-end, pendant la durée du programme elles sont trop difficiles à digérer.

Quiconque a des problèmes de taux de sucre sanguin doit considérer les pommes de terre comme une gâterie occasionnelle. Ces aliments libèrent leurs sucres et leurs amidons dans le sang très rapidement, et peuvent faire monter le niveau de glucose dans le sang trop fortement et trop rapidement, provoquant fatigue et parfois inflammations.

Ce qui nous amène à la raison finale d'éviter les pommes de terre et certaines de leurs cousines, du moins pendant la durée du programme. Pommes de terre, tomates, aubergines, courgettes et poivrons contiennent tous une substance appelée solanine (du mot latin signifiant « belladone »). Il est bien connu que les personnes souffrant d'arthrite rhumatoïde ou d'autres inflammations articulaires constatent souvent une atténuation spectaculaire de leur douleur lorsqu'elles évitent les aliments de cette famille. On ne sait pas encore si le déclencheur de la douleur est la solanine ou l'acidité de ces aliments. Il n'en reste pas moins que pour ceux qui souffrent de douleurs articulaires, il est intéressant de les exclure pendant au moins trois jours. Pour les autres, l'humble pomme de terre conclut la liste des aliments que nous devrons éliminer au cours du programme de 48 heures.

Si vous êtes en train de vous dire, « Mais qu'est-ce qu'elle veut qu'on mange, au juste ? », ne vous affolez pas. Le chapitre suivant présente de nombreuses alternatives. Et puis ce n'est que pour 48 heures, alors poursuivez votre lecture. Cela en vaut la peine, je vous le jure !

5.

Apprenez à manger autrement

Voici les solutions de rechange proposées dans le programme :

Deux litres d'eau par jour
Fruits
Légumes
Fruits secs oléagineux (noix, noisettes, amandes...)
Graines
Céréales
Légumes secs
Soja et tofu

La liste vous semble ennuyeuse ? Si vous jetez un coup d'œil rapide aux suggestions de recettes du chapitre 17, vous verrez que c'est loin d'être le cas. Vous y trouverez de nombreuses propositions de repas et de breuvages à consommer pendant vos 48 heures.

En fonction de la saison choisie pour faire votre cure détox et de vos habitudes alimentaires, certaines d'entre vous parviendront à réaliser le « grand ménage » simplement en buvant plus d'eau et en éliminant le blé, les trois « S » et les produits d'origine animale. Cela suffira sans doute largement. D'autres trouveront qu'un week-end « tout liquide », de potages et de jus, aura plus d'impact. D'autres encore considéreront que seul un régime composé de riz complet et de légumes vapeur peut vraiment opérer le grand ménage printanier.

Parcourez ce chapitre et les propositions de repas du chapitre 17 avant de vous décider. Et quand le temps sera venu – en tenant compte de la saison – contentez-vous d'écouter votre corps, il vous dira ce dont il a besoin. Je ne parle pas des envies de craquer, auxquelles il faut résister, mais de la connaissance instinctive des nutriments dont votre corps a besoin. Ce qui arrive fréquemment lorsque vous vous mettez à boire plus d'eau, et que vous évacuez vos toxines. Les animaux le font automatiquement. Certaines femmes enceintes se découvrent parfois une passion pour, disons, les betteraves (à haute teneur en fer, potassium et acide folique, essentiels à la santé du fœtus). Lorsque vous serez réhydratée et que vos cellules seront parfaitement rééquilibrées, vous aussi vous serez beaucoup plus à même de déceler vos besoins en vitamines et sels minéraux. Alors écoutez votre corps ! Du moment qu'il s'agit des aliments figurant dans ce chapitre !

Vous pouvez manger autant que vous voulez des aliments suggérés (surtout les légumes). Et si vous n'avez pas envie de manger quoi que ce soit pendant un jour ou deux, c'est très bien aussi (à condition que vous buviez vos deux litres d'eau par jour). La fondatrice du Collège de la nutrition naturelle, Barbara Wren, m'a dit un jour : « Donnez-vous la permission de ne pas manger. » A ce jour, je n'ai jamais oublié ce conseil et je le suis. Nous avons tous l'impression de devoir manger trois vrais repas quotidiens, mais parfois, nous n'en avons pas besoin. Nous mangeons souvent par habitude, parce que nous nous ennuyons ou bien par gourmandise. En revanche, certaines personnes doivent manger de petits repas cinq fois par jour, parfois sur le conseil d'un médecin. Si cela vous arrange, c'est très bien aussi. C'est votre corps et votre parcours – il suffit d'être à l'écoute.

La seule règle coulée dans le bronze, c'est la liste alternative d'aliments, qui vous aidera à vous purifier et à vous fortifier. En mangeant et en buvant les aliments les plus chargés en nutriments, en énergie et en force vitale, vous serez mieux nourrie et vous ressentirez une plus grande vitalité. Le régime du week-end sera donc composé du plus grand nombre possible d'aliments végétaux : légumes et fruits frais, graines et noix, légumineuses et céréales.

Les fruits

On nous a toujours enseigné qu'il fallait manger cinq portions de fruits et légumes tous les jours, mais pourquoi est-ce si important pour notre santé ?

Les « plus » des fruits

1. Ils portent la vie. Le fruit est une invention ingénieuse de la nature, puisqu'il porte en lui les graines de la nouvelle génération d'arbres et de plantes. C'est comme un grand utérus qui protège et nourrit les graines et les embryons qu'il recèle. Je parie que vous n'avez jamais songé aux fruits sous cet angle ! (Techniquement, aubergines, courges, concombres et courgettes sont des fruits parce qu'ils contiennent les graines de la plante. Mais je n'ai toujours pas compris pourquoi la fraise est le seul fruit à porter ses graines à l'extérieur.)

2. Ils contribuent au processus d'élimination. Les fruits aident à évacuer l'excès de sodium et de toxines, hors des cellules et de l'organisme.

3. Ils contribuent à l'équilibre de l'organisme. Parce que la plupart des fruits sont alcalins, ils aident le corps à maintenir un pH qui ne soit pas trop acide. Les fruits sont également une excellente source de potassium, magnésium, calcium et sodium, en quantités parfaitement équilibrées et sous une forme que le corps peut absorber et utiliser. Idéal pour l'équilibre des électrolytes !

4. Ils contiennent beaucoup d'eau. La proportion d'eau dans les fruits est de 70 à 90 %. C'est très utile pour réhydrater le corps.

5. Ils recèlent beaucoup de sucre. La proportion de sucres simples et sains, y compris le fructose, contenue dans les fruits est de 25 à 55 %.

6. Ils regorgent de vitamines renforçant le système immunitaire. Notamment les vitamines A, C, ainsi qu'un peu de B et E dans les graines.

7. Ils n'ont pas de lipides et sont pleins de fibres. Que demander de mieux pour le corps ?

Quelques stars

La papaye : Elle aide à évacuer les débris hors des intestins.

Le pamplemousse : Il nettoie l'appareil intestinal et stimule l'activité péristaltique.

L'ananas : Il contient un taux élevé de bromélaïne, un enzyme dont l'estomac a besoin pour digérer, de vitamine C et de potassium.

Les melons : Ils recèlent beaucoup de magnésium, surtout dans les graines.

La pastèque : C'est un diurétique naturel pour nettoyer les reins, et les graines regorgent d'acides gras essentiels.

Les baies : Elles sont riches en antioxydants. Les fraises sont l'un des fruits les plus riches en vitamines et sels minéraux. A poids égal, elles contiennent plus de vitamine C qu'une orange.

Mais la consommation de certains fruits peut avoir des inconvénients pour des personnes souffrant de certaines affections. Consultez la liste ci-dessous, et en cas de doute, demandez à un expert.

Les « moins » des fruits

1. Si vous souffrez d'inflammations dues à la bactérie *candida albicans* (candidose des muqueuses de la bouche, du larynx, du vagin...), TOUS LES FRUITS peuvent aggraver votre état.

2. Certains fruits peuvent être difficiles à digérer, notamment pour les personnes ayant un système digestif sensible. Les AGRUMES, ORANGES, CLEMENTINES, PAMPLEMOUSSES, peuvent s'avérer trop acides. (Mais les CITRONS deviennent alcalins dans le corps et représentent une source précieuse de vitamine C – ils sont donc incontournables pour tous.)

3. Manger trop de fruits très riches en sucre, comme les BANANES, les MELONS, ou le RAISIN peut également affecter les personnes souffrant de problèmes de taux de sucre sanguin.

4. Les FRUITS ROUGES comme les FRAISES et les FRAMBOISES peuvent aggraver l'état de personnes souffrant de cystites.

Les fruits secs

Ils représentent une source inestimable de vitamines et de sels minéraux – figues et abricots secs sont particulièrement riches en potassium, essentiel à l'équilibre des électrolytes (si vous avez des problèmes de constipation, ils vous seront d'un grand secours). Mais les fruits secs sont aussi très riches en sucres naturels. Bien qu'ils constituent un excellent substitut pour ceux qui ont besoin d'un « shoot » de sucre, ils peuvent faire grossir, être difficiles à digérer et provoquer des problèmes comme la diarrhée ou les flatulences si on en mange trop ! Alors doucement...

Liste d'achats

Tout en tenant compte des « plus » et des « moins », composez votre propre liste des fruits qui vous conviennent et vous plaisent. Et n'oubliez pas : essayez autant que possible d'acheter des fruits cultivés dans le pays, en saison. De préférence bio (vous comprendrez pourquoi dans le prochain chapitre).

Encore une mauvaise nouvelle – j'ai fait figurer les BANANES sur la liste des interdits, juste pour trois jours, car elles sont très farineuses, peuvent déséquilibrer le niveau d'insuline de certaines personnes et sont longues à digérer. Pendant la durée du programme, ou plus longtemps, laissez-les tomber, à moins que vous vous entraîniez pour un marathon.

Les légumes

Tout comme nos globules rouges sont riches en fer, l'équivalent végétal du sang, la chlorophylle, est riche en magnésium et autres sels minéraux qui jouent un rôle essentiel dans notre santé. Et puisque c'est le soleil qui produit la chlorophylle dans les plantes, chaque fois qu'on mange un légume, on mange un peu d'énergie du soleil !

Les « plus » des légumes

1. Ils regorgent de vitamines et de sels minéraux, notamment la vitamine C, l'acide folique (du mot latin pour « feuille ») et le sélénium, qui renforcent notre système immunitaire et combattent les maladies. Les légumes verts sont extraordinairement riches en éléments nutritifs ; les légumes orange, rouges et jaunes (comme les carottes ou les poivrons) ont un taux élevé de bêta-carotène, qui produit la vitamine A dans notre organisme – elle est essentielle à la santé des yeux, de la peau et des tissus.

2. Les légumes crucifères – c'est-à-dire ceux qui ont des pétales de fleur en forme de croix – comme le brocoli, le chou de Bruxelles, le chou, le chou frisé et le chou-fleur, seraient dotés, d'après certains chercheurs, de propriétés anti-cancéreuses et de glucosinolates, des nutriments qui aident vraiment le foie à se désintoxiquer et à se décharger.

3. Ils contribuent à l'équilibre des électrolytes. Les légumes vert sombre, comme les épinards, les brocolis, les bettes, les choux frisés, la laitue, les choux frisés de Milan et le cresson, contiennent des taux élevés de sels minéraux essentiels : calcium, magnésium, sodium et potassium, et dans des proportions parfaites, puisqu'il y a quatre fois plus de potassium et de magnésium que de sodium et de calcium.

4. Ce sont des aliments très pauvres en lipides, contenant glucides et protéines en proportions équilibrées. En plus, ce sont des protéines de bonne qualité : les légumes sont composés à 25 % de protéines, comme les légumineuses, ce qui suffira largement à vous « tenir » pendant trois jours !

5. Ils sont riches en fibres, ce qui facilite le péristaltisme et favorise la flore intestinale. Les légumes aident à nettoyer les intestins, car lorsqu'ils sont mangés crus, ils « récurent » les parois intestinales. Les légumes vapeur remplissent aussi cette fonction.

6. Ils purifient le corps de ses toxines. Un régime riche en légumes aide à désintoxiquer les organes et les tissus car leur niveau élevé de potassium aide à évacuer l'excès de sodium et d'acidité de l'organisme.

Quelques légumes stars

Le chou : Il contient de grandes quantités de glutamine, qui restaure le système digestif.

La betterave : Pleine de chlore naturel, c'est un merveilleux purifiant pour le foie, les reins et la vésicule biliaire.

Le concombre : Bourré de silicone et de soufre pour renforcer la peau, les ongles et les cheveux.

Le céleri : Regorge de sodium organique (contrairement au sel de table) qui aide à éliminer.

Les champignons shitaké : Ils renforcent l'immunité et contiennent des acides aminés essentiels, ce qui en fait une excellente source de protéines (ce sont des champignons, mais on les considère en général comme les « rois des protéines » du règne végétal).

Faut-il d'autres arguments pour vous convaincre du rôle essentiel qu'ils joueront durant le week-end ?

Les graines

Ce sont des aliments porteurs de vie, puisqu'ils contiennent l'embryon d'une nouvelle plante ou d'un arbre. Tous les nutriments nécessaires à produire cette plante ou cet arbre immense y sont donc présents. Parce qu'elles recèlent le potentiel d'une nouvelle vie, les graines sont bourrées d'énergie : n'allez pas vous imaginer qu'elles ne sont bonnes que pour les oiseaux ! (D'ailleurs, avez-vous déjà vu un oiseau gras et paresseux dans la nature ?)

Les « plus » des graines

1. Plein d'acides gras essentiels.
2. De hauts niveaux de protéines (plus de 24 % dans les graines de courge, 22 % dans les graines de tournesol).
3. Regorgent de vitamines et de sels minéraux.
4. Peuvent être mangées crues, cuites, mixées ou germées.
5. Aident à stabiliser le taux de sucre dans le sang.
6. Constituent un en-cas substantiel et sain.

Les graines du week-end

Graines de courge : Très riches en zinc (utilisé pour traiter et aider à prévenir les problèmes de la prostate) ainsi qu'en fer, calcium, phosphore et acide nicotinique.

Graines de tournesol : Riches en potassium.

Graines de sésame : Un excellent additif protidique à des céréales comme le riz, car elles contiennent des acides aminés qui n'existent pas dans les céréales. Egalement riches en zinc et en calcium.

Conseils pour manger les graines

Si vous les laissez tremper pendant la nuit elles deviendront digestes, libéreront leurs précieux acides gras essentiels dans l'eau et seront plus alcalines.

Si vous mettez noix et graines dans un wok ou une poêle à frire – sans ajouter de sel, d'huile, d'eau ou quoi que ce soit – et que vous les faites griller légèrement jusqu'à ce qu'elles éclatent, elles deviendront délicieusement croustillantes et pourront être conservées plus longtemps.

Les noix

On recense plus de trois cents espèces de fruits secs à écale, qui comptent parmi les nourritures les plus riches de la création : elles contiennent des protéines de bonne qualité, et encore plus de lipides sains que les graines, ainsi que des vitamines et des sels minéraux, puisqu'elles aussi doivent nourrir les plantes de la génération suivante. Parce que les noix sont riches en lipides, les gens qui tentent de mincir les évitent. Mais elles contiennent des graisses non-saturées et des acides gras essentiels (sur lesquels nous reviendrons en détail dans le chapitre 14). A cause de ces précieuses huiles, les fruits à écale peuvent facilement rancir s'ils ne sont pas stockés dans un lieu frais et sec, à l'abri de l'air. (Ceci s'applique aussi aux graines.) Je conserve les miennes au frigo, dans un bocal hermétique.

Les noix rôties ou salées ne figurent pas au programme du week-end, mais toutes les noix de la liste qui suit peuvent être, comme je viens de le suggérer ci-dessus, légèrement grillées à la maison sans ajout de sel ni de corps gras.

Les noix du week-end : liste d'achats

Amandes : A tous points de vue, ce sont les meilleurs fruits à écale car leur contenu en matières grasses est moindre que celui des autres noix ; elles sont riches en protéines (neuf amandes suffisent à compléter la ration quotidienne de protéines d'un homme adulte !), en acides gras essentiels, vitamines E et quelques-unes des vitamines B. Egalement riches en calcium.

Noix du Brésil : Plus grasses que les amandes, mais très riches en sélénium, qui contribue à renforcer le système immunitaire et à désintoxiquer le foie.

Noisettes : Plus riches en vitamine E, excellente pour la peau.

Cacahuètes : A proprement parler, ce ne sont pas des noix mais plutôt des légumineuses. Elles constituent une excellente source de protéines mais ce ne sont pas les plus faciles à digérer.

Noix : Elles ressemblent un peu à un cerveau quand on les écaille, et c'est précisément pour le cerveau qu'elles sont bonnes.

Les céréales

Les céréales sont les graines de diverses herbes ou plantes comme le blé ou l'orge. En tant que telles, les céréales sont porteuses de vie ; certaines d'entre elles, mais pas toutes, doivent être sérieusement évaluées en fonction de leur valeur nutritive et de leurs capacités purifiantes au cours du week-end. Jetez un coup d'œil aux menus du chapitre 17 pour voir quelles sont les céréales que vous souhaiteriez consommer au cours du programme.

Mais souvenez-vous que vous allez devoir renoncer au blé, du moins pendant trois jours. Songez dès maintenant à retirer le pain à base de farine de blé de votre régime. Si vous êtes habituée à manger un sandwich tous les jours, de nombreux pains sans farine de blé sont désormais vendus en supermarché et dans les magasins d'aliments naturels. Certains sont aussi délicieux que le « vrai » pain. Vous serez étonnée du résultat obtenu, lorsque vous commencerez à remplacer vos aliments à base de blé, comme le pain ou les pâtes, par des céréales plus faciles à digérer comme le riz basmati brun. Vous verrez comme vous vous sentirez bien.

Alternatives au blé

Millet
Riz
Quinoa
Orge
Maïs
Avoine
Seigle

Le millet

Non, ce n'est pas uniquement une nourriture de perroquet : c'est aussi la meilleure des céréales au hit-parade. Le millet est consommé en Chine depuis des milliers d'années. Ses petits grains ronds peuvent être moulus en farine et transformés en bouillie, voire en pain.

Riche en magnésium, potassium et fer, affichant un taux élevé de protéines et très faible en glucides, le millet est extrêmement facile à digérer. C'est également une céréale sans gluten, plus alcaline que les autres : de toutes les céréales, le millet est donc celle qui congestionne le moins le système digestif. Ce qui en fait un aliment idéal en période de cure, car elle convient aux gens souffrant de problèmes de digestion. Toutefois, ce n'est pas l'aliment le plus facile à accommoder en repas savoureux. Mais ne vous inquiétez pas : reportez-vous à la recette du chapitre 17.

Le riz

Il arrive au deuxième rang des céréales les plus consommées au monde, juste après le blé. C'est ma céréale préférée. Mais il faut que ce soit du riz brun. Le riz blanc n'a pratiquement plus de vitamines B et le processus de raffinement des grains les a privés de leurs qualités les plus saines. Qui plus est, le riz blanc a généralement été décoloré, lavé, poli au talc, huilé et gainé ! Il reste alors plus digeste que le blé, mais il n'a plus grand-chose de nourrissant.

Le riz entier ou riz brun, en revanche, regorge de vitamine B (excellente pour le système nerveux), et d'une huile appelée le gamma-oryzanol, qui aide à guérir les muqueuses du système digestif. Mieux encore, le riz brun est l'aliment qui nettoie le mieux le côlon ; il agit comme un balai, emportant toutes les substances qui se sont agglutinées contre les parois intestinales au cours des ans. Manger du riz complet pendant une cure détox est également bon pour le foie, car il fournit à cet organe essentiel tous les sels minéraux et les vitamines nécessaires à son bon fonctionnement.

Le riz brun bio à grains courts est le meilleur, mais personnellement je le trouve un peu trop farineux. Je préfère de loin le riz basmati brun bio, beaucoup plus léger et facile à apprêter. Essayez les deux et choisissez.

Le quinoa

Cette plante, indigène aux Andes, remonte à l'époque des Incas. On l'a surnommée « la mère des céréales » à cause de son importance dans l'alimentation de la région. Par rapport au riz, le quinoa est encore plus riche en protéines, très riche en calcium et en magnésium, ainsi qu'en fer. Le quinoa contient tous les aminoacides essentiels, ce qui en fait un aliment protidique complet, et il est très digeste, mais un peu fade à mon goût, à moins de l'assaisonner.

L'orge

La consommation de l'orge remonterait à six mille ans avant notre ère. On s'en sert principalement aujourd'hui pour nourrir le bétail, et dans la fabrication de la bière et du whisky. C'est un grain assez glutineux, mais sous forme de céréale de petit déjeuner ou de pain, il est certainement bien meilleur pour vos intestins que le blé. L'orge peut aussi être ajoutée aux soupes ou aux ragoûts pour leur donner de la consistance.

Le maïs

Il contient un taux relativement élevé de vitamines et de sels minéraux, notamment la vitamine A. Le maïs frais est aussi très riche en vitamine C ; d'ailleurs, c'est la source principale de vitamine C de l'industrie pharmaceutique américaine.

Avant la maturation des grains, les épis de maïs sont récoltés pour être consommés frais ou mis en conserve. Une fois mûris, les grains de maïs servent à fabriquer les tortillas, la polenta, le pop-corn, les pétales de maïs et la farine de maïs. Bien qu'il n'y ait aucune place pour le pop-corn ou les pétales de maïs durant le programme, la polenta figurera au menu. Si vous avez envie de sucres lents et que vous n'aimez pas le riz complet, ce n'est pas une mauvaise alternative.

L'avoine

Les Ecossais, dont le climat est idéal pour la culture de l'avoine, en raffolent. Les grains peuvent être soit broyés, soit fendus et transformés en farine, pour confectionner des galettes ou des flocons d'avoine. L'avoine est mieux connue sous sa forme de porridge, à consommer par temps froid au petit déjeuner. On sait désormais qu'elle contribue à abaisser le taux de cholestérol.

Pour vous sevrer du blé, les galettes d'avoine et le porridge représentent de bonnes solutions de rechange, mais ils ne jouent pas un grand rôle dans le programme du week-end car ils favorisent l'acidité (et recèlent souvent sel ou sucre cachés). Toutefois, si vous décidez de vous lancer dans le programme en plein milieu d'un hiver glacial, le porridge constitue un excellent petit déjeuner – à condition de le manger sans lait ni sucre ! (Utilisez un peu de lait de riz ou de soja à la place, et lisez l'étiquette pour repérer les « extras » cachés !)

Le seigle

Les pains noirs et autres pains de seigle et pains croquants sont très populaires en Scandinavie et en Allemagne. Toutefois, la farine de seigle est très pauvre en gluten, ce qui rend le pain dense et lourd. Le seigle est aussi la plus acide des céréales, après le blé, et ne figure donc pas au programme.

Toutefois, le seigle peut être utile comme substitut au blé pendant les semaines de préparation au programme, et après, car sa conversion en sucre dans l'organisme est très lente, ce qui signifie que votre taux d'insuline restera relativement stable. Essayez d'acheter des pains bio, car certains pains de « seigle » noirs sont fabriqués à base de farine de blé, avec une faible proportion de seigle, et teints pour être plus foncés !

Je ne suis pas une grande fan des petits pains craquants suédois parce qu'ils dissimulent souvent de grandes quantités de sodium et d'autres additifs. Mais je conçois qu'ils soient pratiques. Si vous les appréciez, achetez les meilleurs du marché ! (Vous pouvez également les remplacer par des galettes de riz, mais une fois de plus, assurez-vous qu'elles ne soient pas bourrées de sel.)

Les légumes secs

Les légumes secs sont les graines comestibles, mûries et séchées des légumineuses – ces légumes forment une classe à part parce que leurs graines croissent à l'intérieur de gousses, qui apparaissent après la floraison de la plante. Les légumes secs les plus répandus sont :

Les pois chiches
Les haricots tachetés
Les flageolets
Les haricots rouges
Les lentilles
Les lentilles du Puy
Les pois cassés
Les arachides
Les haricots Hazuki

Ces précieuses petites graines sont constituées d'un mélange de protéines et d'amidon, basses en calories et riches en fibres. Pour les végétariens et pour la durée du programme, les légumes secs représentent une bonne source de protéines – mais ce sont ce que l'on appelle des protéines « incomplètes » parce qu'ils ne contiennent pas les huit acides aminés essentiels dont le corps a besoin. Pour qu'ils soient complets, les légumes secs doivent être consommés avec des céréales : le meilleur exemple en est ce délice anglais traditionnel, haricots blancs sur toast ! Hélas, ce plat n'est pas prévu au menu du week-end, mais il existe d'autres alternatives succulentes, par exemple le hoummos pour accompagner le riz. Les haricots Hazuki (haricots rouges utilisés dans la cuisine japonaise, notamment pour la confection des desserts) sont les légumes secs les plus désintoxiquants. Dans la médecine chinoise traditionnelle, on considère qu'ils aident à lutter contre la rétention d'eau et qu'ils sont bons pour la rate. (Vous trouverez au chapitre 17 une recette de salade de haricots Hazuki.)

L'un des grands problèmes des légumes secs, ce sont les vents qu'ils déchaînent... Ces flatulences sont en grande partie provoquées par la fermentation des sucres (oligosaccharides) des haricots dans les intestins. Si vous faites tremper les légumes secs durant la nuit pour les rincer ensuite, vous vous débarrasserez d'une grande partie des sucres et donc de leur conséquence : le ballonnement.

Le soja et le tofu

Le haricot de soja, riche en protéines et pauvre en graisses, est également un légume sec ; avec les arachides, c'est l'une des légumineuses les plus complètes en protides. Les haricots de soja recèlent aussi des composants appelés les phyto-œstrogènes – il s'agit d'œstrogènes végétaux naturels, qui contribuent à maintenir l'équilibre hormonal des femmes dont la production d'œstrogène est fluctuante. D'ailleurs, les malaises liés à la ménopause sont pratiquement inédits au Japon, où l'on mange beaucoup de soja. Vous pouvez ajouter des haricots de soja à toutes sortes de recettes pendant votre cure détox express.

Le tofu est fabriqué à partir des haricots de soja fermentés. Le résultat final est un bloc de tofu, ou tofu soyeux, qu'on peut tailler en cubes et ajouter aux salades, aux plats sautés au wok, ou mélanger à des garnitures. Bien qu'il ressemble essentiellement à un bout de caoutchouc, le tofu est très utile en cuisine : en effet, ce substitut à la viande prend les saveurs des aliments avec lesquels on le cuit.

Le tofu est de plus en plus courant dans les rayons de nos supermarchés, sous forme de saucisses ou hamburgers végétariens, par exemple. Ceux-ci sont la plupart du temps surchargés de sel et d'autres additifs, à moins que vous n'achetiez un produit bio. Lisez attentivement l'étiquette.

Les produits à base de tofu et de lait de soja favorisent la production de mucus ; par conséquent, ils ne jouent pas un rôle de premier plan dans le programme. Toutefois, pour ceux qui ne pourraient pas vivre sans viande, lait ou mayonnaise pendant le week-end, ou après le programme, on peut inclure de petites portions de tofu et de lait de soja.

Voilà donc vos alternatives. Encore une fois, rassurez-vous en jetant un coup d'œil aux recettes. Vous verrez que vous ne passerez pas le week-end à vous nourrir comme un lapin et qu'il existe plusieurs options appétissantes lorsqu'il s'agit de manger sainement.

6.

Stimulez votre système lymphatique

Le système lymphatique est au corps ce que le tout à l'égout est à une ville : il recueille et emporte les déchets des cellules. Les débris sont filtrés par les ganglions lymphatiques afin de détecter d'éventuels envahisseurs infectieux, puis reversés dans le sang pour être traités et éliminés par le foie. En fait, le système lymphatique est un système circulatoire secondaire parallèle au système sanguin ; mais contrairement au sang il n'est pas doté de sa propre pompe et a besoin d'un coup de main pour s'activer plus efficacement. La lymphe est un fluide jaune pâle très semblable en composition au plasma sanguin. A chaque fois que nous respirons ou que nous bougeons, nous aidons trois litres de lymphe à circuler dans le système lymphatique, via les glandes lymphatiques, vers le sang.

Des centaines de ganglions lymphatiques, ovales ou en forme de haricot, allant de la taille d'une tête d'épingle à celle d'un gros haricot, sont disséminés dans le corps. Ces petites stations de filtrage sont capables d'empêcher efficacement une infection ou une particule étrangère d'entrer dans le sang et de se répandre à travers l'organisme. Les glandes lymphatiques produisent et stockent les lymphocytes, ces globules blancs qui combattent les infections en digérant les bactéries. Ce sont ces glandes que nous sentons comme de petites boules dures quand nous sommes mal en point ou que nous souffrons d'une infection – en général, près du site de l'infection.

Où sont situées mes glandes lymphatiques ?

Cou
Aine
Derrière les genoux
Aisselles
Partout dans les seins
Au-dessus du coude
Amygdales, végétations, appendice
Intestin grêle

Quand le système lymphatique est bloqué par une infection ou surchargé par un excès de toxines, il peut se dérégler. Un ganglion lymphatique congestionné ne se drainera pas correctement, la circulation de la lymphe ralentira et les cellules ne recevront plus assez de nourriture ou de protection. Glandes enflées, douleurs et courbatures, mal de gorge, fièvre et démangeaisons sont les symptômes avertisseurs de la présence de toxines ou de virus dans les cellules et la lymphe. La rétention d'eau est aussi le signe d'une mauvaise circulation lymphatique. Les tissus réagissent en fonction de l'endroit où la lymphe est bloquée dans le corps. Par exemple, si les ganglions de la tête et du cou sont congestionnés, votre teint sera terne et vous retiendrez peut-être plus d'eau que d'habitude au niveau du menton.

Les drainages lymphatiques proposés dans les instituts de beauté peuvent vraiment activer un système lymphatique paresseux, mais vous pouvez le booster vous-même à la maison au quotidien.

Comment activer le système lymphatique

Gommage à sec
Douche écossaise
Activité physique quotidienne
Auto-massages fréquents

Le gommage à sec

La peau est notre plus grand organe ; comme les reins, le foie et le côlon, c'est un organe d'excrétion, qui élimine plus de cinq cents grammes de déchets et de toxines par jour. Si la peau étouffe sous des millions de cellules mortes et de pores obstrués, les toxines et les impuretés restent dans le corps, surchargeant de travail les autres organes d'élimination des déchets.

Il existe une façon simple, rapide et efficace d'aider votre peau à remplir sa fonction : le gommage à sec, pratiqué avant votre douche ou bain quotidien – et obligatoirement pendant le week-end, où vous aurez plus de temps à vous consacrer. Cela n'exige que dix minutes, mais vous pouvez abréger à cinq quand vous êtes très pressée.

Les bienfaits d'un gommage quotidien

Active la circulation sanguine
Stimule la lymphe
Aide à combattre la cellulite
Aide à prévenir les infections et irritations cutanées
Rafraîchit le corps
Donne un coup de jeune

Tout d'abord, si vous ne possédez pas de brosse à gommage, allez vous en acheter une. Il faut qu'elle soit d'une matière naturelle, et non en plastique. (Mais n'achetez pas une brosse dite à « poils naturels », ce sont des poils de blaireau !) On en vend plusieurs modèles de nos jours, et vous en trouverez certainement dans une parapharmacie, un institut de beauté, voire au supermarché.

Avant la douche ou le bain, sur peau sèche, commencez à brosser fermement EN DIRECTION DU CŒUR en commençant par la plante des pieds. Passez du devant de chaque jambe à l'abdomen. Brossez votre ventre d'un mouvement circulaire DANS LE SENS DES AIGUILLES D'UNE MONTRE. Continuez à brosser jusqu'en dessous de vos seins. Puis, repartez de l'arrière des jambes vers le HAUT, sur les fesses puis aussi loin que vous le pouvez dans le dos, en brossant aussi vigoureusement que vous pouvez le supporter. On peut s'attarder sur les cuisses et les fesses, là où se trouvent la majorité des adipocytes.

Quand vous serez parvenue au haut du torse et au haut du dos, changez de sens et brossez-vous du cou VERS LE BAS EN DIRECTION DU CŒUR, devant et derrière, toujours dans la direction que suit le sang pour aller vers le cœur. Enfin, brossez vos mains, puis jusqu'en haut de chaque bras, dessus et dessous. N'oubliez pas de brosser vos aisselles en levant les bras et en allant VERS LE BAS.

Ne gommez pas votre visage, mais vous pouvez brosser la nuque et le cuir chevelu.

A la fin de cette séance vous devriez vous sentir débordante d'énergie. A la fin du programme, quand vous aurez éprouvé et vu les bénéfices du gommage à sec, vous trouverez bien cinq minutes par jour pour continuer. Pourquoi ne pas commencer dès maintenant ?

La douche écossaise

Si vous n'avez pas de brosse à gommage sous la main ou que vous n'êtes pas chez vous, voici une autre façon d'aider la lymphe à circuler et de booster votre système immunitaire. Prenez une douche, et quand vous aurez terminé vos ablutions, faites couler l'eau la plus froide que vous puissiez supporter pendant dix secondes environ (il faut graduellement arriver à tenir trente secondes), puis repassez à l'eau chaude pendant une ou deux minutes. Répétez le processus trois ou quatre fois, en terminant par de l'eau fraîche. Quand l'eau chaude réchauffe votre peau, le sang – et par conséquent la lymphe – afflue à la surface du corps pour protéger de la chaleur vos précieux organes. Sous le choc de l'eau froide, le sang et la lymphe se retirent précipitamment de la surface de la peau pour protéger ces mêmes organes. C'est donc une excellente façon d'activer le système lymphatique – et c'est gratuit.

Conseil pour lutter contre la cellulite

Si votre douche a une pression assez forte, ajustez-la à la puissance maximum et massez les zones à cellulite – cuisses, fesses, haut des bras – avec le jet d'eau dans un mouvement circulaire.

L'activité physique

Pour activer un système lymphatique paresseux, rien ne vaut une séance de gym quotidienne : c'est le mouvement des muscles qui fait remonter le fluide lymphatique. Peu importe l'activité choisie : ce qui importe, c'est que vous la pratiquiez régulièrement. Un jogging léger est excellent, mais ne convient pas à tous. La marche rapide, surtout en remontant une pente, est tout aussi efficace. Il n'en faut pas plus de dix à vingt minutes par jour. Le plus étant le mieux !

Le mini-trampoline

L'un des meilleurs exercices pour la lymphe est certainement le saut sur mini-trampoline, dix minutes par jour. Si vous en avez un, ressortez-le, mettez la musique à fond et sautez. Cette activité met à contribution la gravité naturelle de la terre. Quand vous êtes en l'air, pendant une fraction de seconde vous vous affranchissez de la gravité ; quand vous êtes en bas, la gravité est multipliée par deux ou trois. Cela encouragera vivement la lymphe à évacuer les toxines, tout en étant beaucoup moins dur pour les articulations du genou que la course.

Des sauts dans l'eau

Si vous ne possédez pas de mini-trampoline, voici une alternative excellente et peu onéreuse : sautez sur place dans une piscine, ou dans la mer si elle n'est pas trop froide. L'eau portera votre poids, donc encore une fois vos articulations ne seront pas stressées. Allez assez loin dans la piscine pour que l'eau atteigne votre sternum, puis faites des sauts sur place, soutenue par l'eau. Ou courez doucement sur place dans l'eau.

Si vous n'avez pas l'habitude d'une activité physique régulière, commencez tranquillement et augmentez peu à peu la durée de l'exercice. Vous trouverez d'autres suggestions au chapitre 10, qui vous aideront à faire redémarrer le système lymphatique.

L'auto-massage

En plus de vous faire du bien, le massage en profondeur contribuera aussi au drainage lymphatique – et vous pouvez le pratiquer à la maison, dans une version simplifiée du massage proposé en institut. Il s'agit essentiellement de presser et d'étirer les tissus conjonctifs, qui sont composés de fluides et de fibres. Ceci crée un flux purifiant, un peu comme quand on tord une éponge.

Cette version de massage à domicile a été mise au point pour vous par la masseuse Janie Hildebrand, dont je suis la cliente régulière, pour le plus grand bien de mes sens les plus négligés, l'odorat et le toucher ! Entre mes visites, je trouve le programme ci-dessous rapide et facile à réaliser après la douche ou le bain.

Se masser soi-même

Pour que vos mains glissent plus facilement sur votre peau, et pour l'adoucir, utilisez soit de l'huile d'amande douce ou de l'huile d'olive vierge pressée à froid, ou n'importe quelle huile qui fait du bien à votre peau sans offenser votre odorat. Et comme ce week-end, il s'agit de se détendre, vous pouvez y ajouter une huile essentielle.

Huiles de base

TYPE DE PEAU	HUILE
Toutes	Amande douce
Grasse et mixte	Pépin de raisin
Sensible	Jojoba
Sèche, abîmée par le soleil	Vitamine E
Toutes (si vous n'avez rien d'autre)	Huile d'olive extra-vierge

Huiles essentielles

TYPE DE PEAU	HUILE
Toutes – relaxante	Lavande
Peaux sèches et matures	Encens
Peaux matures	Rose
Peaux très sèches	Patchouli
Peaux grasses ou boutonneuses	Santal
Toutes – antiseptique	Eucalyptus
Toutes	Jasmin

Examinez ces suggestions et choisissez vos huiles. Pour les massages, les huiles essentielles ne doivent JAMAIS être utilisées seules. Mettez une ou deux cuillères à soupe d'huile de base dans un petit bol, puis ajoutez trois à six gouttes de l'huile essentielle choisie, et mélangez. Pour un usage répété, vous pouvez aussi remplir une petite bouteille en plastique d'huile de base et y ajouter de cinq à dix gouttes de votre huile essentielle : secouez bien la bouteille à chaque fois que vous l'utilisez.

Versez généreusement cette mixture sur vos mains ou vos doigts afin qu'ils glissent sur la peau, comme quand vous appliquez une crème hydratante. Une peau sèche la boira à toute vitesse, et il faudra remettre de l'huile jusqu'à ce que vous soyez vraiment « graissée ». N'ayez pas peur d'en mettre trop. Plus il y en a, plus il sera facile d'accomplir les gestes suggérés ci-dessous.

Encore une fois, parce qu'il s'agit d'activer le drainage lymphatique, il est important de toujours travailler dans le sens de la circulation sanguine vers le cœur. Vous allez de la tête vers le BAS et des jambes ou du ventre vers le HAUT, comme pour le gommage, mais cette fois vous commencerez par la tête. Faites-le à la sortie de la douche, quand votre peau est tiède et encore un peu humide. Il vous sera peut-être plus facile de vous asseoir au bord de la baignoire, sur les toilettes ou encore par terre sur une serviette. Essayez différentes méthodes pour découvrir celle qui vous convient le mieux.

La tête

Pour commencer, asseyez-vous bien droite sur une chaise confortable mais avec un bon dossier, ou encore par terre en appuyant votre dos au mur. « Shampooinez » lentement votre cuir chevelu avec la pulpe des doigts, sans les ongles, en faisant bien pénétrer l'huile dans le cuir chevelu. Ce mouvement est incroyablement relaxant et il est excellent pour vos cheveux. Laissez poser l'huile pendant que vous massez le reste du corps.

Le visage

Faites tiédir une cuillère à café de votre mixture d'huile dans vos paumes. Frottez vos mains ensemble puis pressez-les partout sur votre visage rapidement et fermement. Du bout des doigts, tapotez légèrement et rapidement tout le visage en commençant au centre pour aller vers l'extérieur, le long des sourcils, sous les yeux, sur les pommettes, autour de la bouche et sur le menton. Puis, effectuez de petits cercles à partir de la racine des cheveux, en allant vers le bas, tout en suivant le contour extérieur du visage. Arrivée au menton, pincez doucement la chair entre les doigts et le pouce, en allant de la pointe du menton vers les oreilles. Ensuite, avec les index et les pouces, pincez doucement les sourcils en allant vers l'extérieur. Massez le milieu du front et les tempes en mouvements circulaires. Avec deux ou trois doigts, commencez au nez et faites doucement glisser sous les yeux le long de l'orbite oculaire, en allant vers l'extérieur, du nez vers les oreilles. Répétez le même mouvement sous les pommettes, en allant du nez aux oreilles. Puis, placez vos doigts sous votre nez et « balayez » vers le bas en suivant la courbe de votre lèvre supérieure. Enfin, placez les doigts sous le milieu de votre lèvre inférieure et « balayez » vers le haut et l'extérieur, en suivant encore une fois la courbe de la lèvre. Terminez votre massage en tirant sur vos lobes et en les massant vigoureusement. Ceci aidera le sang à irriguer votre visage et réveillera votre teint. Finalement, frottez rapidement vos mains l'une contre l'autre et couvrez-en votre visage, les yeux fermés. Inhalez les huiles essentielles et la chaleur de vos paumes.

Le cou et les épaules

Très difficile à pratiquer sur soi-même, mais avec une main bien huilée, vous pouvez pincer la chair au-dessus de votre omoplate entre les trois premiers doigts et le pouce de la main opposée, en parcourant toute la largeur de l'épaule. Puis, toujours d'une main, massez très doucement la nuque.

Les bras

Placez vos doigts au-dessus du poignet et votre pouce en dessous pour l'encercler. Remontez le bras en pressant fermement. Répétez le geste à plusieurs reprises pour chaque bras, en alternant entre le pouce au-dessus et le pouce en dessous.

Les pieds

Assise, placez le pied droit sur le genou gauche. Enveloppez vos orteils de la main droite ; de la main gauche, en utilisant uniquement les jointures, effectuez un mouvement circulaire sur la plante des pieds. Pressez l'arrière et les côtés du talon. C'est là que les tensions s'accumulent. Terminez en tirant sur chaque orteil fermement et rapidement, en vous assurant que chacun est bien huilé. Répétez sur l'autre pied.

Les jambes et les cuisses

Un pied appuyé sur le bord de la baignoire, entourez votre cheville des deux mains, juste au-dessus de l'os, et faites-les glisser lentement et fermement ensemble le long du mollet, jusqu'au-dessus du genou. Vous devrez répéter le geste plusieurs fois pour bien masser toute la jambe. Remettez de l'huile sur vos mains et lissez vos cuisses, mais en appuyant plus fort. Répétez sur l'autre jambe.

L'abdomen et les fesses

Pour l'abdomen, contentez-vous de mouvements circulaires, dans le sens des aiguilles d'une montre, aussi doucement ou fermement qu'il vous plaît. Plusieurs personnes n'aiment pas qu'on leur masse le ventre. C'est à vous de voir. Les fesses sont très difficiles à masser soi-même : contentez-vous simplement de les frotter vigoureusement avec un loofa quand vous êtes dans la douche !

A propos de douche : résistez à l'envie d'y sauter pour rincer l'huile. Elle pénétrera en peu de temps. N'oubliez pas que la peau est le plus grand organe du corps et que tout ce qu'on y applique, bon ou mauvais, est absorbé par le sang. Ne renoncez pas aux effets bénéfiques de l'huile essentielle en vous relavant. Lovez-vous plutôt dans un vieux peignoir éponge et allongez-vous tranquillement !

Pratiquez l'auto-massage à chaque fois que vous avez la salle de bains à vous, et un peu de temps. En plus d'aider la lymphe à circuler, c'est une bonne façon de vous habituer à vous occuper de vous-même et de contrôler votre niveau de stress. Des techniques aussi bienfaisantes que le gommage et l'auto-massage ne devraient pas être des gâteries que l'on s'offre une fois par année. Habituez-vous à les pratiquer plus souvent dès maintenant. Votre corps et vous les méritez !

7.

Traquez les toxines

Certains médecins prétendent que les toxines n'existent pas. Tout dépend de votre définition de ce qu'est une toxine. La plupart des praticiens de médecines alternatives, dont je fais partie, définissent les toxines comme des substances qui pénètrent dans les cellules et y provoquent un déséquilibre. Ce peut être n'importe quoi, des produits chimiques à la pollution de l'air, du sucre dans les boissons gazeuses aux anti-douleur. Tout ce que nous respirons, ingérons ou touchons peut être considéré comme toxique par notre corps. Tout ce qui affecte notre santé ou stresse nos organes – y compris les pensées négatives et la colère.

Consultez la liste ci-dessous et voyez combien de toxines font partie de votre vie et affectent votre santé. Après avoir lu cet ouvrage en entier, revenez à cette liste et cochez les stressants dont vous aimeriez vous libérer au cours du week-end – et si possible, à jamais.

Les toxines

Aliments industriels, plats préparés
Amuse-gueule et boissons gazeuses
Fast-food et plats à emporter
Pesticides et produits chimiques dans les aliments non-bio
Café et thé
Alcool
Sucre
Nicotine
Médicaments sur ordonnance
Médicaments sans ordonnance
Drogues « récréatives »
Voyages fréquents en avion
Trajets fréquents en métro
Trajets fréquents en voiture
Gadgets électriques à émission de champs électromagnétiques
Regarder régulièrement la télé
Utiliser régulièrement un ordinateur
Utiliser régulièrement le téléphone portable
Relations amoureuses malsaines
Travail stressant
Stress à domicile
Peu ou pas d'activité physique
Peu ou pas d'air frais et de lumière du soleil
Etre toujours en train de courir
Ne pas méditer
Ne pas faire d'exercices de respiration
Ne pas faire de yoga ou d'activité du même type

Ne jamais avoir le temps de simplement « être »
Ne pas avoir le temps de se détendre
Ne pas avoir de temps pour « moi »

Aliments industriels et plats préparés

Si vous avez besoin qu'on vous explique pourquoi vous allez renoncer aux aliments industriels et aux plats préparés, lisez ceci : l'une des plus grandes autorités sur l'alimentation en Grande-Bretagne, le Dr Erik Millstone, de l'université de Sussex, estime que pas moins de cinq mille produits chimiques sont utilisés comme additifs dans les aliments industriels vendus actuellement. Il a calculé qu'un adulte consomme en moyenne de six à sept kilos d'additifs par an – certains ne sont que des saveurs ajoutées inoffensives, mais d'autres n'ont jamais été testés et peuvent donc être considérés comme potentiellement dangereux.

Aliments non-bio

D'après Roz Kadir, nutritionniste de l'équipe de rugby d'Angleterre, la quantité de pesticides, herbicides et fongicides chimiques utilisée sur les récoltes conventionnelles peut entraîner de très préoccupantes complications de santé : « Manger des produits non issus de l'agriculture biologique, c'est comme prendre part à une expérience à long terme, en avalant 4,5 litres de pesticides et de phosphates chaque année. »

Les produits bio peuvent sembler chers, mais en tant que mère de deux enfants, Roz estime qu'il s'agit d'argent bien placé. « Mes enfants sont déjà bombardés de pollution dans l'environnement – pourquoi y ajouter et compromettre potentiellement leur santé à long terme ? »

Toutes les bonnes raisons de manger bio

Les aliments bio ont meilleur goût.

Ils ont été cultivés ou élevés sans produits chimiques artificiels, pesticides ou engrais. On peut donc les manger en toute sécurité.

Ils sont bons pour l'environnement.

Ils sont produits sans ingrédients génétiquement modifiés.

On a plus de garanties que les animaux ont été bien traités.

Ils sont produits sans l'usage systématique d'antibiotiques et d'hormones de croissance.

Ils sont cultivés ou élevés en fonction d'une compréhension moderne et scientifique de l'écologie et de la science des sols, tout en respectant les méthodes traditionnelles de rotation des cultures pour assurer la fertilité des sols et le contrôle des mauvaises herbes et parasites.

Ce sont des aliments naturels !

Je conseille de toujours essayer d'acheter les fruits et légumes les plus frais et les plus purs que vous puissiez vous payer – dans des limites raisonnables. Mais avant de remplir votre cabas de fruits et légumes bio, examinez d'abord les étiquettes pour voir la distance parcourue par les produits. Dans un monde idéal, fruits et légumes bio seraient produits localement et vendus en saison. Mais c'est rare. Pourquoi acheter des pommes bio de Nouvelle-Zélande, ou des fraises espagnoles qui mûrissent depuis trois jours dans les camions ? Imaginez comment vous vous sentiriez, après trois jours dans un cageot ! Plus la distance est importante entre la ferme et votre fourchette, moins il y restera de nutriments quand vous mangerez votre pomme ou vos fraises ; et plus le coût du transport sera élevé.

Evidemment, la meilleure façon de garantir la fraîcheur d'un produit, à part le cueillir vous-même, c'est d'acheter des fruits et légumes bio surgelés. Ce peut être plus cher, mais cela signifie que vous pourrez manger, par exemple, des fruits rouges non frelatés hors saison, les entreposer comme vous le souhaitez et en ajouter quelques-uns pour donner de la saveur à un dessert ou un jus. Parce que les nutriments ont été préservés par le processus de congélation, les aliments bio surgelés peuvent être consommés de temps en temps.

Si vous allez faire du jus, de la compote ou de la purée, il est d'autant plus important que vos fruits et légumes soient le plus exempts possible de produits chimiques. Quand vous faites un jus de carottes, par exemple, non seulement vous en extrayez 90 % des vitamines et sels minéraux, mais aussi 90 % des pesticides éventuellement présents. A quoi cela sert-il de faire de bonnes soupes ou des jus bien frais s'ils sont bourrés de substances chimiques ?

Il existe un compromis entre la santé de votre corps et celle de votre portefeuille : faites vos courses dans un marché où vous pouvez acheter directement du cultivateur local, en sachant donc que les produits ont été cultivés non loin de l'endroit où vous vivez, même si vous êtes en ville. Les fruits et légumes seront riches en nutriments, parce qu'ils n'ont pas mûri artificiellement durant leur temps de transport. Ils seront moins chers parce qu'on a éliminé l'intermédiaire. Et ils seront de saison : vous mangerez donc ce que vous devriez naturellement manger à cette période de l'année. Si vous trouvez un bon marché où les produits ne sont pas bio, ne vous inquiétez pas trop, à moins que vous ne fassiez des jus, auquel cas il vaut vraiment mieux prendre des produits bio. En général, les petites exploitations agricoles n'utilisent pas des quantités excessives de pesticides et de produits chimiques. Posez la question. En cas de doute, lavez à fond, pelez et tranchez la tête et la queue de l'aliment.

Si vous avez la chance de vivre à la campagne vous n'aurez peut-être même pas besoin d'aller au marché, puisque votre fermier local vend sans doute fruits et légumes chez lui, ou peut vous proposer de faire la cueillette vous-même. Mieux encore, vous pouvez cultiver certains aliments : ainsi, vous saurez exactement ce qu'il en est.

Dans les villes, de plus en plus de supermarchés bio ouvrent leurs portes. C'est plus cher, mais vous payez des aliments qui ont été cultivés selon les principes éthiques et qualitatifs les plus élevés. Mais encore une fois, lisez les étiquettes pour connaître les distances qu'ils ont parcourues.

Finalement, il y a les grandes chaînes de supermarchés. Certains disposent de rayons bio bien achalandés, car le public est de plus en plus demandeur de produits frais sans pesticides ni produits chimiques. Plus nous en achèterons, plus les prix deviendront compétitifs : donc, cela vaut la peine d'aller jeter un coup d'œil au supermarché local.

Il est possible que, comme moi, vous finissiez par faire vos courses dans deux ou trois endroits différents. Je comprends parfaitement que certaines d'entre vous n'aient pas le temps de faire le tour des marchés ; mais j'espère que vous ferez l'effort pour le programme. J'achète fruits et légumes bio pour les jus au supermarché local ; puis je m'approvisionne autant que possible au marché fermier le plus proche. Si je ne peux trouver la version bio d'un ingrédient pour une recette spécifique, j'achète de temps en temps du non-bio, en lavant l'aliment à grande eau.

Les gens s'affolent toujours en voyant le prix des fruits et légumes bio, mais pour le week-end, comme vous n'allez acheter ni viande, ni poisson, ni plats préparés, vous dépenserez en fait moins que d'habitude.

Sachez toutefois que le label « bio » n'est pas forcément synonyme de « bon pour la santé ». Une pizza bio, par exemple, reste bourrée de matières grasses, de gluten et de sel – quelque bio qu'elle soit ! Et il suffit que certains des ingrédients de la pizza soient produits par l'agriculture biologique pour qu'elle puisse afficher le label « bio », alors ne vous laissez pas duper. Le fait qu'un aliment industriel se dise bio ne garantit pas forcément qu'il soit bon pour vous ou votre digestion ! Lisez la liste des ingrédients et usez de bon sens. Un aliment bio indigeste ajoutera à votre charge de toxines parce qu'il rendra le côlon paresseux.

Quand tout est dit, si votre budget le permet, fruits et légumes bio restent ce qu'il y a de moins toxique. Si vous n'en avez pas les moyens, ou que vous ne trouvez pas ce dont vous avez besoin dans les rayons bio, je préfère de loin que vous mangiez plus de fruits et légumes, même « non-bio », à condition que vous coupiez tête et queue, peliez et laviez le tout !

Thé et café

Si le thé et le café ne sont pas bio, on utilise en général des produits chimiques toxiques sur les récoltes ; le café décaféiné est encore pire, car des produits chimiques tels que le chlorure de méthylène ou le trichloroéthylène, utilisés pour décaféiner les grains, laissent des résidus toxiques. Si vous voulez du déca, assurez-vous qu'il soit préparé selon la méthode suisse, ou à l'eau, ce qui signifie que la caféine a été retirée par distillation vapeur. Si vous ne pouvez vivre sans votre café ou thé quotidien, buvez une seule tasse de thé ou café bio par jour. Et n'oubliez pas que la caféine se dissimule dans plusieurs médicaments anti-douleur et boissons sucrées – que de toute façon, vous allez cesser de consommer !

L'alcool

Du point de vue de votre foie, l'alcool est assurément une toxine. Près de 95 % de l'alcool consommé doit être métabolisé par le foie, ce qui lui demande énormément de travail. De votre point de vue à vous, si vous avez l'habitude de prendre un verre ou deux tous les soirs, cela vous fera un bien fou de vous prouver que vous n'avez pas besoin d'alcool pour vous détendre pendant trois jours. Certains signaux d'alarme peuvent laisser penser qu'une personne est en voie de devenir alcoolique : l'habitude de boire seule, de boire tous les jours, de sauter un repas en faveur d'un « repas liquide ». Mais si vous pouvez vous arrêter de boire sans difficulté pendant une semaine ou deux d'affilée – voire un jour ou deux – vous n'avez aucun souci à vous faire.

Le sucre et les édulcorants artificiels

Le sucre, comme nous l'avons vu plus haut, réduit nos défenses immunitaires. En plus d'être addictif, il est à l'origine de nombreuses maladies du XXIe siècle telles que le diabète adulte. Quant à sa toxicité, les millions de micro-organismes qui partagent notre espace vital – sur notre peau, dans nos intestins et partout autour de nous – adorent les aliments sucrés. Un régime riche en sucres leur permet de se multiplier et de nous infester de bactéries, champignons et parasites, intoxiquant nos cellules et provoquant des maladies telles que la candidose (une forme aggravée de déséquilibre du pH) ou, au pire, le diabète.

> **La consommation excessive de sucre est responsable de 90 % des cas de candidose.**

Quant aux édulcorants artificiels, pour les raisons expliquées plus haut, ils ne jouent aucun rôle dans un programme pour une alimentation plus saine. Nous n'en savons pas assez sur les produits chimiques utilisés pour les fabriquer, ainsi que sur leurs effets à long terme. Ils sont assez douteux pour être considérés comme des toxines et puis de toute façon, ils ne semblent pas très efficaces quand il s'agit de perdre du poids, n'est-ce pas ?

Quatre types d'édulcorants artificiels sont utilisés dans les aliments actuellement : la saccharine, l'acésulphame-K, l'aspartame et le cyclamate – on les utilise comme édulcorants dans la majorité des aliments industriels. Evitez-les tous !

La nicotine

On a souvent dit de la nicotine que c'était la drogue dont il était le plus difficile de décrocher ; c'est en tout cas l'une des plus toxiques. Sous sa forme liquide, la nicotine est un poison puissant : une seule injection d'une seule goutte serait absolument mortelle. C'est la nicotine des cigarettes, pas la fumée, qui nous rend accro, et plusieurs experts la considèrent comme encore plus addictive que l'héroïne.

Fumer provoque irritations, inflammations et allergies, tout en détruisant des antioxydants tels que la vitamine C, affaiblissant ainsi la totalité du système immunitaire. Les cigarettes contiennent des milliers de produits chimiques toxiques, tant dans la fumée que le goudron, qui sont à l'origine de bronchites, emphysèmes, cancers et nombre d'autres maladies. Ils flétrissent notre peau, jaunissent nos dents et nos doigts, et peuvent finir par nous tuer !

J'en ai assez dit. Je sais que c'est difficile, mais si vous fumez vous savez mieux que quiconque que vous devez vous libérer de cette toxine. Alors servez-vous de vos préparatifs du week-end pour songer à décrocher définitivement. Prenez rendez-vous avec un hypno-thérapeute ou allez voir votre généraliste pour discuter de thérapies de substitution à la nicotine (bien que certains substituts soient tout aussi toxiques). Commencez à réduire votre consommation. Le week-end arrivé, vous aurez mis en place vos « béquilles » ou bien vous aurez arrêté complètement. Quoi que vous fassiez, ne décidez pas d'arrêter net ce week-end-là. J'ai essayé et je peux vous garantir que les symptômes de sevrage sont vraiment pénibles quand vous n'avez pas de substitut de nicotine ou d'autres formes d'aide à votre portée.

Médicaments et drogues

Votre consommation de médicaments et de drogues doit être réduite au minimum au cours de votre cure express. Toutes les drogues, qu'elles soient licites ou illicites, « naturelles » ou pharmaceutiques, comportent des éléments de toxicité, que le foie doit traiter pour s'en débarrasser. Votre foie a vraiment besoin de repos ce week-end, alors pour des résultats optimaux, offrez-lui une pause.

Les médicaments sur ordonnance – analgésiques, somnifères, tranquillisants et antidépresseurs – peuvent efficacement supprimer douleurs, inflammations et émotions pénibles, nous aider à nous détendre et à nous endormir. Mais ils ne traitent pas la raison de nos souffrances. Le programme de 48 heures vous aidera, je l'espère, à rechercher et à trouver cette raison. Ne croyez pas que je vous demande de jeter les médicaments prescrits par votre médecin ! Simplement, parlez-en avec lui pour savoir si vous pourriez éventuellement vous sevrer ou les remplacer par une substance plus naturelle, par exemple le millepertuis. Il est important de s'y prendre graduellement et sous suivi médical, afin de ne pas souffrir de problèmes liés au sevrage.

De la même façon, si vous prenez constamment des traitements sans ordonnance contre les maux de tête, de dos, la constipation ou l'indigestion, essayez de vous en passer pendant trois jours, ou plus longtemps de préférence. Votre foie appréciera d'être mis au repos. Selon le Dr Simon Ellis, consultant en neurologie à l'hôpital de North Staffordshire (Angleterre), si vous prenez des analgésiques sans ordonnance pendant plus de sept jours par mois, il s'agit d'une consommation excessive. Profitez du week-end pour essayer d'arrêter de compter sur eux.

Si vous avez l'habitude de vous rouler un joint tous les soirs pour vous détendre, ou si vous consommez d'autres drogues récréatives, le week-end représente une formidable occasion de vous prouver que vous n'en avez pas besoin. Même s'il s'agit d'une plante, la marijuana contient du tétrahydrocannabinol, qui est stocké dans les graisses du corps et le foie. Tout consommateur assidu devrait au moins s'offrir une cure détox par an. Toutes les drogues récréatives contiennent des produits chimiques toxiques : essayez de vivre sans elles pendant au moins trois jours.

Les déplacements

Le voyage, sous toutes ses formes, semble nous rendre malades et engendrer des toxines dans nos corps. Ce n'est pas le fait de voyager en soi qui est mauvais pour la santé, mais notre mode de vie actuel et les conditions de transport moderne. Ainsi, le réseau du métro londonien est chargé de plomb, d'amiante et de toutes sortes d'autres toxines, y compris des ondes électromagnétiques. Et puis, rien de tel qu'une rame bondée pour disséminer le maximum de microbes, sans compter les effets du stress.

Si vous prenez votre voiture tous les jours, vous vous énervez sans doute dans les embouteillages et vous avalez la fumée des pots d'échappement. Même les cyclistes doivent porter des masques pour se protéger de la pollution des villes, liée aux taux croissants d'asthme et d'affections bronchiques.

Si vous prenez régulièrement l'avion vous risquez aussi de souffrir de stress et du décalage horaire, sans compter le fait d'être exposé aux microbes des autres passagers dans l'air recyclé de la cabine. Ajoutez à cela l'exposition à l'ozone et aux radiations des hautes altitudes, le manque d'oxygène, la pollution, les effets déshydratants de l'alcool et les risques de thrombose à cause du manque d'espace pour les jambes, et vous conviendrez que prendre l'avion n'a rien d'une partie de plaisir !

Hélas, la plupart d'entre nous sommes condamnés à effectuer des déplacements – que ce soit pour nous rendre sur notre lieu de travail ou pour voyages d'affaires. Essayez donc de réduire le stress des voyages au minimum pendant le week-end.

Les appareils électriques

Tous les appareils électriques émettent des champs électromagnétiques. D'après Powerwatch (organisme britannique indépendant, qui contrôle les problèmes liés à ce domaine), certains appareils dégagent des champs électromagnétiques d'un niveau encore plus élevé que ceux produits par les lignes à haute tension. Alasdair Phillips, ingénieur et directeur de Powerwatch, l'affirme : « Plusieurs scientifiques croient que les champs électromagnétiques qui nous entourent, à cause de notre consommation croissante d'électricité, peuvent être nuisibles à notre santé. Ils peuvent affaiblir notre système immunitaire et encourager le développement de maladies telles que le cancer et l'Alzheimer. » Même le fait d'utiliser pendant quelques minutes certains appareils électriques peut provoquer dépression, maux de tête, sautes d'humeur, anxiété, baisse d'énergie et difficultés à se concentrer.

Powerwatch signale que plusieurs appareils ménagers émettent des champs électromagnétiques alors que nous les utilisons quotidiennement, sans connaître leurs effets à long terme. Ce qui est nocif, c'est le fait d'être physiquement proche de ces appareils et de nous exposer aux champs électromagnétiques pendant de longues durées. Les champs électromagnétiques sont mesurés en « milligauss » : les téléphones portables sont en tête de liste des appareils « à éviter » car ils émettent cent milligauss, tandis que les horloges digitales sont tout en bas, avec seulement six milligauss. Même lorsque le niveau d'émission est bas, je crois que cela vaut la peine de voir comment vous vous sentez après un week-end où tout est éteint. (De toute façon, vous ne vous plaindrez pas de ne pas sortir le fer à repasser ou de ne pas faire tourner des machines, j'imagine !)

Je ne vous suggère pas d'arrêter d'utiliser vos appareils électriques plus longtemps que la durée du programme – à moins que vous ne le souhaitiez – car ils rendent notre vie plus facile et plus confortable. De toute façon, vous allez être tellement bien protégée et armée à l'avenir par votre régime et votre mode de vie, que vos cellules seront mieux à même de se défendre contre les champs électromagnétiques et les toxines ! (Vous trouverez en chapitre 18 quelques conseils pour utiliser vos appareils électriques à moindre risque.)

Il n'y a pas que les champs électromagnétiques. Le week-end est censé vous aider à vous calmer, permettre à votre système nerveux de se détendre et à vos cellules de se régénérer. Tout « bruit » extérieur – la radio, une machine à laver – nuirait à cet objectif. Rappelez-vous que nous souffrons d'une surcharge visuelle et auditive. Donc, il faut tout éteindre. Rien que pendant trois jours.

La télé

Les téléviseurs émettent des champs électromagnétiques qui peuvent vous affecter, surtout si vous vous asseyez trop près de l'écran. De plus, les stimuli visuels de l'écran télé excitent le système nerveux, même si l'émission est tranquille. Les téléviseurs génèrent également de l'électricité statique et la poussière qu'ils attirent devient une source de virus et de bactéries. Alors recouvrez votre téléviseur d'une couverture et dites-vous qu'il est en panne ! Je vous promets que vous découvrirez alors le temps de faire toutes sortes de choses pour lesquelles vous n'aviez jamais le temps auparavant : massage, lecture, longues promenades. Il est plus facile de se passer de la télé en été, quand on a envie d'être dehors, mais même si vous vous lancez dans le programme au fin fond de l'hiver, vous pouvez bien vivre sans petit écran pendant votre week-end, non ?

L'ASTUCE

Si vraiment vous êtes incapable de vivre sans télé, maintenant ou au cours du week-end, essayez au moins d'éviter de l'allumer après 20 heures – 21 heures. Ceci permettra à votre système nerveux de récupérer avant que vous alliez vous coucher.

Couverture électrique

Laissez-la de côté, ne serait-ce que pour le week-end – elle crée un champ magnétique qui pénètre votre corps sur au moins quinze centimètres. Revenez à la bonne vieille bouillotte, si nécessaire, au cours de ces trois jours – c'est plus naturel. Si vous avez encore besoin de votre couverture électrique, au moins débranchez-la avant de vous mettre au lit.

Ordinateur

Les ordinateurs émettent des champs électromagnétiques, surtout par derrière et sur les côtés. Le conseil de Powerwatch est donc de maintenir la longueur d'un bras entre l'écran et vous. Les ordinateurs portables sont moins nocifs, à moins que vous ne soyez branchés sur secteur – dans ce cas, le transformateur devrait être le plus éloigné possible de vous à cause de ses niveaux élevés d'émissions. Si vous vous servez d'un ordinateur portable, travaillez autant que possible sur batterie (c'est de toutes façons meilleur pour l'appareil aussi).

Quoi qu'il en soit, pour favoriser un meilleur sommeil au cours de votre préparation au programme, essayez de ne pas toucher à l'ordinateur après dîner pour ne pas souffrir du SCS (Syndrome du Cerveau Suractivé). Au cours du week-end, en tous cas, vous n'aurez aucun besoin d'ordinateur.

Sèche-cheveux

Des champs électromagnétiques sont émis près de la poignée d'un sèche-cheveux et plus le réglage est puissant, plus l'émission d'ondes l'est aussi – même quelques minutes d'exposition peuvent vous affecter. Essayez de ne pas vous laver les cheveux pendant vos trois jours ; ainsi vous n'aurez pas besoin de les sécher. Les sécrétions naturelles de votre corps leur feront du bien, et puis de toute façon vous les aurez couverts d'huile au cours de l'auto-massage ! Ensuite, vos cheveux seront superbes.

Radio et réveils digitaux

Débranchez-les. Vous n'avez pas besoin de connaître l'heure constamment pendant le week-end, et se réveiller en silence est un vrai régal – une révélation, si vous n'y êtes pas habituée.

Téléphones

Nous avons tous entendu parler des débats concernant l'utilisation régulière de téléphones portables, et du risque de tumeurs au cerveau qui leur serait associé. Pendant trois jours, nous allons considérer les téléphones portables comme des toxines. Même s'ils ne provoquent pas de tumeurs, le fait d'utiliser longtemps un portable semble m'épuiser, et puis ça échauffe l'oreille !

Maux de tête, oreilles qui chauffent, fatigue et appauvrissement de la mémoire ont également été associés à l'usage des téléphones sans fil pendant de longues durées. C'est la base qui émet des champs électromagnétiques, donc encore une fois, restez-en le plus loin possible quand vous bavardez un bon moment au téléphone.

D'après Powerwatch, les lignes fixes ne posent aucun problème, mais ce n'est pas une excuse pour papoter pendant tout le week-end – rappelez-vous, vous êtes censée vous « débrancher ». Tout bavardage, stress ou bruit inutile doit être évité. Couper cette sonnerie envahissante est l'un des gestes les plus libérateurs que vous puissiez poser !

> **Mettez-vous sur répondeur ; dites aux amis que vous êtes partie ; n'utilisez pas, n'approchez même pas du téléphone pendant tout le week-end. Faites comme si vous n'en aviez plus !**

Micro-ondes

Les fours à micro-ondes n'émettent pas de champs électromagnétiques, mais Powerwatch s'inquiète du manque de recherche sur les conséquences de l'irradiation de nos aliments, ainsi que sur les conséquences d'éventuelles fuites de radiations sur les appareils plus vétustes. Je me suis débarrassée du mien il y a longtemps (je l'ai offert à mon ex !).

Deux articles de ma liste « à éviter » ne figurent pas sur celle de Powerwatch, mais je crois que cela vaut la peine de s'en passer, ne serait-ce que pour la durée du week-end.

Montres

Les piles des montres-bracelets émettent des pulsations magnétiques plusieurs milliers de fois par seconde. Nous ne connaissons pas l'effet qu'elles ont sur notre corps, mais retirez votre montre pendant trois jours – vous n'en aurez pas constamment besoin. Regardez-la uniquement si, par exemple, vous minutez la durée d'un traitement.

Soutiens-gorge à armatures

Certaines personnes pensent que le métal des armatures se comporte comme une antenne qui re-capte les champs électromagnétiques externes, ainsi que les fréquences des micro-ondes. Vous n'utiliserez ni four à micro-ondes, ni ordinateur au cours de votre cure détox, mais offrez tout de même des vacances à vos seins, et passez-vous de votre soutien-gorge à armatures.

Quant à toutes les autres toxines...

Relations malsaines
Job stressant
Stress à la maison
Peu ou pas d'exercice
Peu ou pas d'air frais et de lumière solaire
Toujours en train de courir
Pas de méditation
Pas d'exercices de respiration
Pas de yoga ou d'activité du même type
Pas de temps pour « être »
Pas de temps pour se détendre
Pas de temps pour « moi » !

J'aurais besoin d'un livre entier pour aborder le sujet. Disons seulement que le fait de vous occuper de vous durant un week-end réglera certains de ces problèmes. Les seuls auxquels je ne puisse rien sont les trois premiers – vous êtes seule à pouvoir les résoudre. Mais votre week-end vous offrira le temps de faire le point sur vos sentiments par rapport à votre boulot, vos relations affectives et votre vie familiale ; plusieurs réponses commenceront à se formuler dans votre tête. Moins vous serez stressée, mieux vous serez en mesure de vous attaquer à la source du stress. Oubliez votre angoisse et la solution viendra toute seule. C'est pour cette raison que les gens font des retraites, écartant toutes les influences extérieures afin de réévaluer calmement leur situation. Ils en reviennent souvent avec un tout nouveau projet de vie ! Vous serez en mesure d'y voir clair, vous aussi, sans même quitter votre foyer – à condition que tous les « bruits » extérieurs aient été supprimés et que vous appliquiez des techniques telles que la méditation.

Toutes les autres toxines de la liste, du manque d'air frais au manque de temps pour « moi », seront traitées au cours du programme. Vous apprendrez à méditer, à respirer comme il faut et à suivre une routine d'exercices qui vous détendra plutôt que de vous « speeder ». Ainsi, quelles que soient les toxines que vous ayez cochées, ne vous inquiétez pas : on les aura !

Votre corps est fait pour gérer les toxines – il mène une lutte interne constante contre les radicaux libres, les bactéries et les parasites. La toxicité ne s'installe que lorsque nous en absorbons plus que nous ne pouvons en traiter, et c'est l'équilibre du corps qui s'en ressent. Un système immunitaire vigoureux et des voies d'élimination efficaces nous aideront à supporter l'exposition quotidienne aux toxines et au stress. C'est pourquoi ce programme de 48 heures est si important. Aucun d'entre nous ne peut passer sa vie à respirer de l'air pur et à manger des aliments purs, sans électricité ni autres formes de stimulations. Mais pendant trois jours, nous allons nous rapprocher le plus possible de la vie naturelle, afin de doter notre corps des armes dont il a besoin pour se défendre dans le « vrai » monde !

> **L'ASTUCE**
>
> Saviez-vous que le fait d'écouter de la musique classique dès le lever peut augmenter votre QI de six points ? Préférez donc la musique classique à la sur-stimulation de la télé ou de la musique pop, ouvrez grand les fenêtres (même en hiver), respirez à fond et dites-moi si vous ne vous sentez pas mieux, plus éveillée et plus calme.

Vous allez avoir besoin d'autres méthodes pour vous détendre et évacuer les toxines. Au cours du prochain chapitre, nous allons aborder le sujet des bains – les chauds, les froids et les entre-deux ! Tout en vous aidant à vous relaxer et à renforcer votre système immunitaire, un bon bain peut aussi améliorer toutes sortes d'états et de bobos, comme vous le découvrirez bientôt. Lisez ces propositions sans idées préconçues, et testez-en une dès que possible.

8.

Soignez-vous par l'hydrothérapie

ATTENTION : Si vous souffrez d'évanouissements ou de vertiges, de problèmes cardiaques ou de tout autre problème circulatoire, comme l'hyper ou l'hypotension, lisez ce chapitre très attentivement et évitez toute proposition qui vous semble potentiellement nocive. Au moindre doute, consultez toujours un expert médical.

Qu'est-ce que l'hydrothérapie ?

Il s'agit de l'usage de l'eau pour traiter diverses affections. Tout a commencé vers 1830 en Bavière lorsqu'un prêtre catholique du nom de Sebastian Kneipp découvrit qu'il était atteint, comme plusieurs de ses contemporains, de tuberculose. Aucun des remèdes de la médecine classique ne semblait efficace, et après avoir lu un ouvrage sur les traitements par l'eau, il décida de tenter le coup. Malgré une fièvre aiguë, il sauta dans une rivière glacée et en ressortit aussitôt. Il s'emmitoufla dans d'épaisses couvertures et rentra se mettre au lit, pour évacuer les poisons par la transpiration. Il avait stimulé son système immunitaire et l'avait poussé à réagir ; il renouvela le traitement quotidiennement et en quelques semaines il avait repris de la vigueur. Il finit par guérir. Aujourd'hui, il existe un Collège Kneipp et l'hydrothérapie est pratiquée dans de nombreux hôpitaux et cliniques européens.

Il s'agit d'une thérapie très utile pour le rétablissement de patients arthritiques ou partiellement paralysés ; mais on la considère souvent comme une lubie assez ridicule, que seuls peuvent s'offrir les riches clients d'établissements thermaux luxueux. Il faut pourtant la prendre au sérieux : c'est une technique efficace et bénéfique.

Attention, je ne suis pas en train de préconiser l'hydrothérapie pour guérir la tuberculose ou toute autre maladie requérant un traitement médical. Je la recommande cependant avec enthousiasme en tant que mesure préventive permettant de renforcer les pouvoirs naturels de récupération du corps. Comme on l'a constaté dans les stations thermales, la circulation de la lymphe et le tonus de la peau, donc la cellulite, s'améliorent en général après une hydrothérapie.

Les bienfaits de l'hydrothérapie

Aide à prévenir les rhumes et les virus
Améliore l'endurance
Réduit les niveaux de stress
Améliore le sommeil
Renforce la circulation sanguine
Renforce le système nerveux

Stimule le système immunitaire
Aide à évacuer les toxines
Stimule un système lymphatique paresseux

Dans ce chapitre, vous trouverez toutes sortes de types de bains différents, parmi lesquels vous choisirez votre traitement. Lisez bien et voyez celui qui vous tente le plus. Lorsqu'une température est indiquée, ce n'est qu'une proposition – sinon, usez simplement de bon sens et écoutez votre corps. Ce qui est délicieusement chaud pour certaines personnes sera dangereusement brûlant pour d'autres. En cas de doute, faites-vous couler un bain juste assez chaud et rajoutez de l'eau chaude au fur et à mesure. Votre corps tout entier doit être immergé, et vous aurez peut-être envie d'avoir un bouquin sous la main, parce que vous allez vous prélasser un bon moment ! Si vous voulez ajouter des huiles essentielles à l'eau, mesurez environ trois gouttes de vos essences favorites.

Les types de bains

Les bains chauds (de 32,2 à 35° C) ouvrent les pores et provoquent la sudation, tout en aidant les cellules à s'ouvrir pour relâcher leurs toxines. Les bains chauds aident aussi à réduire le taux de sucre sanguin, soulagent les douleurs articulaires et musculaires et améliorent les mouvements péristaltiques du côlon – autrement dit, ils stimulent les intestins. Ils aident à évacuer les toxines ou à lutter contre un petit rhume, et vous seront très bénéfiques au cours du week-end. Plus l'eau est chaude, plus la transpiration sera abondante et plus vous évacuerez de toxines. Mais attention, trop de stimulation peut être nocive au corps, alors allez-y doucement.

DURÉE : Laissez-vous tremper de dix à vingt minutes.

> **ATTENTION : Buvez beaucoup d'eau avant, pendant et après le bain, car la chaleur et la transpiration vont déshydrater votre corps.**

Les bains froids (de 12,8 à 18,3° C) choquent le système, en le stimulant d'abord, puis en ralentissant le cœur. Les bains froids sont géniaux si vous êtes très stressée, souffrez du syndrome du « Cerveau en surchauffe » ou en cas d'insomnie. Leurs effets sont contraires à ceux des bains chauds, car ils peuvent « diluer » le sang, augmenter le taux de sucre sanguin et réduire les mouvements péristaltiques du côlon. Autrement dit, les bains froids ralentissent le fonctionnement de l'organisme car le sang reflue vers l'intérieur pour protéger vos organes.

DURÉE : une trempette rapide de six à trente secondes, pas plus !

> **ATTENTION : Ne prenez pas de bain froid si vous avez des problèmes cardiaques, si vous vous sentez malade, épuisée ou même si vous avez l'impression que vous avez attrapé quelque chose. Les bains froids sont réservés aux santés robustes !**

Les bains aux huiles essentielles

Vous pouvez ajouter de trois à dix gouttes de n'importe laquelle de ces huiles à votre bain. Ou bien utiliser un mélange d'huiles (sans dépasser les dix gouttes).

Lavande : Antibiotique, antiseptique, antidépresseur, sédatif, détoxifiant, favorise la guérison. Si vous n'achetez qu'une seule huile essentielle, choisissez celle-ci.

Pin : Rafraîchissant, relaxant et cicatrisant.

Camomille : Antispasmodique et calmante.

Menthe poivrée : Anti-inflammatoire et antiseptique. Bonne pour la digestion.

Mélisse : Calmante, relaxante et sédative.

Thym : Antiviral et antiseptique.

Citron : Antiseptique, antibactérien et tonifiant. Bon pour le système lymphatique.

Romarin : Stimule mentalement et physiquement. Pas vraiment adapté à la détente.

Bains médicamenteux

Le bain au sel marin : Utilisez celui-ci pour vous relaxer. Plus l'eau est fraîche et moins vous passez de temps dans la baignoire, plus l'effet sera tonifiant. Ajoutez de 1,3 à 2,3 kilos de sel marin à la baignoire pleine.

De dix à vingt minutes.

Le bain au bicarbonate de soude : Pour des problèmes cutanés tels que l'eczéma, l'urticaire ou les prurits. Le bicarbonate de soude est un antiseptique doux, il ouvre les pores et soulage les démangeaisons et les irritations cutanées. Ajoutez un demi-kilo à une baignoire pleine d'eau tiède ou fraîche.

De quinze à trente minutes.

Bain au vinaigre de cidre de pomme : Excellent pour se débarrasser des toxines, rétablir l'équilibre acide/alcalin et traiter les candidoses. Prenez du vinaigre bio ou cru. Ajoutez entre 250 ml et un litre à une baignoire pleine d'eau chaude.

De quinze à vingt minutes.

Les bains de pieds

Les bains de pieds servent à soulager plusieurs des symptômes qui peuvent se manifester au cours du programme. Asseyez-vous au bord du bain, ou détendez-vous sur le canapé avec les pieds dans une grande bassine en plastique.

Bains de pieds chauds

BONS POUR :

Décongestionner les organes internes

Soulager les maux de tête

Réchauffer le corps

Déclencher la transpiration

Aider à arrêter un rhume ou à le soigner

Se détendre

Soulager les pieds douloureux (surtout si l'on ajoute de la moutarde !)

Réchauffer les pieds toujours froids

Technique simple mais efficace : remplissez la baignoire ou la cuvette d'eau agréablement chaude, assez pour couvrir vos pieds et vos chevilles. (Testez-la d'abord d'un orteil afin d'éviter de vous ébouillanter.) Continuez à ajouter de l'eau chaude pour que la température reste constante. Laissez tremper vos pieds pendant dix à vingt minutes dans l'une des huiles essentielles suggérées. Terminez en rinçant vos pieds à l'eau froide. Allez-y doucement pour ne pas trop transpirer. Reposez-vous ensuite et buvez beaucoup d'eau.

Bains de pieds froids

BONS POUR :

Pieds fatigués
Constipation
Insomnie
Maux de tête
Saignements de nez
Rhumes

Si vous avez du mal à vous endormir le soir, et surtout si vous souffrez du « Syndrome du Cerveau en surchauffe », c'est un remède génial. Faites tremper vos pieds dans l'eau froide jusqu'à ce que le froid vous incommode ou que les pieds commencent à se réchauffer, selon ce que vous êtes capable de supporter.

Bains de pieds chauds / froids alternants – pour stimuler le système lymphatique

BONS POUR :

La circulation
Les varices
L'insomnie
Les maux de tête
L'hypertension
Le système immunitaire

Commencez par vous tenir debout ou faire tremper vos pieds pendant une ou deux minutes dans l'eau chaude, puis trente secondes dans l'eau froide, et continuez à alterner entre les deux pendant quinze minutes, en terminant par l'eau froide.

J'ai appliqué cette méthode dans un spa américain où l'on avait déposé des galets dans un bassin peu profond, afin que les points de réflexologie des pieds soient massés en passant du chaud au froid et du froid au chaud. Le virus qui commençait à m'attaquer disparut. Si vous vivez près d'une plage, vous pourriez ajouter de petits galets ou cailloux à votre bain de pieds pour en démultiplier les effets bénéfiques ! (Mais posez-les sur un tapis de bain en caoutchouc pour éviter d'égratigner l'émail.)

Astuce pour un « lifting » éclair

L'eau froide tonifie et raffermit la peau. Passez un jet d'eau fraîche sur votre visage, en tenant le pommeau de la douche le plus près possible (MAIS évitez les yeux si la pression de l'eau est forte.) Faites tourner le pommeau en mouvement circulaire 5 ou 6 fois, d'abord dans le sens des aiguilles d'une montre, puis dans le sens contraire. Terminez en aspergeant votre front pendant trente secondes, puis les tempes, puis la ligne de la mâchoire. Essuyez votre visage par petits tapotements avec une serviettes bien moelleuse et tiède.

Astuce pour les « dégonflées »

Personnellement, je déteste m'envoyer un jet d'eau dans les yeux, alors voici ma version pour « dégonflées », presque aussi efficace ! Remplissez une bassine d'eau froide. Soit vous trempez votre visage dans la bassine, soit vous faites tremper un gant de toilette dans l'eau pour le poser ensuite sur votre visage. L'eau doit être aussi froide que vous pouvez le supporter. Répétez six fois, puis séchez doucement la peau.

L'hydrothérapie peut réellement renforcer votre système immunitaire. Au cours du chapitre suivant, nous allons découvrir d'autres façons de le stimuler.

9.

Renforcez votre système immunitaire

Des bactéries et des virus, il y en a partout. Nous les absorbons avec nos boissons et nos aliments, nous les inhalons dans l'air que nous respirons. Notre corps en regorge : d'ailleurs, vous transportez actuellement quelque 1,2 kilo de bactéries dans vos intestins ! Certaines de ces bactéries sont essentielles à votre bien-être, d'autres potentiellement redoutables pour la santé.

Nous ne tombons malades que lorsque notre système immunitaire est affaibli ; autrement, une famille humaine ne survivrait pas plus de quelques mois, tant il y a de microbes tout autour de nous ! La médecine naturopathe, tout comme ma propre formation, suggère qu'au lieu de tuer les microbes qui risquent de nous envahir, nous renforcions nos systèmes sanguins et lymphatiques afin que les bactéries et les virus ne puissent s'y reproduire et prendre le dessus.

Selon cette philosophie, tuer les microbes sans purifier tout le système, c'est un peu comme essayer de nettoyer sa cuisine en bombardant tous les plans de travail de bactéricides chimiques, plutôt que d'aérer largement la pièce et de récurer soigneusement les placards. Il est intéressant de constater que d'après certains chercheurs, la croissance exponentielle des cas d'asthme et d'allergies provient de notre zèle à trop nettoyer nos maisons. Nous assistons par ailleurs à la naissance de nouveaux « super-microbes » qui semblent insensibles aux antibiotiques les plus puissants et aux désinfectants. En plein XXIe siècle, dans nos demeures propres et récurées, nos systèmes immunitaires semblent s'affaiblir de plus en plus, plutôt que de se renforcer.

Pourquoi tombons-nous malades ? Quel est l'impact du stress sur le système immunitaire ? Comment réagit-il à une cure détox, et comment gérer une « crise salutaire » ? D'ici la fin de cet ouvrage, vous apprendrez comment maintenir votre système immunitaire en santé, par l'alimentation et le mode de vie, ce qui, je l'espère, vous protégera des maladies à l'avenir ! Mais d'abord, comment tombe-t-on malade ?

Pourquoi attrape-t-on le rhume ou la grippe ?

Le virus ou la bactérie doit pénétrer dans le corps par une voie d'accès comme le nez ou la bouche. Supposons que vous soyez fatiguée ou surmenée, et que quelqu'un éternue près de vous dans un espace confiné, le métro par exemple. Vous « chopez » le virus sur une main, vous vous touchez le nez et bingo, il passe par là pour accéder à votre gorge. Une fois en place, le virus fait semblant d'être une protéine afin de pouvoir pénétrer les cellules de la gorge. Les cellules saines deviennent alors des usines à virus. Votre système se défend : les cellules tueuses qui patrouillent dans le corps aspergent les cellules contaminées de poison.

Des cellules appelées macrophages se joignent au combat et engloutissent autant d'envahisseurs et de débris de cellules possible. Ce qu'elles ne peuvent englober et détruire est emporté par les milliers de petits cils des muqueuses de la gorge, pour être avalé, toussé ou éternué vers l'extérieur : le mucus, c'est ça !

Courbatures, mal de gorge et ganglions gonflés signalent l'intensité de la lutte. Si un virus est particulièrement virulent, les macrophages doivent sécréter des interleukines – protéines activant la réaction immunitaire. A ce stade, vous avez de plus en plus de courbatures et de douleurs articulaires. C'est la façon qu'a la nature de vous dire de ralentir et de vous reposer, afin que votre corps puisse concentrer ses efforts sur la victoire.

Les interleukines remontent le thermostat du corps afin de produire la fièvre. Plus la température monte, plus la multiplication des virus ralentit, tandis que les cellules immunitaires se reproduisent plus rapidement. Les cellules du cerveau gonflent parfois, déclenchant des maux de tête. Mais ce n'est surtout pas le moment de prendre un analgésique pour vous soulager, car cela fera baisser la fièvre – et si la fièvre baisse, le virus reprendra de la vigueur. Les virus ont horreur de la chaleur.

La lymphe (maintenant, vous allez comprendre pourquoi il est si important de faire circuler la lymphe) charrie des milliers de cellules T et de cellules B. Les premières sont produites et stockées dans une glande appelée le thymus (située à la base du cou) : elles attaquent les virus. Les secondes sont originaires de la moelle osseuse (qui en fabriquent plus de dix millions par heure !) : elles fabriquent les anticorps. L'une de ces cellules attend d'être appelée au combat par les cellules dendritiques, spécialisées dans la communication. Au cours du stade suivant de la maladie, les cellules dendritiques rassemblent des fragments de virus comme des prisonniers de guerre et partent à la recherche de leur arme secrète : la seule cellule T ou cellule B capable de reconnaître le prisonnier et de le cloner. Une cellule dendritique finit enfin par reconnaître cette cellule spécialisée et s'y amarre. Cette cellule T en particulier a attendu toute son existence pour combattre ce virus précis : maintenant, en quelques heures, elle va se diviser en milliers d'exemplaires qui se déverseront dans le sang. C'est la lutte finale : vous vous en apercevrez à vos ganglions gonflés, à votre méchante toux, etc.

Entre-temps, les cellules B ont aussi reconnu le virus. Les cellules B ne sont pas en première ligne du combat. Elles travaillent plutôt à la manufacture de munitions, en produisant des millions de minuscules protéines qui agissent en anticorps. Ces protéines ciblent les virus naissants comme des missiles à tête chercheuse, et fondent sur eux pour les paralyser. Le virus est anéanti.

De nouvelles cellules croîtront pour remplacer celles qui ont été détruites, et la plupart des lymphocytes mourront après avoir accompli la tâche à laquelle ils étaient destinés. Quelques-uns survivront comme « cellules mémoire » : au cas où le même virus réapparaîtrait, il serait immédiatement zappé. Malheureusement, les virus mutent et reviennent sous de nouveaux traits.

La psycho-neuro-immunologie

La psycho-neuro-immunologie (PNI) cherche essentiellement à jeter des ponts entre la psychologie et la médecine traitant les systèmes nerveux et immunitaires. Il est essentiel d'intégrer quelques notions de cette nouvelle science si l'on veut renforcer son système immunitaire.

Très récemment, des chercheurs ont découvert une cellule nerveuse en train de « communiquer » avec une cellule immunitaire (un lymphocyte) dans une boîte de Petri, au cours d'une expérience en laboratoire. Pour la première fois, des scientifiques ont reconnu ce que la médecine alternative affirme depuis des années : il y a bien un lien entre le cerveau – donc les émotions – et le système immunitaire. Ceci, en ont-ils déduit, pourrait affecter le comportement des lymphocytes. C'est ainsi que la PNI est née.

Chez une personne en bonne santé, six sites contiennent des lymphocytes, des cellules tueuses et toutes les autres cellules en mesure de combattre une maladie. Ces sites correspondent aux centres de production des lymphocytes : le foie, la rate, les nodules lymphatiques, le gros intestin, l'intestin grêle et les amygdales.

Ce qui ralentit l'activité des cellules tueuses

Stress chronique
Colère chronique
Excès de sport
Manque d'exercice
Epuisement
Mauvaise nutrition

L'un des pires ennemis des cellules tueuses est bien le *stress*. Qu'il s'agisse d'un stress mental ou physique permanent, cela les affaiblit et les raréfie. Quand arrive un virus, il n'y a plus assez de cellules-soldats pour repousser l'envahisseur et nous tombons malades.

Les quatre types de stress

Les gens toxiques : Amis, patron, clients, etc. Les gens qui n'arrêtent pas de vous mettre en colère ou de vous donner l'impression que vous êtes nulle. Laissez-les tomber !

En faire trop : C'est le syndrome de l'écureuil dans la roue. Ralentissez.

Manque de sommeil : Difficile si vous êtes la mère de jeunes enfants (à suivre, quelques techniques de dépannage).

Trop de bouleversements de vie, trop rapprochés : Attendez un an avant de prendre de grandes décisions après une crise, autrement dit n'essayez pas de changer de boulot tout de suite après un deuil.

Curieusement, de courtes bouffées de bon stress augmentent l'activité des cellules tueuses. On a constaté que l'excitation provoquée par les manèges de type « Luna Park », et même le stress provoqué par la sensation de chute, augmentaient le nombre de cellules tueuses dans le corps. Ce pourrait être le prétexte rêvé de réveiller l'enfant qui sommeille en vous, et de rejoindre les gamins sur la montagne russe. Puisque c'est bon pour la santé...

Pourquoi la relaxation est bénéfique au système immunitaire

Au cours d'une expérience, des malades de cancer sous chimiothérapie ont appris des exercices de relaxation et de visualisation pour les aider à supporter les effets secondaires de leur traitement. Cinq ans plus tard, les médecins ont constaté que les patients qui pratiquaient les techniques de relaxation et s'offraient régulièrement des « gâteries » telles qu'un massage avaient un décompte plus important de cellules tueuses, un système immunitaire plus fort et un taux de survie plus prolongé que les autres. Le professeur Stafford

Lightman, directeur du Centre de recherche de neuroendocrinologie de la Bristol Royal Infirmary, déclare : « Il n'y a aucune preuve que l'esprit puisse guérir la maladie, mais les preuves laissent croire que l'esprit peut modifier la progression de la maladie, voire la susceptibilité à développer une maladie. »

Le corps sécrète naturellement un équivalent des opiacés – drogues qui procurent des sensations de plaisir et tuent la douleur. C'est l'endorphine. (D'après certains chercheurs, les endorphines seraient jusqu'à deux cents fois plus puissantes que la morphine !) Ce sont ces produits chimiques naturels qui indiquent aux cellules tueuses l'endroit où il faut se rendre pour combattre les infections. Pour augmenter votre production d'endorphines, et par conséquent votre numération de cellules tueuses, vous avez besoin d'exercice et de vous adonner à des activités plaisantes et relaxantes – régulièrement !

Il existe d'autres façons d'augmenter l'activité des cellules tueuses, que nous allons aborder au cours du programme du week-end. Sur la liste ci-dessous, cochez celles qui font déjà partie de votre vie et mettez un astérisque à côté de celles que vous aimeriez tester au cours du programme.

Pour intensifier l'activité des cellules tueuses

L'exercice physique (au moins cinq séances hebdomadaires de vingt à trente minutes)

Les massages

L'amour

Un animal familier

La joie et le bonheur

Le soutien des proches

Le sexe

Faire des choses qu'on aime
Pleurer
De courts épisodes de stress intense (manèges, saut à l'élastique, etc.)
La relaxation
La méditation
Le yoga
Une bonne alimentation

Les réactions immunitaires en cas de crise salutaire

Envisageons maintenant la façon dont le système immunitaire réagit aux bouleversements brusques. Se libérer de trop de toxines à la fois peut vous mettre à plat et si vous êtes déjà souffrante, vous rendre encore plus malade. Surveillez donc, au cours de votre cure détox, tout symptôme qui pourrait signaler une « crise salutaire ».

Si vous souffrez d'une réaction immunitaire, le mieux est de vous reposer et d'augmenter votre apport de nourriture et d'eau. Les maux de tête et la fatigue au cours d'une cure sont les symptômes les plus fréquemment observés, mais ils ne durent pas longtemps et en général, ils auront complètement disparu dès le troisième jour. Certains patients lors de la cure express éprouvent des symptômes semblables à ceux d'un rhume ou d'une congestion des sinus, mais là encore, ceux-ci se dissipent dans les deux ou trois jours. D'autres encore souffrent de ballonnements ou de constipation. Tous ces symptômes signalent que votre corps est en train d'essayer de s'adapter à son nouveau régime. Et il s'adaptera, avec un peu de temps et quelques encouragements, si vous ne précipitez pas trop les choses.

N'oubliez pas que pour se purifier, votre corps doit utiliser toutes les voies de sortie à sa disposition. Ce rhume est donc un détoxifiant utile, tout comme des règles abondantes démontrent que le corps évacue des toxines à toute allure. (Pour plus d'informations sur les voies d'évacuation et la façon de s'en servir, reportez-vous au chapitre 15.)

Que manger en cas de crise

Constipation : Pommes, miel, réglisse, fraises ou fruits secs (prunes, abricots).

Ballonnements : Eau chaude avec une rondelle de citron, infusion d'aneth ou de fenouil.

Gaz : Camomille, infusion d'aneth, fenouil ou menthe poivrée, ou vinaigre chaud avec un peu de miel.

Nausées ou vomissements : Infusion de fenouil ou de menthe poivrée, orgeat. Une fois les symptômes disparus, buvez de l'eau chaude avec du jus de citron pour vous rééquilibrer.

Diarrhée : Orgeat, infusion de menthe poivrée.

Mal de tête : Une touche d'huile essentielle de lavande sur chaque tempe. Les bains de pied à la moutarde sont un autre remède traditionnel.

Rhumes et grippe : Vitamine C + zinc. DE FORTES DOSES DE VITAMINE C PEUVENT CAUSER LA DIARRHÉE. RÉDUISEZ LA DOSE OU RESTEZ PRÈS DES W-C. SI VOUS PRENEZ DES MÉDICAMENTS OU SI VOUS AVEZ DÉJÀ EU DES PROBLÈMES DE REIN, CONSULTEZ VOTRE MÉDECIN AVANT DE PRENDRE DES SUPPLÉMENTS DE VITAMINE C.

Mal de gorge : Zinc sous forme de pastilles.

Toux : Miel et citron mélangés à un peu d'eau.

Boutons : Enduisez d'huile essentielle d'arbre à thé. Buvez plus d'eau.

Boutons de fièvre : Quelques gouttes de jus de citron non dilué deux ou trois fois par jour. Personnellement, je trouve l'huile essentielle de mélisse très efficace pour moi – ça arrête la crise tout net.

Insomnie : Infusion de camomille, quelques gouttes d'huile essentielle de lavande sur l'oreiller (pas trop près des yeux), gouttes de teinture de valériane diluées dans l'eau, ou bien un bain de pieds froid.

Règles abondantes : Eau chaude avec du jus de citron, infusion de menthe poivrée ou de camomille.

Les épices suivantes sont aussi très utiles pour diverses affections :

Piment rouge : Fait transpirer, aide à détoxifier le corps et facilite la décongestion. Le piment rouge frais est riche en vitamine C.

Piment de Cayenne : Revigore et échauffe la circulation, améliore la digestion et agit comme décongestionnant pulmonaire.

Cannelle : Bonne pour la nausée et l'indigestion, soigne la diarrhée.

Curcuma : Améliore les fonctions digestives ; calme l'inflammation et la diarrhée.

Ail : Utile pour lutter contre les rhumes, les infections et les parasites intestinaux. Aide à diluer le sang et à abaisser la tension artérielle. C'est l'un des antibiotiques de la nature.

Gingembre : Aide la digestion, soulage la nausée (essayez une infusion de gingembre) et stimule la circulation. Bon pour les digestions pénibles, les coliques et la diarrhée. Il est échauffant, anti-viral et essentiel à une cure détox réussie.

Maintenant, vous savez comment votre système immunitaire fonctionne, comment le renforcer et le maintenir en bonne santé. Outre une alimentation optimale et l'absence de stress, l'exercice joue également un rôle déterminant. Le chapitre suivant propose des exercices faciles à intégrer à votre programme du week-end, même si vous n'avez pas l'habitude de la gym. Mais surtout, vous allez découvrir à quel point les exercices peuvent bénéficier, non seulement à votre système immunitaire, mais également à votre corps tout entier, ainsi qu'à votre intellect et à votre esprit.

10.

Bougez

On est d'accord : la pratique régulière de l'exercice physique favorise la perte de poids. D'ailleurs, le meilleur régime alimentaire au monde n'aidera pas le corps à brûler ses graisses efficacement sans la pratique d'une activité physique. Les deux doivent être associés pour obtenir les meilleurs résultats, je parle d'expérience !

> **Si vous marchez d'un pas rapide quarante-cinq minutes par jour, quatre fois par semaine, vous perdrez plus de huit kilos en un an sans modifier votre alimentation !**

Nous savons qu'un mode de vie sédentaire et un excès de poids peuvent provoquer une myriade de problèmes de santé, du mal de dos chronique aux problèmes articulaires en passant par les maladies cardiaques. Mais l'autre bonne raison de se bouger, surtout au cours du programme, est l'amélioration de votre santé émotionnelle : il est aussi déstressant que détoxifiant. Comme nous l'avons déjà vu, l'excès de stress provoque la détresse et a un effet négatif sur le corps, à moins d'avoir un exutoire – l'activité physique est l'un des meilleurs qui soient.

Tandis que les techniques de méditation et le yoga aident à retrouver la sérénité, le corps a aussi besoin de combattre le stress par des activités de type « fuir ou combattre » : de vingt à quarante minutes d'exercices aérobiques déclenchent la sécrétion d'endorphines, ces « hormones du bonheur » dont nous avons tous le plus grand besoin. On a pu constater que les endorphines restent dans le sang jusqu'à deux heures après l'exercice, ce qui explique l'euphorie bien connue des gens qui pratiquent régulièrement un sport. L'activité aérobique – marcher rapidement ou faire du vélo, par exemple – est considérée comme la plus propice à la sécrétion des endorphines, parce qu'il s'agit d'une activité d'endurance prolongée exigeant une consommation accrue d'oxygène. (Les activités anaérobiques – comme le sprint – sont de plus haute intensité mais de plus courte durée, ce qui signifie que les muscles travaillent avec moins d'oxygène que d'habitude. Il ne s'agit donc pas de cela ici.)

Inutile de vous lancer dans un entraînement de marathonien pour obtenir les effets escomptés – n'importe quelle activité physique fera l'affaire, à condition qu'elle soit relativement répétitive, continue, et dure au minimum vingt minutes, mais de préférence quarante minutes. Vous devriez transpirer légèrement. Le temps que mettent les endorphines à faire de l'effet dépend du type d'activité et des individus. Certains éprouvent l'euphorie liée aux endorphines en nageant dans la piscine municipale pendant une demi-heure, d'autres préfèrent mettre la musique à fond et danser pieds nus à perdre haleine pendant vingt minutes. Une promenade à pas vif de quarante minutes avec le chien produit un effet remarquable sur les niveaux de stress, alors que des activités comme la boxe thaïe font merveille pour libérer la colère refoulée. On constate qu'une activité aérobique régulière, associée à des pratiques comme le yoga, peut réduire le rythme cardiaque et abaisser la tension artérielle de façon spectaculaire en trois mois seulement. Les symptômes du stress, comme l'anxiété, la dépression et la colère peuvent disparaître vingt minutes après le début d'une séance d'exercice – et ce, dès le premier jour ! La plupart des personnes qui pratiquent une activité physique régulière affirment qu'elles ont plus d'énergie, qu'elles dorment mieux et qu'elles ont l'esprit plus clair. Avec une perte de poids et une meilleure estime de soi en prime !

Je comprends bien que les mamans qui travaillent soient trop débordées, mais au moins pour le week-end, essayez certaines de mes propositions. Quand vous aurez goûté aux bienfaits de l'exercice, vous trouverez peut-être le temps de continuer après le programme, ne serait-ce qu'en marchant vigoureusement jusqu'au supermarché avec la poussette !

Inutile de ressortir les tenues de gym roulées en boule au fond du tiroir depuis des lustres, à moins que vous y teniez. Pas la peine non plus de dépenser une fortune en vous inscrivant à un club de gym, pour courir sur un tapis roulant, entourée de « sportifs » en joggings griffés ! C'est beaucoup plus simple, comme vous le constaterez dès que vous aurez retiré votre montre et arrêté de vous dire « Mais je n'ai pas le temps ! »

Toutes les bonnes raisons de faire de l'exercice

Renforce le système immunitaire
Réduit le stress
Génère des endorphines
Favorise la perte de poids

Prévient les maladies cardiaques
Réduit le taux de cholestérol
Prévient l'ostéoporose
Prévient les problèmes de dos
Renforce les os et les articulations
Prévient l'hypertension
Prévient le diabète

> **ATTENTION : Si vous n'avez jamais pratiqué régulièrement une activité physique auparavant, ou si vous n'avez pas fait de gym depuis longtemps, que vous avez un problème de santé ou que vous êtes en surpoids important, je vous conseille de progresser très doucement jusqu'à une séance d'une demi-heure par jour, fût-ce en commençant par des séances quotidiennes de cinq minutes. Et n'hésitez pas à consulter votre médecin en cas de doute.**

Exercices aérobiques suggérés

Marche
Marche accélérée
Danse
Vélo
Natation
Cours de gym comme le stepping, par exemple
Gym
Boxe thaïe
Tennis
Jogging
Trampoline

Pour le programme du week-end, le seul exercice aérobique recommandé est la marche rapide, parce qu'elle convient à tous. Si vous faites régulièrement du jogging ou de la gym, continuez, à condition que vous en ayez l'énergie. Si vous avez un vélo et que vous avez envie d'une balade, allez-y. C'est à vous de voir : c'est votre week-end. Le principal, c'est de choisir une activité qui vous fasse plaisir, à condition qu'elle vous fasse bouger. Ou alors, essayez quelque chose qui éveille l'enfant qui est en vous, comme les rollers, le mini-scooter ou le cerf-volant. Tout ce qui peut vous faire bouger pendant au moins trente minutes par jour pendant trois jours.

La marche

C'est tout simplement le meilleur exercice ! La marche fortifie le cœur, les poumons et mobilise tous les muscles du bas du corps, en plus d'améliorer la densité des os, tout en restant moins stressante pour les articulations que la course à pied ou le jogging. La marche est la forme d'activité physique la plus souvent prescrite lorsqu'il s'agit de prévenir des affections telles que l'arthrite et l'ostéoporose, ainsi que le mal de dos chronique.

D'après les experts, le simple fait d'être femme est à l'origine de nombreux problèmes au niveau du squelette. La grossesse, la nécessité de soulever et de porter de jeunes enfants, de transporter des sacs de courses trop lourds, de faire des travaux ménagers ou du jardinage font subir un stress énorme aux os et aux articulations. Quant à celles d'entre nous qui passent de vingt-cinq à quarante heures par semaine devant un ordinateur et qui s'effondrent devant la télé en arrivant à la maison tellement nous sommes épuisées, de gros problèmes nous attendent – ainsi que nos enfants.

« Nos enfants mènent des existences tellement sédentaires que plus tard dans la vie ils courent des risques élevés de mal de dos, de maladies cardiaques, d'ostéoporose et d'obésité », prévient Colin Jones, président de Back-Care, organisme de santé britannique spécialisé dans les problèmes de dos. « Si les muscles, les os et les tendons ne sont pas utilisés, ils vont se manifester, alors il vaut mieux se bouger. » Le Dr Mike Hurley, professeur de physiothérapie à King's College (Londres), acquiesce : « L'idée qu'on use ses articulations en marchant est un mythe : on se fait beaucoup plus de tort en restant assis à ne rien faire. »

Alors allez, en marche ! Plus vous marcherez vite, plus d'énergie vous dépenserez, jusqu'à ce que cela devienne plus facile de vous mettre à courir (auquel cas il vous faudra des chaussures spécialisées). Marcher à grande vitesse brûle en fait plus de calories que courir à la même vitesse, tout en faisant vraiment travailler vos poumons, votre cœur et vos muscles. Mais ne marchez pas si vite que vous soyez incapable de parler – sinon, il ne s'agira plus d'une activité aérobique, mais anaérobique. Vous devriez marcher d'un pas décidé, comme si vous aviez un bus à prendre, sans baguenauder.

Les bons trucs pour arriver à marcher une demi-heure par jour

– Descendez du bus, du train ou du métro un arrêt avant le vôtre et faites le reste du trajet à pied.

– Marchez durant l'heure du déjeuner.

– Accompagnez les enfants à l'école à pied – ça leur fera du bien, à eux aussi.

– Si vous jouez au golf, essayez de marcher le plus vite possible d'un trou à l'autre.

– Prenez l'escalier plutôt que l'ascenseur et montez les marches quand vous êtes sur l'escalator.

– Garez votre voiture le plus loin possible de l'entrée du supermarché.

– Rendez-vous à pied jusqu'aux commerces de proximité et prenez un sac à dos pour porter vos courses afin d'équilibrer les charges.

– Ne vous servez pas de la télécommande !

– Faites de plus longues promenades le week-end.

Si vous passez le week-end à la campagne, vous aurez un choix infini de balades dans les collines, les forêts ou les routes côtières. Portez des chaussures confortables et des vêtements imperméables, et prenez toutes les précautions d'usage : assez d'eau, de quoi manger, un compas, une carte, etc.

Si vous êtes à la ville, trouvez un grand parc, une rivière ou une colline – même si ce n'est qu'une rue en pente – et foncez ! Gravir une colline fera mieux travailler votre cœur et votre souffle, vous transpirerez davantage et brûlerez plus de calories. Et, croyez-le ou non, même le fait de descendre une côte intensifie l'activité aérobique parce que vous utilisez différents muscles comme amortisseurs. Alors essayez de trouver un endroit avec des côtes si vous voulez vous dépenser à fond.

Vos promenades durant le programme de 48 heures

– Assurez-vous que vos muscles soient bien échauffés au préalable en faisant quelques mouvements de stretching ou de yoga.

– Gardez la tête et les épaules détendues.

– Portez des vêtements souples et confortables, ainsi que de bonnes baskets ou des chaussures de marche.

– Prenez un imperméable plutôt qu'un parapluie, pour vous libérer les mains.

– Balancez vos bras pour accélérer encore plus votre rythme cardiaque.

– Vers la fin de la promenade, ralentissez et récupérez. Etirez tous les muscles qui viennent de travailler. Prenez votre temps, ne vous précipitez pas.

Le yoga

C'est un excellent déstressant et détoxifiant. Même si vous n'êtes ni en forme, ni jeune, ni mince ou si vous éprouvez une aversion pour la gym, vous pouvez pratiquer le yoga. Ne soyez pas intimidée par les stars hyper-souples capables de se tortiller comme des bretzels. Le yoga est avant tout une science vieille de cinq mille ans, créée pour unifier le corps, l'esprit et l'âme. C'est une alliance de mouvements, de relaxation, de respiration et de méditation. Sa pratique régulière renforce le corps, augmente la souplesse et favorise un sentiment de sérénité, de concentration et de bien-être.

Les bénéfices à long terme du yoga

Améliore le flux d'oxygène dans le sang.

Est bénéfique pour la circulation.

Moins de risques de problèmes articulaires qu'avec d'autres types de gym.

Soulage l'asthme et l'hyperventilation.

Stimule le système digestif et réduit la constipation.

Soulage l'hypertension, les maux de tête et le mal de dos.

Tonifie les muscles, ce qui chasse la cellulite et retend la peau !

Aide à mieux dormir et à évacuer le stress.

Si vous avez l'habitude de pratiquer le yoga régulièrement, vous pouvez commencer chaque journée du programme par une série de six Saluts au Soleil au lieu des exercices décrits ci-dessous, ou en guise de préambule. Mais si vous n'avez jamais essayé le yoga auparavant et que vous en avez toujours rêvé, essayez certaines ou toutes ces propositions au cours du week-end. Qui sait, vous poursuivrez peut-être avec un professeur qualifié. Il existe également d'excellentes cassettes vidéos, ou des livres, si vous voulez en savoir plus. (Vous n'avez pas besoin d'équipement dispendieux pour vous lancer – passez juste des vêtements confortables et retirez vos chaussures !)

Ces exercices ont été compilés par ma prof de yoga, Patricia Hagarth – la mamie la plus mince et la plus en forme que je connaisse ! A elle seule, elle démontre pourquoi nous devrions tous nous mettre au yoga. Elle est incroyablement souple, saine et vive, sa peau est lisse et elle n'a pas un gramme de graisse dans le corps.

Commencez avec ces postures simples (qu'on appelle *asanas*) et laissez-vous porter. Vous préférerez peut-être vous lancer avec une amie pour vous encourager réciproquement. Mais seule, vous en ressentirez également les bienfaits. Si vous êtes totalement novice, prenez autant de temps qu'il faudra pour bien saisir les *asanas* proposées. (Les noms sanskrits des postures sont notés entre parenthèses.)

Rappelez-vous :

– Les mouvements du yoga cherchent à allonger la colonne vertébrale, donc quelle que soit la posture, pensez-vous « grande » et étirez votre colonne vertébrale – autrement dit, soulevez la poitrine et respirez aussi profondément que possible.

– Une fois en posture, relaxez-vous pour vous étirer – faites particulièrement attention aux épaules et à la nuque.

– Ne forcez jamais votre dos – respectez votre corps et écoutez ce qu'il vous dit.

– Evitez les mouvements rapides ou saccadés – essayez de vous couler en douceur d'une position à la suivante.

– N'oubliez pas de respirer lorsque vous tenez une posture, en commençant par environ quatre respirations, puis en augmentant ce nombre au fur et à mesure que vous vous sentez plus sûre de vous.

– La qualité de la respiration durant la séance est très importante. Faites attention. Si vous vous contraignez ou que vous forcez votre corps, votre respiration deviendra laborieuse. Quand vous êtes calme, concentrée et sensible à votre corps, il prendra plus facilement la posture, et c'est à quoi le yoga doit tendre.

– Si vous vous étirez d'un côté, répétez toujours de l'autre côté pour équilibrer la séance. Vous devez « tenir » la même durée de chaque côté.

– Finissez votre séance par au moins dix minutes de relaxation dans la « Posture du Cadavre ».

1. Echauffement

Prenez une vieille serviette ou un tapis de yoga pour vous y allonger sur le dos, pieds écartés ; vos orteils devraient être orientés vers l'extérieur par rapport à vos talons, et vos bras légèrement écartés du corps, paumes vers le plafond. Fermez les yeux. Laissez votre corps se calmer et s'immobiliser pendant environ deux ou trois minutes, en relâchant toute tension, particulièrement aux hanches, épaules, menton et mâchoires. Puis, étirez-vous bien longuement avec les bras au-dessus de la tête.

Asseyez-vous ensuite en tailleur, dans une position confortable, le dos droit et les épaules détendues. Penchez doucement le menton vers la poitrine en étirant le cou. Inspirez et expirez à quelques reprises puis tournez lentement votre tête, deux fois vers la gauche et deux fois vers la droite pour assouplir les éventuelles raideurs. Ne relevez pas le cou. Laissez simplement votre tête rouler d'un côté à l'autre à quelques reprises. Puis, entremêlez vos doigts et étirez vos bras devant vous, paumes vers l'extérieur. Relevez les bras au-dessus de la tête en allant aussi haut que possible. Etirez toute la moitié supérieure du corps vers la gauche, puis vers la droite et relâchez vos bras. Puis entrelacez vos doigts derrière votre dos et étirez votre corps vers l'avant le plus loin possible, en gardant la tête alignée avec l'épine dorsale. Tenez la pose, puis relâchez.

Puis, passez aux jambes, afin de renforcer les muscles abdominaux, dorsaux et ceux des jambes. Allongez-vous sur le dos, les bras sur les côtés et le cou « long » (en pointant le menton vers la poitrine). Gardez les orteils fléchis vers la tête. En inspirant, soulevez la jambe droite le plus haut possible. Gardez la jambe droite. Tenez pendant quelques inspirations-expirations, puis relâchez sur une expiration. Répétez avec la jambe gauche. Quand une jambe se soulève, l'autre travaille aussi en restant plaquée au sol, les orteils « flex ».

2. *Flexion avant* (paschimothanasana)

Il s'agit d'une posture assise, qui est un étirement complet de l'arrière du corps ; elle masse tous les organes abdominaux, soulage la constipation et agit contre l'obésité, tout en renforçant et en étirant les muscles de l'arrière des cuisses.

Asseyez-vous, jambes droites devant vous, orteils fléchis vers le visage. Etirez le tronc vers le haut, épine dorsale toujours longue, puis élevez les bras au-dessus de la tête en inspirant profondément. Tout en expirant, penchez-vous vers l'avant à partir des hanches. Tendez-vous vers vos pieds et pressez votre poitrine vers vos cuisses – ne forcez pas, n'allez pas plus loin si vous avez du mal. Vous visez vos orteils – accrochez-vous à vos cuisses, à vos mollets ou à vos chevilles, comme vous pouvez. Tenez aussi longtemps que possible sans inconfort, puis inspirez et relevez-vous en étirant les bras et le torse. Répétez plusieurs fois pour des bénéfices optimaux. Puis allongez-vous et reposez votre dos.

3. *La sauterelle* (salabhasana)

Il s'agit d'une flexion du dos, qui améliore la flexibilité, revigore les nerfs de l'épine dorsale, et améliore l'irrigation sanguine des vertèbres. Cet exercice renforce aussi le bas du dos, l'abdomen, les cuisses et les hanches, tout en stimulant les glandes surrénales et les reins.

Allongez-vous sur le ventre, jambes collées, pieds pointés. Placez les bras le long du corps, paumes vers le sol. En inspirant, soulevez les deux jambes et relevez les bras vers l'arrière, loin du corps, tout en soulevant la poitrine et les bras du sol. Gardez la posture pendant plusieurs inspirations-expirations, puis relâchez. Répétez une ou deux fois. Reposez-vous.

Continuez par deux postures inversées – les *asanas* les plus bénéfiques, parce que le cœur est au-dessus de la tête, ce qui augmente le flux d'oxygène au cerveau et permet au cœur de se reposer, puisque la gravité aide le sang désoxygéné à lui revenir sans effort.

4. *Le chien* (adho mukha svanasana)

Ce mouvement étire le dos, les jambes et les chevilles, tout en massant les muscles abdominaux.

A genoux, placez les mains par terre de façon à ce qu'elles soient directement sous les épaules, juste devant vous. En expirant, soulevez les hanches en l'air en relevant les genoux, pour former un « V » inversé. Pressez la poitrine vers le sol, tout en soulevant et en pointant le coccyx vers le haut. Laissez pendre la tête vers le sol. Soulevez-vous le plus haut possible, puis pressez les talons vers le sol pour bien étirer les jambes. Ne forcez pas les talons – ils mettront peut-être plusieurs années à atteindre le sol ! Restez bras et jambes aussi droits que possible. Tenez aussi longtemps que possible sans inconfort, puis relâchez. Reposez-vous.

5. La chandelle (ardha sarvangasana)

> **ATTENTION : Cet exercice est potentiellement très bénéfique, mais ne le pratiquez pas si vous avez eu des problèmes cervicaux.**

Cette posture est bénéfique au corps tout entier. La thyroïde est massée, tout comme les autres glandes endocrines : elle est donc formidable pour les systèmes immunitaire et nerveux, tout en apportant paix et sérénité mentale.

Allongez-vous sur le dos. En vous appuyant sur vos bras, levez les jambes et les fesses en l'air tout en gardant les jambes collées. Placez vos mains sur vos fesses pour soutenir le dos. Vos bras doivent former un angle droit par rapport au corps. Pressez les cervicales contre le sol. VOUS NE DEVEZ JAMAIS, QUOI QU'IL ARRIVE, TOURNER LA TÊTE VERS LA DROITE OU LA GAUCHE. Ceci peut être réellement dangereux. Essayez de tenir la posture plusieurs minutes et lorsque vous serez prête, « déroulez » chaque vertèbre vers le sol, du haut de la colonne vertébrale jusqu'aux fesses, en gardant la tête par terre si possible. Allongez les jambes et reposez-vous plusieurs minutes.

(Certains profs de yoga soutiennent que si tout le monde pratiquait cet exercice quotidiennement pendant dix à vingt minutes, personne n'aurait jamais besoin de faire de régime !)

Ce mouvement devrait être suivi par le Pont, en contrepoint et pour étirer le dos.

6. Le pont (setu bandhasana)

Cette posture étire et renforce le cou, assouplit les épaules et améliore la flexibilité de l'épine dorsale.

Allongez-vous sur le dos, genoux repliés, talons près des fesses. L'écart entre les pieds doit être de la même largeur que vos hanches. Bras sur les côtés, inspirez et soulevez les hanches, en déroulant chaque vertèbre vers le haut jusqu'à ce que vous soyez soutenue par les épaules. Placez les mains sur le dos, doigts tendus vers la colonne vertébrale, pouces vers la taille. Vos pieds, vos épaules, votre cou, l'arrière de la tête et le haut des bras soutiennent votre corps. Sentez vos cuisses, votre dos, votre nuque et vos épaules s'étirer. Gardez genoux, jambes et pieds alignés. Inspirez profondément et tenez aussi longtemps que possible sans inconfort. Relâchez en vous déroulant à nouveau, cette fois vers le sol.

7. Relaxation finale – le cadavre (Savasana)

Tout comme il est important de débuter chaque séance d'*asanas* par une période de relaxation, il est tout aussi essentiel de la terminer par une nouvelle relaxation d'environ dix minutes. Ceci permet à l'énergie physique et mentale dégagée par les *asanas* de circuler correctement.

Allongez-vous sur le dos, pieds écartés, orteils vers l'extérieur. Les bras sont le long du corps mais un peu écartés, paumes vers le haut. Votre tête est droite et votre cou allongé. Permettez à votre esprit d'aider votre corps à se détendre et répétez-vous mentalement tout en voyageant d'un bout à l'autre du corps, en commençant par les orteils,

« Je détends les orteils... mes orteils sont détendus. Je détends les pieds et les chevilles... mes pieds et mes chevilles sont détendus. Je détends les jambes... » Et ainsi de suite, jusqu'à ce que vous parveniez à la tête et finalement, à l'esprit. Détendez-vous. Détendez-vous. Détendez-vous. Restez ainsi aussi longtemps que vous le désirez. Vous pourriez même vous assoupir !

Respirez plus profondément et revenez, en étirant bras et jambes et en vous roulant vers la droite. Restez en position fœtale pendant deux minutes avant de vous rasseoir en tailleur. Les mains sur les genoux, gardez les yeux fermés et prenez une ou deux minutes pour simplement suivre votre respiration, inspirant la paix et expirant l'amour. Qu'ajouter à cela ?

11.

Respectez vos rythmes

Parce que les rythmes de la nature nous affectent de diverses façons, ce chapitre est l'un des plus utiles de l'ouvrage, si vous voulez tirer le maximum de bénéfices de votre long week-end. J'espère qu'il vous sera également utile par la suite.

Qu'il s'agisse du cycle quotidien de vingt-quatre heures ou de celui des saisons, les rythmes naturels de la planète ont un impact profond sur chacun d'entre nous. Nous avons déjà pu constater que les saisons et les cycles lunaires avaient leur importance dans la planification du week-end. Je souhaite maintenant faire porter l'accent sur l'organisation de vos activités au cours de vos journées de cure détox. Toutes les cellules de votre corps sont régies par la lumière et selon la médecine chinoise, chacun des organes du corps fonctionne beaucoup mieux à certains moments de la journée ou de la nuit. Imaginez combien il serait bon pour notre santé de suivre nos rythmes naturels un peu plus scrupuleusement, et de travailler avec eux plutôt que contre eux !

Evidemment, s'il fallait suivre au plus près les rythmes de la nature, nous devrions nous endormir dès qu'il fait noir et nous réveiller au point du jour. Ne serait-il pas merveilleux de dormir quatorze heures par nuit en hiver, et beaucoup moins en été quand il y a tellement plus de raisons de se lever tôt ? Difficile à faire au XXIe siècle, quand même les oiseaux sont perturbés par l'éclairage artificiel et continuent à chanter toute la nuit dans les zones habitées ! Mais au cours de votre programme, ce sera tout à fait possible.

Les mamans de jeunes enfants qui me lisent doivent me prendre pour une folle furieuse. Comment un parent pourrait-il profiter de huit heures de sommeil d'affilée ? Voilà pourquoi il est si important de passer votre week-end sans enfants. Pour une fois, vous pourrez dormir aussi longtemps que votre corps le réclame. Vous pourrez essayer de manger à différentes heures de la journée pour voir l'effet que ça fait, et vous serez capable de suivre vos rythmes naturels.

S'il ne vous est pas possible de modifier vos horaires habituels en vous levant et en vous couchant plus tôt après le programme de 48 heures, ne vous inquiétez pas. Mais essayez au moins le temps d'un week-end. Soyez totalement égoïste et faites ce dont vous avez envie, quand vous en avez envie. Les infos et les horaires proposés ci-dessous n'ont qu'une valeur de suggestion, rien de plus !

Nos horloges biologiques

Nous possédons diverses horloges internes qui régulent différentes fonctions corporelles tout au long de la journée. La principale est « l'horloge circadienne » (du latin *circa*, « à propos de » et *dies*, « jour »), un cycle de vingt-quatre heures qui influence des processus biologiques importants tels que la température du corps, la production hormonale, le réveil et le sommeil. Une horloge circadienne déréglée engendre toutes sortes de désordres – dont le décalage horaire, ou *jet lag*, est le plus connu.

Pour notre horloge circadienne, il y a deux périodes de sommeil naturelles : entre 22 heures et minuit, et entre 13 h 30 et 14 heures. Donc, toutes les fois où vous avez attribué votre coup de barre de début d'après-midi à votre déjeuner, vous avez sans doute réagi à votre rythme circadien plutôt qu'au contenu de votre assiette – encore que ce dernier joue également un rôle. Les Espagnols le savent très bien, contrairement à nous, et pour ma part, je recommande vivement une courte sieste après déjeuner si c'est ce que votre corps vous demande – surtout durant le programme de 48 heures.

Les bons trucs pour les mamans, les travailleurs de nuit et les fêtards impénitents

Si vous avez été debout toute la nuit, des siestes de quinze minutes réparties dans la journée seront bien plus adaptées à vos rythmes circadiens naturels qu'un sommeil prolongé – dormez un quart d'heure quand vous le pouvez, plutôt que de faire une longue sieste ou la grasse matinée, ce qui décalerait encore plus votre horloge biologique.

La sécrétion de l'hormone cortisol, produite par les glandes surrénales pour le combat ou la fuite, augmente et diminue aussi selon un cycle de vingt-quatre heures. Le niveau de cortisol dans le sang est au plus élevé en début de journée vers 7 heures, mais plonge en fin d'après-midi ou en début de soirée, au moment où la nature a jugé que nos activités de chasseur étaient finies pour la journée. Le niveau de cortisol reste bas pour la nuit, période où nos ancêtres dormaient autour d'un feu destiné à effrayer les bêtes sauvages.

La température du corps observe un tout autre cycle de vingt-quatre heures. Elle augmente tout au long de la journée pour parvenir à un pic en fin d'après-midi ou en début de soirée (c'est le meilleur moment pour faire l'amour ou pratiquer un sport), puis chute à son point le plus bas, quelques heures après minuit, entre 2 heures et 4 heures du matin. Il y a plus de morts naturelles, de suicides et d'épisodes dépressifs durant ces heures qu'à aucun autre moment du jour ou de la nuit. Je ne peux m'empêcher de penser qu'il y a un rapport.

Certaines périodes sont plus propices à certains types d'activités, du point de vue de nos fonctions corporelles. Si nous mangeons, dormons et éliminons aux moments optimaux, ne fût-ce que pendant trois jours, nous tirerons des bénéfices de la vitalité et de la force de la nature.

Voici un exemple d'un cycle de vingt-quatre heures, tenant compte des principes de la médecine ayûrvédique indienne, de la méthode chinoise qui relie certains organes à certaines périodes de la journée, de notre rythme circadien naturel et de la façon dont notre corps a évolué depuis quelques milliers d'années. Je ne vous demande pas de suivre cette horloge religieusement au cours de votre week-end, parce que je crois que vous devez faire ce que vous voulez de « votre » temps sans vous plier à un horaire rigide. Mais j'espère que vous trouverez ces informations utiles et intéressantes, et que vous essayerez au moins quelques-uns des horaires suggérés (mais également avant ou après votre programme de 48 heures). A vous de choisir !

Mon horloge optimale pour le corps

Le matin

6 à 7 heures : D'après mes recherches, l'une des clés d'une vie plus saine est le fait de se lever au bon moment, de la bonne façon. Idéalement, ce devrait être sans réveille-matin et au lever du soleil, qui peut survenir dès 4 heures en été, et après 8 heures en hiver. Certains d'entre nous, les « hiboux », avons du mal à devenir des « alouettes », mais les conseils ci-dessous m'ont aidée à me transformer, après une vie entière de couche-tard, en lève-tôt qui ne supporte pas de rater une seconde de soleil !

Au début, vous aurez peut-être besoin d'un réveil pour vous lever à une heure aussi indue, jusqu'à ce que votre système s'adapte. Réglez-le à 7 heures au plus tard, si vous voulez devenir une alouette. Sortez toujours du lit quel que soit votre état, mettez de la musique classique ou new age et démarrez votre routine quotidienne. Le soir, vous devriez vous sentir assez fatiguée pour vous mettre au lit plus tôt que d'habitude, ce qui vous permettra de réajuster votre horloge biologique. Au début, c'est vrai, vous serez fatiguée et un peu décalée mais à terme – je vous le promets – vous vous sentirez mieux au lever et vous vous rendrez compte que vous avez tout d'un coup plein de temps pour vous durant la journée !

Si vous avez du mal à vous lever tôt...

Si vos horaires sont réellement décalés par rapport aux rythmes de la nature, un brusque changement serait trop difficile à gérer. Essayez donc plutôt de vous adapter en réglant progressivement votre réveille-matin de plus en plus tôt. Tous les trois ou quatre jours, réveillez-vous dix ou quinze minutes plus tôt. Petit à petit, vous commencerez à avoir sommeil plus tôt dans la soirée et votre corps s'adaptera rapidement à son nouveau rythme.

C'est l'heure idéale pour écouter une musique apaisante, faire du stretching et des exercices de respiration, et prendre un peu de temps pour soi, même si vous devez vous cacher dans la salle de bain pour y arriver !

Buvez de l'eau chaude avec du citron plutôt que du thé ou du café : cela réveillera le système digestif. Et parce qu'entre 5 et 7 heures, c'est l'heure du gros intestin, c'est le moment parfait d'aller à la selle. En le faisant le plus tôt possible après le réveil, vous permettez à votre corps de se débarrasser des toxines et des déchets qui se sont accumulés dans votre système au cours de la nuit. Démarrer une nouvelle journée en étant « propre » à l'intérieur n'est pas à la portée de tous. Mais si vous vous enfermez dans les toilettes et que vous restez assise pendant cinq à dix minutes tous les matins, l'intestin finira par faire son travail et prendra un rythme naturel et régulier.

7 h 30 à 8 h 30 : C'est le moment de la journée où l'exercice augmentera votre niveau d'énergie. Essayez un jogging doux de vingt minutes, ou trente minutes de marche rapide, dehors à l'air frais, au soleil. Ceci vous réveillera vraiment et accélérera votre métabolisme ce qui, à son tour, favorisera la perte de poids. En hiver, vous pouvez retarder un peu la séance jusqu'à ce qu'il fasse plus clair, sans oublier de vous habiller chaudement ! Si la température est vraiment immonde, vous pouvez rester à l'intérieur et pratiquer les exercices de yoga suggérés dans le chapitre précédent.

8 heures à 9 heures : C'est le moment de masser et d'hydrater votre peau. Après une séance de gommage à sec, prenez un bain ou une douche, puis pratiquez la technique d'auto-massage suggérée plus haut.

Entre 7 heures et 9 heures, c'est l'heure de l'estomac, alors commencez la journée avec un bon petit déjeuner. Vous êtes en train de dé-jeûner, c'est-à-dire de briser un jeûne. Le corps a donc besoin de plusieurs nutriments sous la forme de fruits frais, de fruits secs et de céréales. Un porridge bien chaud vous tiendra mieux au ventre durant les mois d'hiver et un « smoothie » (voir la recette, chapitre 14) vous permettra de bien démarrer la journée au printemps, en été et même en automne.

Essayez de prendre votre petit déjeuner dans l'heure qui suit l'exercice, afin que les hydrates de carbone soient rapidement convertis en glucose plutôt que stockés sous forme de graisse, et qu'ils aillent directement aux muscles qui en ont besoin.

10 heures à midi : C'est le meilleur moment pour faire de la recherche ou des travaux administratifs – évidemment, pas pendant le programme ! Ce sera alors une période de lecture, de relaxation et de réflexion.

Midi : Le corps a besoin d'un en-cas parce que votre cerveau a utilisé près d'un quart du glucose disponible à l'heure qu'il est. Graines et noix avec des fruits secs sont un goûter idéal pour avoir le maximum d'énergie cérébrale. (C'est aussi le moment le plus propice de boire une tasse de café, si vous en buvez toujours – et pas plus d'une par jour !)

Allez marcher vers cette heure-ci car votre température basale et vos niveaux d'énergie vont commencer à décroître entre maintenant et 14 heures.

L'après-midi

De 13 à 15 heures, c'est l'heure de l'intestin grêle, autrement dit la meilleure période pour absorber les nutriments. Assurez-vous que votre déjeuner soit riche en vitamines et sels minéraux provenant de fruits et légumes frais, de graines et de noix, de légumineuses et de riz brun.

14 heures : En général, notre rythme corporel naturel ralentit énormément. Faites une sieste d'un quart d'heure au plus, si c'est possible.

Entre 15 et 17 heures, c'est l'heure de la vessie et entre 17 et 19 heures, celle des reins, alors buvez plus d'eau entre 15 et 19 heures pour aider à nettoyer votre système. (Mais rappelez-vous : il faut prévoir un intervalle sans boire avant le repas du soir.) C'est également la pire période de la journée pour les envies de sucré. Un verre de jus de fruit, une tisane, un goûter de graines, de noix et de fruits vous aideront à stabiliser votre taux de sucre sanguin.

18 heures : C'est le meilleur moment d'aller à la gym car votre température basale est à son point le plus élevé et vos muscles seront bien réchauffés. Au cours du programme de 48 heures, vous pouvez faire une marche rapide de trente minutes ou pratiquer les exercices de yoga, plutôt que d'aller au gymnase.

Le soir

Le meilleur moment de dîner est entre 18 et 20 heures, afin de donner la possibilité à votre corps de décomposer les aliments et d'assimiler les nutriments avant que vous vous endormiez (pendant le sommeil, il doit consacrer son énergie à réparer les cellules plutôt qu'à digérer les aliments). La nature nous a programmés pour délaisser nos activités de « chasseurs » à ce moment de la journée. Donc idéalement, nous ne devrions pas manger beaucoup plus tard que 18 heures, afin que la digestion soit complétée vers 22 heures. Les repas tardifs exigent une accélération du métabolisme alors que nous devrions lever le pied, et ceci peut perturber vos rythmes de sommeil.

Vous serez ravie d'apprendre que l'alcool a un effet moins négatif durant cette période qu'à n'importe quel autre moment du jour : le sang l'assimile plus lentement dans la soirée parce qu'il y a plus de nourriture dans le système digestif. Alors si vous voulez prendre un verre (PAS durant le week-end), c'est le moment.

De 19 à 21 heures, c'est l'heure du sexe « circulatoire » (selon la médecine chinoise) – l'heure optimale des

organes de reproduction. Il est intéressant de constater que pour la médecine occidentale, cette période est aussi considérée comme la meilleure pour les rapports sexuels parce que la production de sperme atteint un pic vers 16 heures et que l'ovulation a généralement lieu entre 15 et 19 heures les jours d'ovulation ! De toute façon, c'est une bonne heure pour faire l'amour même si vous ne voulez pas faire un bébé, car le corps est en train de décompresser et de dé-stresser.

De 21 à 22 heures, c'est le moment de se laver – l'heure où vous tirerez les plus grands bienfaits d'un bain, une séance au hammam ou un massage. Il est également important de décompresser : prenez donc un bain relaxant, méditez ou faites du yoga, bref tout ce qui peut vous aider à ralentir le rythme – lire, bavarder, écouter une musique apaisante ou même une petite promenade tranquille.

Regarder la télé à cette heure, ce n'est pas l'idéal, car cela excite le système nerveux même si l'émission n'est pas trépidante. Idem pour le travail ou le règlement des factures. Rien ne doit remettre le cerveau en marche. Essayez d'éviter la télé et le travail après 20 h 30, 21 heures. Cela permettra à votre système de prendre une bonne petite heure pour se calmer avant le coucher ! (Evidemment, pas de télé ou de travail au cours du week-end !)

De 22 à 23 heures : Si vous voulez bondir hors du lit tôt le matin, vous allez devoir vous coucher vers 22 heures. Si vous avez passé une soirée relaxante, sans stimulations excessives, ce vous sera d'autant plus facile. Ne vous énervez pas si vous n'êtes pas capable de vous endormir tout de suite. Détendez-vous.

De 23 heures à 3 heures du matin, c'est l'heure de la vésicule biliaire et du foie : Le corps a le maximum de chances de se nettoyer et de se réparer au cours de cette période. D'où l'expression « une heure de sommeil avant minuit en vaut deux après », reflet d'une sagesse populaire connaissant inconsciemment les rythmes des organes. Si vous voulez du bon collagène et donc une belle peau, il est important de cumuler le plus possible de sommeil profond avant 3 heures du matin. Comme vous le savez sans doute d'expérience, plus vous vous couchez tard, plus votre sommeil sera léger et agité. Trop de nuits comme celles-là et à terme, une fatigue chronique s'installera, avec des sautes d'humeur et un teint maussade.

Les chercheurs ont aussi démontré que les personnes régulièrement privées d'une quantité suffisante de sommeil ont moins de cellules tueuses dans le sang pour combattre les infections. On pense que le sommeil est nécessaire au cerveau pour qu'il « parle » à ces cellules immunitaires, qui s'affaiblissent peut-être au cours de la journée.

Les bienfaits du sommeil

Stimule le système immunitaire.

Repose le cœur et le système nerveux central.

Permet à tous les organes de se réparer.

Répare les muscles.

Les hormones de croissance nocturnes réparent la peau.

Améliore l'humeur.

Nous rend plus intelligents !

Votre chambre à coucher devrait être une chambre à dormir : évitez d'y travailler ou d'y regarder la télé. Vous devriez commencer à avoir sommeil, naturellement, quand la nuit tombe. Sinon, une tasse de tisane apaisante à la camomille ou un goûter de banane, de fromage « cottage » ou de dinde – ces aliments recèlent l'acide aminé tryptophane – vous aideront à mieux dormir et ne gêneront pas trop votre digestion. (Aucun de ces aliments n'est au menu durant la cure de 48 heures ; reportez-vous aux suggestions de bain du chapitre 8.)

Si vous ne pouvez pas vous endormir, au lieu de rallumer pour lire, ce qui stimulera le cerveau, restez allongée, les yeux fermés et dites-vous que ça vous est égal de ne pas dormir. Admettez que ce n'est pas vous qui contrôlez votre endormissement, mais la nature – essayer de dormir, ça ne marche pas, ni compter les moutons, d'ailleurs !

Au cours du programme de trois jours, ne prévoyez aucune activité qui vous contraigne à vous lever à une heure précise, de sorte qu'il soit égal que vous vous endormiez au milieu de la nuit – vous aurez toute la journée suivante pour vous rattraper ! Même si vous ne dormez pas, votre corps prend un repos bien mérité et il vaut beaucoup mieux rester au lit dans le noir en début de nuit, que d'être debout. Rappelez-vous, ce week-end doit vous permettre de reprendre contact avec la nature, de passer trois jours sans le moindre stress, et de vous occuper de vous.

12.

Purifiez votre foie

Le foie, situé sous le poumon droit, est le plus gros organe du corps, bien plus gros que nous l'imaginons : il pèse 1,5 kilo. Bien que très fragile, dans de bonnes conditions il peut presque entièrement se régénérer en six semaines, même en perdant jusqu'à 90 % de sa structure. Le foie, qui remplit jusqu'à cinq cents fonctions pour la plupart essentielles, est à la fois le filtre, l'usine de traitement et la fabrique métabolique la plus active du corps. Tout ce que vous absorbez (sauf sous forme d'injection) passe par le foie ; à chaque seconde de chaque jour, il recycle et expulse les toxines afin de préserver votre santé. S'il fait bien son travail, le reste du corps fonctionne plus efficacement et vous serez mieux à même de « nettoyer » votre organisme, perdre du poids et parvenir à une santé optimale. Il faut donc apporter tout le soutien possible à cet organe extraordinaire au cours du programme de 48 heures.

Certaines fonctions du foie

Filtre et excrète déchets et poisons, autrement dit drogues et bactéries contenues dans nos aliments. (Le foie filtre plus d'un litre de sang toutes les minutes !)

Fabrique la bile.

Fabrique le cholestérol.

Fabrique la vitamine A et stocke les vitamines A, B12, D, E et K.

Fabrique des enzymes.

Stocke le fer et le cuivre.

Métabolise glucides, protéines et lipides.

Se débarrasse des cellules sanguines mortes.

Maintient le système immunitaire en bonne santé et produit des cellules pour combattre les infections (telles que les microphages).

La « crise de foie »

La stagnation du foie et le besoin de désintox surviennent en général lors d'excès de consommation de toxines ou de nourriture. Si vous mangez trop, surtout des aliments riches et gras, le foie enfle et ses fonctions ralentissent tandis qu'il tente de tout décomposer pour s'en débarrasser. Idem pour l'alcool, la caféine, les drogues, les régimes hyper-protidiques et l'exposition aux polluants externes ou aux produits chimiques. Tout cela, consommé en grande quantité, surcharge le foie.

Donner un coup de pouce à son foie les lendemains de veille

1. Ce que vous pouvez faire de mieux pour votre foie, c'est de manger le moins possible – rappelez-vous cette phrase que je vous ai citée, « Donnez-vous la permission de ne pas manger »... De toute façon, une crise de foie, ça coupe l'appétit, alors écoutez votre corps et contentez-vous de boire beaucoup d'eau, ainsi que des jus de fruits ou de légumes.

2. Si vous avez tout de même envie de manger, consommez des crudités ou des légumes vapeur, surtout des légumes crucifères comme le brocoli, le chou de Bruxelles, le chou vert, le chou frisé ou le chou-fleur, bourrés de nutriments qui aideront vraiment le foie à se désintoxiquer et à se décharger.

3. Le riz brun est considéré par la médecine chinoise comme l'aliment du foie par excellence. Prenez-en une petite portion le lendemain de la veille, si vous pouvez manger.

4. Consommez votre dernier repas de la journée au milieu de l'après-midi pour que le foie et la vésicule biliaire n'aient rien d'autre à faire durant leur précieux cycle de régénérescence de 23 heures à 3 heures du matin.

5. Surtout, ne reprenez pas un petit verre pour faire passer la gueule de bois ! D'ailleurs, vous devez renoncer à l'alcool pendant deux jours. Ceci aidera le foie à se remettre plus rapidement. N'oubliez pas que 95 % de l'alcool qu'on boit doit être métabolisé par le foie, ce qui signifie que tous les ouvriers de l'usine chimique seront mobilisés, négligeant leurs autres fonctions. Ils n'arriveront pas à métaboliser les lipides absorbés, ce qui signifie que les frites ou les chips d'hier soir vont stagner dans le foie sous forme d'amas de graisses.

6. Ne prenez pas d'analgésiques – ils surchargeront encore plus le foie.

7. Buvez un « Rince-foie ». Mélangez le jus d'un demi-citron, la moitié d'une gousse d'ail broyée, un peu de gingembre frais râpé et un cuillère à café d'huile d'olive. Ajoutez à un petit verre de jus de légumes ou de bouillon de légumes, mélangez vigoureusement et buvez. Ça a l'air bizarre, mais ça marche vraiment – et l'huile aidera à « éponger » l'alcool.

Rappelez-vous, l'alcool se transforme directement en graisse, et non pas en substance utile comme le glucose ou le glycogène.

Les glucides et le foie

La santé du foie est également cruciale à la bonne assimilation des protéines, lipides et glucides. Ces derniers, sous forme de sucres ou de féculents, sont décomposés par la digestion et absorbés par le sang. Le sang est alors filtré par le foie, où les sucres sont convertis en glucose, le carburant dont le corps a besoin pour son énergie. Un foie sain règle les niveaux de ce carburant dans le corps en le relâchant dans le sang, pour que les cellules s'en servent selon leurs besoins.

Mais si vous mangez plus de glucides que vous n'en avez immédiatement besoin, le foie convertira le glucose supplémentaire en glycogène, qui sera stocké dans le foie ou dans les muscles. Plus tard, lorsqu'il faudra mobiliser de l'énergie, le foie reconvertira le glycogène en glucose et le relâchera dans le sang. S'il y a encore un excès de glucose, alors il sera converti en acides gras et stocké dans le corps sous forme de graisses. Le foie est un petit malin !

Les bons trucs pour perdre du poids

Si vous mangez régulièrement d'importantes quantités de glucides, même sous une forme très saine, et que vous ne faites pas d'exercice, vous allez prendre du poids. Les graisses corporelles sont tout simplement une forme de stockage d'énergie. Si vous diminuez votre consommation de glucides et faites plus d'exercice, ces réserves de graisses seront directement reconverties en glucose, dont le corps se servira comme carburant !

Les déséquilibres du foie à long terme

Pour la médecine chinoise, le foie est l'organe le plus susceptible d'être congestionné par l'excès de graisses, d'aliments non métabolisés et de produits chimiques, qui l'engorgeront et perturberont son fonctionnement. La physiologie chinoise traditionnelle considère qu'un foie sain permet une circulation sans encombres de l'énergie (*chi*) à travers le corps. Quand le foie est « content », il n'y a ni stress ni tension. Les gens dont le foie est sain sont en général calmes et heureux, tandis que ceux dont le foie est déséquilibré produisent toutes sortes de symptômes psychologiques et physiologiques. Consultez la liste ci-dessous et voyez si l'un d'entre ces symptômes vous est familier.

Les signes d'un foie déséquilibré

AFFECTIFS

Colère
Impatience
Frustration
Ressentiment
Grossièreté
Nervosité
Agressivité
Entêtement
Arrogance
Tempérament violent
Sautes d'humeur

PHYSIQUES

Nausée ou vomissements
Envies d'aller à la selle brusques et « explosives »
Règles douloureuses ou irrégulières
Abdomen gonflé
Migraines
Envie d'oranges

Douleurs qui se déplacent dans le corps
Fibromes
Kystes
Hémorroïdes
Problèmes ophtalmiques
Joues rouges
Fréquentes petites soifs
Paumes et plantes des pieds chaudes
Insomnie

Pour moi, le foie est le Grand Planificateur du corps, et si vous soignez le foie, vous soignez tous les autres organes, surtout les reins et le côlon. Si vous souffrez de constipation ou d'un côlon paresseux, en vous occupant de votre foie et en lui fournissant tout ce dont il a besoin, vous aiderez votre côlon à fonctionner plus efficacement. Et n'oubliez pas, comme vous le verrez en détail au chapitre 15, que votre côlon doit « évacuer » aussi souvent que possible pour que les toxines soient chassées de votre corps !

Le jeûne ou la cure express réduisent au minimum le travail du foie – ainsi, le programme de 48 heures offrira des vacances à ce précieux organe, en lui permettant de laisser tomber les tâches quotidiennes pour faire un grand ménage du printemps ! Et ce qui aide le plus le foie, à part la diète, est une technique vieille comme le monde.

Les compresses d'huile de ricin

L'huile de ricin est utilisée pour ses propriétés thérapeutiques depuis des centaines, voire des milliers d'années, dans l'Inde ancienne, la Chine, la Perse, l'Egypte, l'Afrique, la Grèce et Rome. Beaucoup plus récemment, nos grands-mères en connaissaient l'utilité et s'en servaient pour soigner toutes sortes de bobos avant l'arrivée des médicaments modernes. Ma grand-mère avait l'habitude d'obliger tout enfant souffrant de constipation à avaler une cuillerée à soupe d'huile de ricin (pouah !). Ce qu'on sait moins, c'est que l'huile de ricin est aussi bénéfique lorsqu'on l'absorbe par la peau, d'où elle atteint les organes les plus proches. L'une de mes clientes ne jure que par ce remède pour soulager des affections aussi diverses que les orteils douloureusement enflés ou le psoriasis.

Ce qu'une compresse d'huile de ricin peut faire pour vous

Améliorer l'élimination par le côlon.
Réduire les flatulences et la nausée.
Améliorer l'assimilation digestive.
Stimuler le foie, la vésicule biliaire et le pancréas.
Améliorer la circulation de la lymphe et du sang.
Attirer l'acidité et les infections hors du corps.
Réduire l'inflammation et l'œdème.
Soulager la douleur, y compris les maux de tête.
Améliorer le système nerveux.

Personne ne sait avec certitude comment l'huile de ricin fonctionne, mais les théories abondent, ainsi que les recherches scientifiques. Le fait d'appliquer de l'huile de ricin sur la peau, d'où elle est absorbée dans la circulation sanguine, semble déclencher la production de prostaglandines – ces puissantes substances semblables à des hormones qui affectent la tension artérielle, le métabolisme, les influx nerveux, l'immunité et, curieusement, l'inflammation. Ce qui expliquerait pourquoi les problèmes de ma cliente ont disparu. L'huile de ricin semble également être « bioénergétique », car elle émet une lumière blanche visible à une distance de quinze à vingt centimètres autour de son récipient. Plusieurs thérapeutes de médecine alternative sont convaincus que son extraordinaire composition moléculaire pourrait avoir des propriétés énergétiques semblables à celles d'un cristal.

Ma théorie préférée – celle qui a produit les effets les plus positifs chez mes clients et moi-même – est que le fait d'appliquer l'huile de ricin sur la peau libère le mucus recelé sous la zone où l'huile est massée. Ne me demandez pas comment ou pourquoi, c'est comme ça ! Votre foie peut avoir accumulé des années de toxicité : une compresse d'huile de ricin ne peut en aucun cas vous faire du mal. Donc, le traitement vaut la peine d'être essayé, même si c'est un peu salissant !

Toutefois, je ne recommande la compresse d'huile de ricin pour le foie que dans le cadre d'une cure détox rigoureuse de six semaines ou plus, et non pour le programme du week-end. Vous pouvez tout à fait masser régulièrement de l'huile de ricin sur la peau près d'une zone douloureuse, mais l'appliquer sur le foie sous forme de compresse est une démarche plus sérieuse. Au cours d'une cure au long terme, vous pouvez appliquer la technique décrite ci-dessous pendant trois soirées consécutives de la semaine, pour trois semaines consécutives. Puis, laissez passer une semaine avant de reprendre le traitement. Vous pouvez faire suivre un traitement de trois jours à l'huile de ricin par une irrigation du côlon, car votre corps doit se débarrasser de ces vieilles toxines le plus vite possible. Si vous faites une cure de six semaines, vous pouvez donc envisager une irrigation du côlon au bout de trois semaines, pour donner un coup de pouce au processus ! Il serait inutile de mettre le mécanisme en marche si vous n'évacuez pas.

Comment fabriquer une compresse d'huile de ricin

Ce dont vous aurez besoin :

Huile de ricin

Gant de toilette normal ou en laine

Sac poubelle ou grand sac en plastique (de préférence sans rien d'écrit, car l'huile de ricin pourrait dissoudre l'encre) ou encore du film adhérent de cuisine

Vieille serviette

Bouillotte

La méthode :

– Versez généreusement l'huile de ricin sur le gant de toilette, mais sans le saturer.

– Placez sur votre foie.

– Couvrez le gant de toilette du sac en plastique, du sac poubelle ou du film adhérent tout autour du corps pour maintenir le tissu en place, car il peut y avoir des fuites.

– Couvrez toute la zone d'une vieille serviette, dont vous vous enveloppez le corps. Vous pouvez le maintenir en place avec une bande Velpeau.

– La bouillotte est ensuite placée sur le foie, pour encourager le corps à absorber l'huile. Laissez la bouillotte en place pendant 30 à 60 minutes pendant que vous vous reposez, puis enlevez-la. Vous pouvez ensuite aller vous coucher en gardant la compresse pour la nuit.

– Quand vous aurez terminé (ou le lendemain matin), essuyez le « trop-plein » d'huile.

– Rangez le gant de toilette dans un contenant étanche. Il peut être réutilisé plusieurs fois avant d'être lavé.

Une méthode rapide, facile et presque aussi efficace !

Couvrez la peau au-dessus du foie d'huile de ricin et plongez-vous dans un bain tiède (pas chaud) pendant au moins vingt minutes. Ensuite, vous pouvez soit garder l'huile et passer un vieux tee-shirt, soit la laver et aller vous coucher. D'une façon comme de l'autre, votre peau va en avoir absorbé la plus grande partie et vous dormirez comme une bûche.

Ou bien : Couvrez la zone au-dessus du foie avec l'huile de ricin, passez un vieux tee-shirt tout pourri, placez une bouillotte dessus et allez vous coucher. Retirez la bouillotte au bout de trente à soixante minutes et dormez.

Encore une fois, cette technique peut être appliquée trois soirs de suite par semaine, pendant trois semaines consécutives. Puis, laissez passer une semaine avant de recommencer.

Pour le programme du week-end, je vous propose plutôt des sels d'Epsom (sulfate de magnésium hydraté – voir le chapitre 15 [1]). Ils ne sont pas aussi efficaces pour le foie que l'huile de ricin mais ils sont excellents pour le drainage lymphatique et l'évacuation des toxines, en plus d'être terriblement relaxants.

1. Ou à défaut, des sels de la mer Morte. (*N.d.T.*)

13.

Déstressez par l'intégration

Ce que j'appelle « intégration » englobe diverses techniques à inclure dans votre programme de 48 heures et dans votre vie quotidienne, afin de vous aider à trouver l'équilibre du corps, de l'intellect et de l'esprit et de faire baisser votre niveau de stress. Aujourd'hui plus que jamais, nous souffrons de tension, de stress et du syndrome du « trop à faire ». Nous sommes des millions à nous tourner vers les médicaments anti-anxiété, les somnifères et l'alcool pour nous détendre ; une personne sur trois consultera un médecin à un moment de sa vie pour des symptômes dépressifs. Selon un rapport récent publié par la Commission européenne, le stress est le problème de santé le plus courant après le mal de dos : 41,2 millions d'Européens en souffraient en l'an 2000 – plus que la population entière de l'Espagne !

Nous avons déjà étudié en profondeur la question du régime, et les exercices proposés dans le chapitre 10 nous aideront à produire les hormones de « l'euphorie naturelle », les endorphines. Le yoga agit à un autre niveau en stimulant tous nos organes internes et en calmant notre esprit. Mais pour diminuer radicalement nos niveaux de stress et régler avec précision le fonctionnement de chaque cellule du corps, nous devons inclure certaines des propositions suivantes à nos habitudes quotidiennes.

Techniques d'intégration

Faire la toupie tibétaine
Racler la langue
Nettoyer les dents
Pratiquer des exercices de respiration (*pranayama*)
Pratiquer des exercices de relaxation
Méditer

Lisez ce chapitre pour voir ce qui vous tente le plus, afin de faire un galop d'essai avant le programme. Il n'y a que six techniques et elles valent toutes la peine d'être intégrées à vos habitudes quotidiennes, même si vous avez, comme moi, l'impression de manquer de temps ! Pour ma part, quand j'arrive à pratiquer tous les matins des mouvements basiques de yoga, suivis des techniques d'intégration, la journée semble se dérouler sans effort, rien ne me stresse et je me sens plus énergique et positive. Je vous conseille donc, au minimum, d'essayer ces exercices au cours du week-end, puisque vous disposerez de tout votre temps. Une fois de retour dans la « vraie » vie, vous verrez que chaque technique exige de trente secondes à cinq minutes, pas plus. C'est un peu comme brosser ses dents : il s'agit simplement d'en prendre l'habitude. Choisissez vos activités – et pratiquez-les tous les jours, quoi qu'il arrive !

La toupie tibétaine

Cet exercice va vous donner l'impression d'être un derviche tourneur ! Non seulement il est ludique, mais il est aussi bénéfique pour la santé. Et vous trouverez toujours le temps de le pratiquer au début de la journée, parce qu'il va vite et qu'il réveille tout votre système.

D'après les lamas tibétains, et plusieurs praticiens de la médecine ayûrvédique, le corps recèle sept vortex d'énergie, situés dans nos sept glandes endocrines : les glandes reproductrices, le pancréas, les glandes surrénales, le thymus, la glande thyroïde, la glande pinéale et la glande pituitaire. Ces glandes fabriquent nos hormones et les relâchent dans le sang, qui les charrie jusqu'à nos organes et nos tissus, où elles régulent toutes nos fonctions corporelles. D'après les Tibétains et les Indiens, si l'une de ces glandes devient moins efficace à cause de l'âge ou d'une mauvaise santé, le flux du *prana* – la force de vie qui, en médecine ayûrvédique, signifie « souffle vital » – ralentit également et la maladie peut survenir.

L'une des façons les plus rapides de remettre le *prana* en marche est la toupie tibétaine. Quand tous les vortex tournent sur eux-mêmes à grande vitesse et à la même vitesse, le corps est en parfaite santé !

Comment faire la toupie

Trouvez un espace bien dégagé, où vous ne risquez pas de trébucher sur un meuble et où le sol n'est pas glissant (peut-être le patio du jardin).

Tenez-vous droite, bras étirés parallèles au sol, et tournoyez dans le sens des aiguilles d'une montre jusqu'à ce que vous soyez étourdie – en général, au bout de cinq ou six révolutions. Continuez tous les jours jusqu'à ce que vous atteigniez vingt révolutions (vous pouvez en ajouter une par jour). Assurez-vous que vos pieds soient bien posés au sol du début à la fin, et tournoyez aussi rapidement que vous le pouvez sans tomber à la renverse !

Pour vous aider à combattre le vertige, vous pouvez appliquer la méthode utilisée par les danseurs et les patineurs. Fixez votre regard sur un objet ou une marque au mur, devant vous, au même niveau que vos yeux, et tentez de le garder en ligne de mire le plus possible pendant que vous tournoyez. Votre tête va devoir suivre votre corps, mais vous pouvez tourner la tête le plus tard possible et très vite, afin de fixer le même point quand vous pivotez sur vous-même. Mais attention, ne vous faites pas mal au cou en vous retournant trop vite !

Faire la toupie tous les jours pour atteindre une vie sans stress et en meilleure santé, cela semble absurde, je le sais bien, mais au pire des cas cela va vous réveiller et donner du tonus à vos cellules. Et au mieux, vous serez en meilleure santé et plus calme. Le médecin ayûrvédique de la Hale Clinic, Doja Purkit, conseille de pratiquer la toupie tibétaine pour vivre une journée sans tension : « Si vous parvenez à tournoyer vingt fois, vous n'éprouverez jamais de stress », affirme-t-il. Selon le Dr Purkit, le tournoiement reproduit la turbulence provoquée par le stress dans les cellules du corps, ce qui aide le corps à la comprendre et à la surmonter.

Quel que soit l'effet de la toupie tibétaine (en tout cas, ça marche pour moi), c'est drôle, gratuit et toute la famille peut se joindre à vous – alors allez-y, faites la révolution !

Racler la langue et nettoyer les dents

Vous rappelez-vous l'époque où votre médecin de famille examinait votre langue pour évaluer votre état de santé ? Les médecins ne le font plus de nos jours, alors c'est à nous de le faire. En jetant un rapide coup d'œil à votre langue tous les matins, vous pourrez constater l'état de votre système digestif. Si vous prenez également l'habitude de racler votre langue, vous réveillerez vos sucs gastriques. Dès que les millions de papilles gustatives de votre langue sont stimulées, elles envoient un message au système digestif pour lui dire de se préparer : les aliments sont alors mieux digérés.

Etudier et racler ma langue tous les jours est, pour moi, aussi important que de me laver les dents. Car les dents ne changent pas tellement d'aspect au quotidien, tandis que la langue, oui. Est-elle chargée ? Blanche ? Avez-vous l'haleine forte ? Si la langue est couverte d'une épaisse couche blanche, cela veut dire qu'il y a beaucoup de toxicité présente dans le système, résultant d'un repas trop lourd ou trop tardif la veille au soir. Vous êtes peut-être toujours en train de digérer les aliments de la veille, auquel cas un petit déjeuner très léger ou simplement un jus permettra à votre système digestif de se reposer. Cela peut aussi signifier qu'après la cure express, les toxines sortent de votre corps et apparaissent sur votre langue, en lui donnant un joli aspect « poilu » ! Pour gratter la langue, servez-vous d'un racloir spécialement conçu à cet effet (vendu dans les magasins d'aliments naturels ou en VPC), ou d'une petite cuillère. Allez doucement de l'arrière de la langue vers l'avant jusqu'à ce que vous ayez raclé toute la surface. Le processus n'exige que vingt secondes et vous débarrassera des dépôts désagréables, ainsi que des bactéries, vous donnant une haleine plus fraîche !

Nettoyer vos dents

Il existe deux trucs très simples pour avoir des dents plus saines. Le premier, j'avoue ne pas toujours avoir le temps de l'appliquer au quotidien, mais cela vaut la peine d'y consacrer un moment le week-end. Le second est simple, rapide, et peut être pratiqué tous les jours après avoir brossé les dents.

Massez vos gencives : D'après la médecine orientale, vous pouvez avoir des dents plus saines et plus belles en massant quotidiennement vos gencives. Prenez une gorgée d'huile de sésame, sans l'avaler, et faites-la tourner d'une joue à l'autre pendant deux à trois minutes. Recrachez l'huile, puis massez vos gencives de l'index. Apparemment, ce truc est génial pour prévenir le déchaussement des dents, les infections et les caries.

Claquez des dents : Faites claquer vos dents cinq ou six fois, doucement (pour ne pas décrocher couronnes ou obturations). Ceci est censé stimuler les méridiens d'énergie reliés aux dents. Encore une fois, l'objectif est d'activer le flux du *prana* et de réveiller tous les organes.

Exercices de respiration, ou pranayama

Les bienfaits du pranayama

Expulse le stress et détend.

Apaise l'esprit.

Fonctionne comme une méditation express.

Augmente la clarté de l'esprit.
Augmente l'absorption d'oxygène.
Améliore la digestion.
Recharge les « accus ».
Augmente l'énergie physique.

Le *pranayama* est un adjuvant très utile à la cure détox car le fait de respirer profondément expulse 70 % des toxines du corps. Mais la raison la plus importante de pratiquer le *pranayama*, selon moi, est son effet sur le cerveau. Nous possédons deux hémisphères cérébraux aux fonctions différentes : le gauche pour la logique, les langages et les chiffres ; le droit pour la créativité, l'imagination et l'intuition. En alternant les narines (comme je vous l'expliquerai dans un instant) vous faites monter le souffle dans chaque hémisphère du cerveau tour à tour, ce qui aide à équilibrer leurs rapports. Cela s'appelle l'intégration neuromusculaire, ce qui signifie en gros que vous unifiez le corps et l'esprit, en créant une plus grande lucidité mentale et de l'énergie.

Cet exercice, qui conclut les cours de yoga, me donne toujours l'impression d'être plus alerte, plus concentrée et détendue. Mais surtout, le fait de le pratiquer le matin semble vraiment m'aider dans mes travaux intellectuels, surtout si je le pratique dehors à l'air frais.

Parce qu'il faut se concentrer assez intensément pour pratiquer correctement ces exercices, ils vous procurent aussi l'occasion de savourer un moment de tranquillité. Même si le seul temps dont vous disposez pour les faire, est quand vous êtes enfermée dans les toilettes le matin, le *pranayama* est presque aussi bienfaisant qu'une courte méditation et n'exige que cinq minutes.

Comment pratiquer le pranayama

– Asseyez-vous confortablement, colonne vertébrale aussi droite que possible.

– Fermez les yeux et posez la main gauche sur le genou – vous allez vous servir de la main droite.

– Gardez la bouche fermée du début à la fin.

– A l'aide du pouce droit, bouchez la narine droite. Puis, de la narine gauche, inspirez lentement et profondément. Retenez votre souffle en comptant jusqu'à quatre.

– Maintenant, avec les doigts du milieu, bouchez la narine gauche et exhalez lentement par la narine droite.

– Puis, tout en bouchant toujours la narine gauche, inspirez par la narine droite et retenez votre souffle en comptant jusqu'à quatre.

– Bouchez la narine droite du pouce et exhalez par la narine gauche.

– Répétez la séquence en alternant les narines pendant environ cinq minutes.

– Votre respiration sera sans doute un peu plus lente et plus profonde que d'habitude mais devrait rester naturelle, sans forcer.

– Quand vous avez terminé, restez assise tranquillement pendant quelques minutes en respirant normalement.

Exercice de relaxation

La relaxation complète immobilise le corps et fait baisser sa température, ce qui permet aux muscles de relâcher leur tension et repose tout le système. C'est aussi rafraîchissant qu'une bonne nuit de sommeil. Les effets se font ressentir dans toutes vos activités et vous enseignent à conserver votre énergie, tout en lâchant prise sur vos inquiétudes et vos craintes. Cette technique permet aussi de se requinquer quand on passe directement du bureau à une soirée. Elle vous aidera à vous détendre au lit durant la nuit, si vous avez du mal à dormir. Durant le programme, cette excellente technique peut être pratiquée après les repas pour vous empêcher de courir dans tous les sens, alors que vous devriez vous détendre pour mieux digérer.

Ma charmante prof de yoga, Patricia Hagarth, a conçu ce merveilleux exercice de relaxation, qui vient en final d'une séance de yoga. Vous pouvez le pratiquer à n'importe quelle heure du jour ou de la nuit, pendant cinq minutes – ou aussi longtemps que vous le souhaitez.

Allongez-vous sur le dos, pieds écartés, orteils vers l'extérieur. Vos bras sont allongés, légèrement écartés du corps, paumes vers le haut. Assurez-vous que votre tête est dans l'axe de la colonne vertébrale et que le cou est allongé. Laissez votre esprit aider votre corps à se détendre, et répétez mentalement tandis que vous le parcourez, en commençant par les orteils : « Je détends les orteils... mes orteils sont détendus. Je détends les pieds et les chevilles... mes pieds et mes chevilles sont détendus. Je détends les jambes... mes jambes sont détendues. Je détends les hanches... le ventre... les bras... la poitrine... le dos... le cou... le visage... » jusqu'à ce que vous parveniez à la tête, et enfin à l'esprit. Détendez-vous. Détendez-vous. Détendez-vous.

Exercice de méditation

On sait que la méditation renforce le système immunitaire, apaise l'esprit, le débarrasse des pensées négatives, voire qu'elle aide à combattre la maladie. Des millions de personnes à travers le monde ne jurent que par elle, mais il n'est pas nécessaire de rester assis en lotus pendant trois heures en psalmodiant pour méditer réellement et en retirer les bienfaits.

Le but de la méditation est d'apaiser le cerveau, de visualiser les pensées qui éclatent comme des bulles dans votre esprit, mais sans leur porter attention, afin qu'elles s'évanouissent. Plus vous pratiquez la méditation, plus vos pensées deviennent calmes – c'est un peu comme si vous disiez à votre esprit « tais-toi ». Méditer régulièrement vous aidera à réduire le stress et la fatigue et améliorera réellement votre niveau d'énergie, tout en vous procurant un sentiment de bien-être et de sérénité. Réservez cinq minutes, à un moment où vous savez que vous ne serez pas interrompue, deux fois par jour. Même ces courtes sessions auront un effet bénéfique. Mais durant le programme de 48 heures, essayez de consacrer plus de temps à la méditation. Vingt minutes – deux fois par jour – cela vous fera vraiment du bien !

Comment méditer

Choisissez une pièce silencieuse, loin des bruits de voitures, des cris des enfants et autres distractions, même si c'est tout bêtement la salle de bains. (Mettez des boules Quiès s'il y a trop de bruit.) Portez des vêtements chauds et confortables. Retirez vos chaussures et asseyez-vous en tailleur par terre ou, si vous avez du mal à vous tenir droite, en appuyant le dos contre le mur. Ou asseyez-vous sur une chaise, à condition qu'elle ait un dossier droit et que vos pieds soient bien posés par terre. (Ou encore, allongez-vous – toutefois, je ne vous le conseille pas : je finis toujours par m'endormir !) Donc, assise, paumes tournées vers le haut et ouvertes comme des bols vides, mains reposant sur les genoux.

Fermez les yeux. Laissez-les se détendre et imaginez un point blanc entre vos sourcils. Respirez normalement.

Tandis que vous inspirez et expirez, vous vous mettrez petit à petit à remarquer votre propre respiration. Ne tentez pas de l'influencer d'aucune manière, contentez-vous de la suivre. Permettez-lui de trouver son propre rythme.

Si votre cerveau s'active et se met à dresser des listes, n'essayez pas de l'arrêter. Contemplez chaque pensée, imaginez-la dans une bulle et soufflez pour l'éloigner. Puis revenez à votre respiration. C'est un exercice très simple mais il demande un peu d'entraînement, pour s'habituer à « observer » ses pensées, à les laisser aller et à revenir à l'immobilité et au néant.

La méditation So-Hum

Abid Dar, mon acupuncteur, m'a enseigné cette technique de méditation pour m'aider à surmonter mon syndrome « petite abeille laborieuse ». Dans mon cas, elle s'est avérée efficace.

Donc, si vous avez vraiment du mal à laisser aller vos pensées, essayez ceci. Dans la méditation So-Hum, il faut s'asseoir en silence et suivre sa respiration, comme ci-dessus, mais en ajoutant le son *So* en inhalant et *Hum* en soufflant. Ne prononcez pas fort – faites comme si vous vous parliez à vous-même. Vous serez beaucoup plus concentrée.

Hum signifie le « je » ou l'ego individuel ; *So* veut dire « Celui qui est divin ». Quand *So* entre, l'énergie vitale entre aussi, et quand *Hum* sort, notre ego sort avec lui. Voilà le sens de la méditation So-Hum.

A la fin de votre séance de méditation, restez assise en silence et laissez votre corps revenir au présent. Vous serez si détendue et pleine d'énergie que vous vous demanderez pourquoi vous n'avez jamais médité auparavant ! Encore une fois, il s'agit d'une technique merveilleuse si vous revenez crevée du boulot, en vous demandant comment vous pourrez tenir pour la soirée. Essayez, ne serait-ce que cinq minutes !

Utilisez l'énergie des arbres

Croyez-le ou non, mais s'asseoir en tailleur sous un arbre, dos bien appuyé sur le tronc, a un effet énergisant. Si vous n'avez pas le temps de faire vos exercices de respiration ou de méditation, essayez ceci pendant cinq minutes. Vous verrez à quel point vous vous sentirez calme et les « pieds sur terre ». On se moque toujours des babas qui enlacent les arbres, mais je crois sincèrement qu'il y a du bon là-dedans. Si vous êtes convaincue, comme moi, que toutes les formes de vie sur cette planète sont reliées d'une quelconque façon, alors l'énergie et la force vitale que recèle un arbre bicentenaire ne peuvent que nous faire de l'effet, au niveau cellulaire. Essayez, durant le programme de 48 heures – vous n'avez rien à perdre, même si les passants vous regardent de travers !

14.

Consommez des acides gras essentiels

Parce que nous associons désormais toutes les graisses à ce qui est mauvais pour la santé, mes patients ont souvent une attaque quand je les incite à manger plus de corps gras essentiels – ils pensent qu'ils vont grossir.

Mais il ne s'agit pas ici des graisses saturées contenues dans des aliments comme le fromage, la noix de coco, le lard, le saindoux, le bacon et les viandes grasses. Celles-là, comme vous le savez, vont directement se loger dans nos cuisses et, consommées en excès, sont mauvaises pour le cœur. Les graisses hydrogénées comme celles contenues dans la margarine ne sont pas non plus de bonnes graisses car elles sont composées d'acides trans-lipidiques qui, selon des études récentes, sont encore plus nocives pour la santé à long terme que les graisses saturées. Non, les lipides dont je parle sont les acides gras essentiels (AGE) : en fait, vous ne pouvez pas mincir efficacement sans eux à cause de leur effet fantastique sur le métabolisme.

Trois raisons pour lesquelles les acides gras essentiels ne font pas grossir

1. Les AGE vous aideront à parvenir à votre poids idéal parce qu'ils accélèrent le métabolisme et le transfert de l'oxygène dans le sang. Le carburant brûle plus efficacement.

2. Votre corps a besoin de chaque parcelle de ces précieux lipides à cause de toutes les tâches qu'ils accomplissent ; il ne va donc pas les gaspiller en les stockant sous forme de graisse.

3. Ces lipides agissent un peu comme les portiers de nos cellules. Ils aident à ouvrir les cellules pour laisser sortir le sodium – vous vous souvenez de l'équilibre des électrolytes ? Si vous voulez que votre corps relâche les toxines enfermées dans les cellules, donc une partie de votre surpoids, vous aurez besoin de ces lipides pour ouvrir les portes.

Mais encore, et surtout, les acides gras essentiels ont un impact si spectaculaire et immédiat sur l'énergie, le stress et l'équilibre hormonal qu'une fois que vous commencez à en consommer régulièrement, vous ne voudrez plus jamais vous en passer tellement vous vous sentirez bien. Nos corps ne peuvent pas fabriquer les AGE ; nous devons compter sur notre alimentation pour nous les fournir en bonne quantité. Les deux AGE dont notre corps a besoin pour les convertir en substances qu'il peut utiliser sont l'acide linoléique (Oméga 6) et l'acide linolénique (Oméga 3). En général, notre régime ne manque pas d'Oméga 6. En revanche, nous manquons cruellement d'Oméga 3. Au cours du programme nous ferons en sorte d'augmenter notre consommation de ce lipide utile.

D'autres bienfaits des AGE

Aident au développement fœtal : Le fœtus a besoin d'acides gras pour le développement du cerveau, des yeux, des cellules, de la peau et des articulations, ainsi que le fonctionnement du foie. Les mères qui consomment plus de poissons gras ou de capsules d'huiles de poisson durant la grossesse accouchent d'enfants en meilleure santé et plus intelligents.

La santé du cerveau : Les AGE, en particulier l'Oméga 3, sont essentiels au cerveau car près d'un quart de la matière de cet organe consiste en acides gras. Le fait d'en absorber des quantités suffisantes aide la mémoire et la concentration, tout en luttant contre la dépression.

Je suis en outre persuadée que l'une des causes de la dépression post-partum (baby blues) provient du fait que le fœtus détourne du sang maternel l'Oméga 3 dont il a besoin pour son développement. Si la mère ne consomme pas suffisamment d'Oméga 3 pour compenser cette perte, elle peut parvenir à un tel déficit d'AGE dans son propre cerveau qu'elle finira par souffrir de dépression.

On a également démontré que les AGE sont utiles dans le traitement des troubles du comportement chez l'enfant, notamment l'hyperactivité.

Aident le système nerveux central : Les AGE sont nécessaires à la bonne santé des membranes cellulaires, particulièrement dans les cellules nerveuses.

Bons pour le cœur et la circulation du sang : Les chercheurs ont démontré que l'Oméga 3 fait baisser le taux de cholestérol et la tension artérielle, tout en prévenant le durcissement des artères. Après un infarctus, manger du poisson gras trois fois par semaine diminue de moitié le risque d'avoir une autre crise.

Bons pour la peau, les ongles et les cheveux : Les AGE sont des hydratants naturels. Sans eux, les cellules sont incapables de retenir l'eau : la peau devient sèche et les ongles cassants.

Renforcent le système immunitaire : Les AGE augmentent le nombre de « bonnes » bactéries intestinales et apportent plus d'énergie aux cellules pour éliminer les déchets, combattre les virus et les « mauvaises » bactéries.

Réduisent les inflammations : L'Oméga 3 aide à produire des sécrétions anti-inflammatoires (les prostaglandines).

Améliorent les fonctions digestives et intestinales : J'ai connu de tels succès avec des patients souffrant de toutes sortes de problèmes intestinaux – de la constipation à la diverticulose – que je voudrais le crier sur les toits ! Consommer l'Oméga 3 en abondance sous forme d'huile de lin est vraiment efficace.

Aident à l'équilibre hormonal : Les graines de lin (riches en Oméga 3) sont bourrées de phyto-œstrogènes, qui imitent l'œstrogène naturel et aident à équilibrer les hormones. L'huile d'onagre, l'huile de pépin de cassis et l'huile de bourrache (riches en Oméga 6) sont également très utiles à l'équilibre hormonal, surtout pour atténuer les symptômes du syndrome pré-menstruel, notamment les petites bosses dans les seins.

Aident à traiter et distribuer les vitamines liposolubles : Les AGE sont vitaux à l'assimilation des vitamines liposolubles – A, D, E et K. La vitamine E est un antioxydant, la A (bêta-carotène) favorise la santé des yeux et des membranes, la D aide à l'absorption du calcium et la K est nécessaire à la coagulation du sang.

Vous aident à combattre la dépression hivernale : L'Oméga 3 est un « antigel » reconnu, parce qu'elle aide à diluer le sang et lui permet de mieux circuler par temps froid. En consommant assez d'Oméga 3, vous n'aurez pas froid aux mains et aux pieds en hiver, vous ne remarquerez même pas le manque de soleil et vous ne serez donc pas victime des troubles affectifs saisonniers.

Comme nous l'avons déjà remarqué, nos régimes modernes nous privent du bon équilibre des deux AGE. Voyons donc ce que nous devrions manger :

Sources d'acides gras essentiels

TYPE D'ACIDE GRAS ESSENTIEL	SOURCES
Acide linoléique (Oméga 6)	Noix, graines de tournesol, de courge et de sésame, céréales, légumes secs, fruits et légumes.
Converti dans le corps en GLA	Lait maternel, spiruline, huile d'onagre, huile de pépins de cassis et huile de bourrache.
Acide linolénique (Oméga 3)	Graines de lin, graines de courge, noix et légumes vert sombre.
Converti par le corps en EPA et DHA	Poissons gras d'eaux froides, comme le saumon, les sardines, le thon, le maquereau et le hareng.

(Je ne compliquerai pas trop les choses en expliquant exactement ce que sont le GLA, l'EPA et le DHA – notez simplement qu'il s'agit des produits de conversion de l'Oméga 3 et 6.)

Pour le fonctionnement de notre corps, nous avons besoin d'une consommation régulière d'Oméga 6. Mais de nos jours, nous en consommons beaucoup trop par rapport à l'Oméga 3, parfois jusqu'à 20 fois trop. Le ratio idéal ne devrait être moindre qu'une part d'Oméga 6 pour chaque part d'Oméga 3, et jamais plus que de 5 pour 1. Mais parce que notre consommation de poissons gras a décru de 80 % au cours des cent dernières années, ce rapport est complètement déséquilibré. Comme vous consommerez largement assez d'Oméga 6 dans le cadre des propositions du programme, nous nous concentrerons au cours de ce week-end sur l'AGE dont nous manquons le plus, l'Oméga 3, sous forme végétale.

L'Oméga 3

Les acides gras Oméga 3 aident à produire un type de prostaglandine dont les chercheurs ont démontré les propriétés suivantes :

Réduit l'inflammation provoquée par l'arthrite.

Détend les vaisseaux sanguins.

Diminue la tension artérielle.

Améliore les taux de cholestérol.

Joue un rôle important dans la production d'hormones.

Influence le métabolisme.

Affecte les transmissions nerveuses et le fonctionnement intestinal.

La source la plus riche d'Oméga 3 se trouve dans les graines de lin et l'huile de lin[1], qui est encore plus active que l'huile de poisson (et constitue également une excellente source d'Oméga 6).

L'autre bonne source d'Oméga 3 se trouve dans les poissons gras des eaux froides, comme le saumon, les sardines et le maquereau. Le thon frais constitue aussi une bonne source – le thon en boîte beaucoup moins, sauf si vous l'arrosez d'huile de lin ! La morue en elle-même est pauvre en acides gras essentiels, mais l'huile de foie de morue est l'une des sources les plus riches d'Oméga 3 – hélas, c'est aussi l'une des sources de toxines les plus concentrées, qui se trouve dans les foies de poisson. C'est pourquoi j'encourage les patientes qui ne peuvent pas manger de poisson, ou qui n'aiment pas ça, à prendre des compléments alimentaires à base d'huile de poisson (EPA – acide eicosapentaenoïque) fabriquée avec la chair des poissons gras plutôt qu'avec leurs foies.

Comme vous avez pu le constater dans la tableau ci-dessus, il existe une différence entre la façon dont le corps peut assimiler les huiles de poisson, par rapport à sa façon d'utiliser les graines ou l'huile de lin. Si vous consommez du poisson ou de l'huile de poissons en gélules, vous évitez au corps d'avoir à faire une conversion. Pour certains ce peut être une bonne chose : les bébés, par exemple, ne peuvent pas faire cette conversion, ni les personnes âgées ou très malades. Si vous entrez dans l'une de ces catégories ou que vous êtes enceinte, l'huile de poisson en gélule (EPA) vous sera plus bénéfique que l'huile de lin.

---

1. Comme nous l'avons souligné plus haut, il est assez difficile de se procurer l'huile de lin en France car elle se conserve mal et ne peut pas être chauffée. Vous trouverez cependant les coordonnées de certains fournisseurs sur Internet, notamment Bio Planète. (*N.d.T.*)

Vous êtes peut-être en train de vous dire, « Pourquoi m'embêter avec l'huile de lin si je peux retirer les mêmes bienfaits du poisson ? » Eh bien, pour consommer la quantité nécessaire d'Oméga 3, vous devez manger une portion de saumon au moins trois fois par semaine. Ce qui n'est pas toujours possible, trop onéreux pour certaines personnes et carrément impossible pour les végétariens ou les végétaliens – pas question pour eux de prendre des gélules d'huile de poisson.

Mais si les graines et l'huile de lin sont prioritaires au menu, c'est parce que le programme de 48 heures fait porter l'accent sur les aliments végétaux et sur la purification : qu'elles vous fourniront une quantité énorme de la précieuse Oméga 3 sans apporter d'acidité. De plus, je préfère que mon programme fasse le moins possible appel aux compléments alimentaires. Dans cette optique, les graines et l'huile de lin représentent la façon la plus simple et la plus rapide de consommer les bonnes proportions d'Oméga 3 et d'Oméga 6 au quotidien.

Au cas où vous ne seriez toujours pas convaincue de l'importance des AGE, parcourez la liste ci-dessous pour vérifier si un ou plusieurs des problèmes de santé suivants vous concernent :

Les symptômes d'une déficience en Oméga 3 et 6

Peau sèche et autres problèmes cutanés
Cheveux et ongles en mauvais état
Métabolisme faible
Fatigue permanente

Dépression
Dépression post-partum
Trous de mémoire
Hypertension artérielle
Taux élevés de cholestérol
Varices
Arthrite
Douleurs articulaires
Inflammation
Infertilité
Fluctuations hormonales
Syndrome pré-menstruel
Petites bosses dans les seins avant les règles
Rétention d'eau
Problèmes intestinaux
Calculs biliaires
Troubles affectifs saisonniers
Accès dépressifs liés au manque de sucre

Régime quotidien d'acides gras essentiels au cours du programme

Vous allez démarrer par un délicieux « smoothie » (boisson aux fruits enrichie de divers ingrédients émulsifiants), qui fournira les quantités idéales d'AGE à votre corps. Vous aurez besoin de graines de lin, d'huile de lin et de granules de lécithine, dans les quantités suivantes :

1. Graines de lin (ou linettes) : 1 cuillère à soupe

Les graines de lin entières sont riches en fibres, sels minéraux et protéines, autant qu'en acides gras essentiels. Elles sont aussi bourrées de phyto-œstrogènes, dont nous avons vu qu'ils ont une influence positive sur les taux hormonaux. De plus, que vous soyez constipée ou pas, elles vous aideront à vraiment évacuer les toxines du côlon au cours du programme de 48 heures.

Essayez de consommer 1 cuillère à soupe de graines de lin trempées par jour. Placez une cuillère à soupe de graines de lin dorées dans un verre, le soir avant de vous coucher : parce qu'elles vont gonfler, ajoutez beaucoup d'eau (plus que pour juste les recouvrir). Les graines sont riches en zinc et en vitamine E en plus de l'Oméga 3 : toutes ces bonnes choses ne seront pas gaspillées si vous buvez l'eau en avalant les graines. Au matin, ces graines seront molles et gélatineuses, donc elles n'irriteront pas l'intestin, mais le traverseront très lentement et doucement, en passant un grand « coup de balai » dans votre côlon.

L'une de mes clientes âgées souffrait de constipation chronique depuis cinq ans et au bout du troisième jour, elle avait si mal qu'elle était obligée d'utiliser un laxatif. Après avoir consommé des graines de lin trempées tous les matins pendant seulement quatre jours, elle s'est mise à aller aux toilettes « naturellement », chaque matin, pour la première fois depuis des années. Une autre n'avait pas réussi à aller régulièrement à la selle depuis qu'elle avait arrêté la cigarette. Son corps attendait le « déclencheur » de la nicotine ! Elle aussi m'a affirmé que les graines de lin trempées avaient changé sa vie – et ses intestins – pour toujours.

2. Huile de lin : 1-2 cuillères à soupe

Assurez-vous qu'il s'agit d'une huile de bonne qualité, pressée à froid et vendue dans une bouteille en verre sombre. Les huiles s'oxydent très rapidement et peuvent rancir : gardez-les au frigo. NE CHAUFFEZ JAMAIS L'HUILE.

Vous aurez peut-être un peu de mal à vous faire au goût de l'huile de lin – ou alors l'adorer ! Si vous détestez, pas de panique, une fois qu'elle est mélangée aux autres ingrédients, surtout les granules de lécithine, vous ne la remarquerez pas. Mais si le goût vous plaît, comme je l'espère, vous pouvez aussi l'utiliser pour faire des vinaigrettes ou pour en arroser vos repas, à condition que les aliments aient été retirés du feu.

3. Granules de lécithine : de 1 cuillère à thé à 1 cuillère à soupe

La lécithine est un nutriment sous forme d'huile, qui se retrouve dans la plupart des tissus vivants – en particulier dans ceux qui recouvrent le cerveau et les cellules nerveuses. Elle est donc extrêmement importante pour votre santé. La lécithine fait partie de la membrane cellulaire et joue un rôle essentiel dans le transit intra et extra-cellulaire.

La lécithine est très riche en Oméga 6, qui viendra complémenter l'Oméga 3 contenue dans l'huile de lin ; elle sert à protéger et à régénérer le foie. A cause de son contenu élevé en vitamine B, elle est aussi excellente pour le cerveau, la mémoire et la gueule de bois ! Ce qui devrait vous convaincre de l'ajouter à votre « smoothie » !

Les granules vendus dans le commerce sont extraits de l'œuf, du soja ou du maïs : si vous êtes végétarienne, lisez bien la liste des ingrédients pour vous assurer de leur source. Vous voudrez peut-être vérifier aussi qu'il ne s'agit pas de soja génétiquement modifié.

Lorsque vous ajouterez les granules de lécithine au « smoothie », ils émulsifieront l'huile de lin pour créer un breuvage crémeux semblable au milk-shake. Commencez avec une cuillère à café de granules de lécithine et allez jusqu'à une cuillère à soupe, si cela vous plaît et vous fait du bien. Certaines ont besoin d'un petit moment pour que leur foie s'adapte, d'autres adorent tout de suite. Ecoutez votre corps et voyez comment il réagit.

Le « smoothie » de Suzi

1 pomme ou 1 poire
1 kiwi
2-3 fraises, plus quelques mûres, myrtilles ou framboises – n'importe quel fruit rouge, y compris surgelé
1 cuillère à café ou jusqu'à 1 cuillère à soupe de granules de lécithine
1 à 2 cuillères à soupe d'huile de lin [1]
1 cuillère à soupe de graines de lin trempées, avec l'eau
1 poignées de graines de courge et de tournesol moulues
2 à 4 amandes
1 noix du Brésil
Jus de canneberges, de pommes ou n'importe quel jus de fruit si vous avez besoin d'ajouter du liquide
1 cuillère à soupe de jus d'Aloès Vera (optionnel)

Placez ces ingrédients dans un mixeur, mixez et buvez ! Si le « smoothie » n'est pas assez sucré, vous pouvez ajouter une ou deux dattes ou une cuillerée de miel. Vous préférerez peut-être essayer d'autres fruits mais ceux-ci me vont parfaitement. J'aime particulièrement les fruits rouges parce qu'ils

1. Remplacez par une huile végétale (par exemple une huile d'olive à goût léger) si vous n'arrivez pas à vous procurer de l'huile de lin. (*N.d.T.*)

donnent au « smoothie » le goût d'un délicieux milk-shake – sans le lait !

Vous constaterez que ce breuvage est extrêmement « bourratif » : il devrait vous tenir pour plusieurs heures – c'est l'aliment parfait pour un week-end de cure express ou pour un petit déjeuner énergisant et nourrissant.

15.

Expulsez

Au cours de votre programme, vous aurez recours à toutes les voies de sortie de votre corps pour évacuer les toxines. Une fois de plus, je m'émerveille de la façon dont notre organisme est conçu, car du point de vue de la naturopathie, un corps sain reste sain en se purifiant continuellement, afin que ses membranes cellulaires restent fluides et en bon état. Heureusement, nous sommes dotés de nombreux orifices capables d'expulser toxines et déchets ! Mais il faut parfois leur donner un coup de pouce.

Le corps a ses petites habitudes : pour expulser, il a tendance à toujours revenir à la même voie de sortie. Si vous avez souffert de catarrhe toute votre vie, c'est la voie dont votre corps se servira. Si vous avez des boutons de fièvre quand vous êtes fatiguée – ô surprise ! – le corps produira d'autres boutons de fièvre s'il a besoin d'évacuer rapidement d'autres toxines. Ces crises salutaires sont très ennuyeuses – mais elles font bel et bien partie du processus de guérison. Votre état empirera souvent avant de s'améliorer. Mais vous irez réellement mieux une fois désintoxiquée ; vous découvrirez peut-être même que certaines affections chroniques dont vous avez souffert toute votre vie ont enfin disparu pour de bon.

Les voies de sorties du corps

Yeux
Nez
Oreilles
Poumons et bouche
Peau
Côlon
Utérus
Reins

Les yeux

J'espère que vous n'allez pas pleurer ou faire une conjonctivite au cours du week-end ! Mais sachez que si vous avez tout d'un coup envie de pleurer sans raison particulière, il faut y aller ! Pleurez un bon coup, en vous disant que votre crise de folie passagère est une bonne façon d'évacuer. Avez-vous déjà remarqué à quel point vous vous sentez soulagée après une bonne crise de larmes ? Je suis persuadée que ces larmes ne libèrent pas seulement des toxines affectives qui doivent être évacuées, mais aussi certaines toxines physiques qui se sont accumulées avec le temps. Nous savons maintenant que le fait d'extérioriser ses émotions est incroyablement important pour la santé du système immunitaire – alors allez-y, laissez-vous aller. Mieux vaut que ça sorte, plutôt que de rester enfermé en vous !

Le nez

Si vous attrapez un rhume pendant votre week-end de purification, considérez qu'il s'agit d'une autre voie utilisée par le corps. Plus votre alimentation incitait à la production de mucosités avant le programme (produits laitiers, chocolat, pâtes, etc.), plus le mucus doit sortir dès que vous modifiez votre façon de manger.

Donc, si vous êtes enrhumée, reposez-vous autant que possible, buvez beaucoup de liquides, essayez de ne pas prendre de médicaments pour supprimer les symptômes et donnez du temps à votre corps. La façon la plus rapide de guérir est de se reposer et de manger le moins possible, pour que votre corps puisse se concentrer sur sa lutte contre le virus. Mais si vous êtes comme moi, vous aurez un appétit d'ogre et vous aurez envie de « nourrir » votre rhume. Dans ce cas, suivez vos instincts et mangez aussi souvent que vous en avez envie, surtout des aliments qui renforcent le système immunitaire comme les fruits et les légumes. Si tentants que paraissent les « aliments-réconfort », rappelez-vous que même une petite prise de sucre peut réduire votre immunité de moitié.

Les bons trucs pour soigner un rhume

– Restez au chaud.

– Reposez-vous.

– Buvez beaucoup d'eau chaude avec du miel et du citron.

– Essayez les soins d'hydrothérapie proposés au chapitre 8.

– Inspirez la vapeur de sachets de tisane de fleurs de sureau infusant dans un bol d'eau chaude – c'est aussi efficace que du Vick's !

– Essayez de ne pas vous moucher : il vaut mieux cracher.

– Prenez de la vitamine C avec du zinc.

– Prenez de la teinture végétale d'échinacée pendant dix jours (mais pas plus longtemps, et suivez la posologie indiquée).

– Ajoutez des épices échauffantes à vos aliments, comme le gingembre, le piment de Cayenne, le piment rouge et l'ail.

ATTENTION : De fortes doses de vitamines C peuvent causer la diarrhée. Si c'est le cas, réduisez la dose et restez près des toilettes. Si vous prenez d'autres médicaments ou que vous avez déjà eu des problèmes rénaux, consultez votre médecin avant de prendre des compléments alimentaires de vitamine C.

Les oreilles

J'espère sincèrement que rien ne va vous sortir des oreilles pendant la cure détox ! Mais si vous constatez que vous avez des problèmes d'oreilles ou une production de cérumen plus abondante que d'habitude, dites-vous que votre corps a trouvé un autre point faible et une nouvelle voie de sortie à utiliser. Les problèmes d'oreilles chroniques sont associés à une consommation excessive de blé, lait, maïs, œufs, levure, soja et sucre. Votre nouveau régime réduira vos risques de souffrir de problèmes fréquents des oreilles.

Les poumons et la bouche

Si vous avez une toux grasse, que les naturopathes considèrent comme une forme de nettoyage plutôt qu'une faiblesse, « décrochez » le phlegme de vos poumons en inspirant profondément. Puis, enfermée dans les toilettes, crachez le plus possible de cette matière répugnante ! Récemment, je souffrais d'une fin de rhume/purification et je travaillais avec un groupe de médecins généralistes. L'un d'entre eux m'apprit que cracher était bien plus sain que de se moucher car cela encourageait les débris à sortir plus rapidement et facilement, sans laisser le virus traîner trop longtemps dans le corps. Je fus un peu étonnée – je n'allais tout de même pas me mettre à cracher en pleine réunion ! Enfin, c'est à retenir.

Soigner sa toux

Comme pour le rhume, aucun des médicaments vendus en pharmacie ne semble réellement efficace, pas vrai ? Même les médecins et les pharmaciens disent maintenant qu'il vaut mieux siroter une boisson chaude ou sucer un bonbon, plutôt que de dépenser de l'argent pour rien. La meilleure boisson, à mon avis, est tout simplement de l'eau chaude avec du citron, du miel, du gingembre frais râpé et un peu de brandy ou de scotch ! Pas l'idéal en période de cure – mais ça vaut mieux qu'un antitussif et au moins, ça vous fera dormir. Vous pouvez aussi essayer de frotter de l'huile de ricin sur votre poitrine (voir le chapitre 12 – ça vous aidera peut-être à expectorer tous ces horribles crachats).

Aphtes

Si vous avez des aphtes durant la cure détox, cela signifie que vous évacuez du sodium (ou du sucre). C'est-à-dire qu'il y a trop d'acidité dans votre organisme et qu'il essaie de s'en débarrasser.

Le bon remède contre les aphtes

Gargarisez-vous avec du thé noir, qui possède des propriétés antibactériennes. Ajoutez un peu de citron, qui est un antiseptique doux.

Boutons de fièvre

Certaines personnes ont un accès de boutons de fièvre dès qu'elles entament un nettoyage en profondeur – j'en faisais partie. C'est très courant chez les gens qui préfèrent le salé au sucré. D'ailleurs, toute affection dermatologique qui brûle, gratte ou fait mal est, en général, le symptôme d'un taux de sodium trop élevé. Vous vous souvenez de ce que j'ai expliqué sur l'équilibre sodium/calcium ? Je n'ai presque plus jamais de boutons de fièvre depuis que ma diète est équilibrée.

Personnellement, je n'adhère pas à la théorie selon laquelle les noix provoqueraient des accès d'herpès à cause de leur contenu élevé de l'acide aminé arginine. Je mange des tonnes de noix ! Plusieurs praticiens recommandent de prendre un supplément de l'acide aminé lysine pour aider à prévenir les attaques fréquentes, mais mon régime me suffit.

Si votre peau commence à brûler ou à picoter au cours du week-end, ne vous précipitez pas à la pharmacie. D'après mon expérience, les médicaments ne suppriment l'apparition d'un bouton de fièvre que pour le faire réapparaître à un autre endroit, plus tard. Il existe un traitement beaucoup plus naturel, à l'huile essentielle de mélisse. On a constaté qu'elle bloquait les cellules nerveuses normalement affectées par le virus. Utilisée assez tôt, il semble qu'elle puisse faire disparaître un bouton de fièvre en quatre heures – je suis en mesure de le confirmer, car le remède a fonctionné dans mon cas. En plus de la merveilleuse mélisse, reposez-vous et buvez le plus possible, et renforcez votre système immunitaire en suivant le programme pendant plus de 48 heures.

> **Les bons remèdes pour les boutons de fièvre**
>
> Appliquez fréquemment de la mélisse – en crème, en teinture ou sous forme d'huile essentielle – dès le premier signe de crise.
>
> Un régime riche en zinc pourrait aider à les prévenir : mangez des huîtres et des graines de courge.
>
> Un régime riche en lécithine et en AGE les tiendra certainement en respect.
>
> La teinture d'échinacée, prise pendant dix jours, renforce le système immunitaire.

La peau

Comme vous l'avez appris dans les passages consacrés au système lymphatique, la peau est notre plus grand organe et la plus grande voie d'évacuation du corps ; elle excrète sels, toxines et déchets métaboliques : par conséquent, elle sera largement sollicitée au cours du week-end. Vous souffrirez peut-être plus que d'habitude de boutons, d'urticaire ou d'eczéma – une fois de plus, votre corps ira moins bien avant d'aller mieux.

Nous avons déjà traité du gommage à sec avec une brosse pour aider à éliminer les déchets accumulés dans la lymphe et à la surface de la peau. Mais nous pouvons aussi augmenter l'aptitude de notre peau à excréter en transpirant le plus possible.

Hammams et saunas

Ces deux méthodes sont utilisées depuis des milliers d'années pour ouvrir les pores de la peau et purifier le corps. Les saunas produisent une chaleur très sèche, comme celle du désert, tandis que les hammams produisent une vapeur humide, comme celle d'une jungle tropicale. Que vous préfériez l'un ou l'autre, ils vous feront tous deux transpirer abondamment, très vite.

Inutile de vous inscrire dans un club de gym pour profiter des bienfaits d'un sauna ou d'un hammam. Certaines piscines en sont équipées. On y trouve des instructions détaillées sur le mode d'emploi, mais consultez votre médecin si vous avez le moindre doute. Si c'est la première fois que vous essayez, commencez par rester deux minutes seulement, puis progressez jusqu'à des séances de cinq minutes ou plus. Certaines personnes prennent une douche froide avant de retourner pour une seconde séance. Si vous ne supportez pas le choc de l'eau froide, prenez une douche fraîche ou tiède, mais en terminant toujours par une eau plus fraîche.

Si vous n'avez pas accès à un hammam ou un sauna, ne vous en faites pas – vous pouvez vous en offrir un à la maison, gratuitement !

Transformer la salle de bains en hammam

Assurez-vous qu'il n'y a pas d'interstices autour de la fenêtre, faites couler la douche en réglant la température de l'eau à la chaleur maximale et ressortez en refermant la porte de la salle de bain. Roulez une serviette et placez-la au bas de la porte afin que l'air chaud ne puisse s'échapper. Laissez couler la douche pendant au moins dix minutes. Ceci remplira la salle de bain de vapeur (c'est aussi un bon truc, si vous êtes dans une chambre d'hôtel, avec un vêtement froissé et sans fer à repasser !). Une fois que la salle de bain est bien chaude et pleine de vapeur, entrez, installez-vous et transpirez un bon coup (vous aurez déplacé la serviette roulée à l'intérieur de la porte). Vous ne suerez pas autant que dans un vrai hammam, mais ce n'est pas une mauvaise alternative et ça nettoie quand même la peau.

Autre option : un bon bain tiède/chaud. Le meilleur, pour désintoxiquer, est un bain au sel d'Epsom, car il encourage la peau à libérer les toxines.

Bain désintoxiquant durant le week-end : le bain au sel d'Epsom

Le sel d'Epsom est un sulfate de magnésium. Comme vous le savez, le magnésium est l'un des sels minéraux qui doivent entrer dans les cellules, afin d'améliorer l'équilibre des électrolytes. Tremper dans un bain au sel d'Epsom intensifiera la transpiration tout en soulageant douleurs et courbatures musculaires. C'est un traitement excellent contre l'arthrite et la sciatique, qui aide également à combattre rhumes, grippes et autres virus.

La température de l'eau devrait être aussi chaude que vous pouvez le supporter. Ajoutez une tasse de sel d'Epsom à un bain bien rempli et restez-y de dix à vingt minutes. Faites-le pendant trois soirs consécutifs au cours du programme du week-end. Après le bain, emmaillotez-vous chaudement, buvez beaucoup d'eau et reposez-vous. Vous dormirez comme un bébé après ces séances !

Si vous faites une cure détox de plus longue durée, vous pouvez prendre ce bain pendant trois soirs d'affilée chaque semaine, pendant trois semaines. Puis, laissez passer une semaine avant de recommencer[1].

> **ATTENTION : Ne prenez pas ce bain si vous avez le moindre problème circulatoire ou cardiaque.**
> **N'oubliez pas de boire de l'eau.**

Le côlon

Ce n'est peut-être pas le plus grand organe d'élimination des toxines, mais c'est le plus important. Comme beaucoup

1. Encore une fois : si vous n'arrivez pas à vous procurer de sel d'Epsom, utilisez des sels de la mer Morte, également très riches en magnésium. (*N.d.T.*)

d'autres praticiens, je crois que quand le côlon est sain, le corps l'est aussi, et que le premier signe de mal-être commence en général ici, avec une déshydratation sévère et une constipation provoquée par le stress, une mauvaise alimentation et un manque de liquides. N'oubliez pas que le côlon a besoin d'énormément d'eau pour l'aider à « pousser » les déchets.

Pourquoi la santé du côlon est importante pour la santé globale

Le système digestif est un long tube qui va de la bouche à l'anus – la nourriture rentre en haut et les déchets sortent par le bas. La partie supérieure du système (la bouche, l'estomac et l'intestin grêle) est conçue pour absorber tandis que la partie inférieure (le gros intestin, y compris le côlon) est faite pour éliminer.

Le côlon mesure environ 1 m 80 et fait environ cinq cm de diamètre. Normalement, on y trouve plus d'un kilo de bactéries amies vivant en harmonie avec notre corps. On leur fournit le gîte et le couvert, en échange de quoi elles décomposent les fibres et les déchets dans le côlon pour aider à les évacuer. Mais toutes les bactéries ne sont pas aussi utiles, et si l'on a passé des années à manger du fast-food, de la viande, du lait, du sucre, de l'alcool tout en multipliant les prises d'antibiotiques, les bactéries ennemies se multiplient, produisant toxines, gaz et ballonnements.

Après des années de mauvaise alimentation, le côlon peut être rempli de plaques mucoïdes, les bactéries amies auront été décimées et le péristaltisme ralenti. Un côlon déshydraté et paresseux n'éliminera plus les déchets efficacement.

Je considère qu'il est sain d'aller aux toilettes une, ou mieux encore deux fois par jour. Le temps de transit des aliments dans le système digestif devrait durer moins que vingt-quatre heures, pour qu'il n'y ait jamais plus de deux ou trois repas à la fois dans les intestins. Le déjeuner d'aujourd'hui doit être en train de pousser le dîner d'hier vers la sortie, afin que rien ne stagne. Malheureusement, certaines personnes considèrent tout à fait normal de ne pas aller aux toilettes tous les jours, et n'y vont que tous les deux ou trois jours, ce qui fait qu'elles stockent les aliments consommés depuis plusieurs jours dans un ventre de plus en plus ballonné. Auparavant, je m'imaginais que les énormes bedaines de certains hommes étaient simplement dues à la bière. Maintenant, je sais qu'ils transportent aussi une masse d'aliments en putréfaction et de bactéries dans leur côlon qui peut peser jusqu'à dix kilos !

Néanmoins, un régime riche en fruits, légumes, huiles, graines, riz brun et surtout en eau, encouragera vos intestins à faire ce qu'ils sont censés faire : vous débarrasser de vos déchets deux fois par jour.

Le bon truc : le mucilage

Vous pouvez essayer le mucilage (écales de psyllium), qui est un laxatif végétal naturel. Il aidera les parois intestinales à pousser leur contenu doucement et rapidement, sans forcer ni faire mal, tout en stimulant les bactéries amies des intestins. Le mucilage est aussi une bonne source de fibres (bien meilleure que le son, qui aggrave habituellement le problème) et il peut absorber plusieurs fois son propre poids en liquide, ce qui lui permet d'entraîner les déchets incrustés sur les parois du côlon. Mélangé à de l'eau, il a un goût de sciure de bois. Pour y remédier, essayez donc ceci : ajoutez une ou deux cuillères à café de mucilage à un peu de jus de pomme ou de canneberge et laissez macérer pendant quelques heures, ou durant la nuit dans un petit verre. Vous obtiendrez une sorte de petit Jell-O – c'est quand même meilleur.

A quoi ressemble le caca parfait ?

Le résultat de notre digestion nous gêne profondément, contrairement aux Allemands qui considèrent complètement normal d'examiner leurs selles avant de tirer la chasse. (Ils ont même une espèce de « plateau » dans leur cuvette pour mieux voir !) « A quoi ressemblent-elles ? » est une question qui met invariablement mes patients mal à l'aise. Toutefois, si vous voulez un côlon sain dans un corps sain, vous allez devoir vous habituer à jeter un rapide coup d'œil à vos cacas pour évaluer l'état de votre organisme. Croyez-le ou non, il existe même une grille d'évaluation, qu'on appelle la « Bristol Stool Form Scale », qui décrit une gamme de selles – des petites crottes de bique aux matières liquides. Nous visons la case 4, le caca parfait, qui devrait ressembler à une grosse saucisse brun pâle, lisse et douce ! Désolée d'être aussi précise dans mes descriptions, mais un caca parfait est le signe d'un côlon heureux et sain, donc le synonyme d'une bonne santé !

L'utérus

Certaines femmes ont des règles beaucoup plus abondantes au cours d'une cure détox prolongée. Certaines de mes clientes se sont plaintes d'avoir souffert des règles les pires et les plus prolongées de leur vie ; elles s'étonnent toujours lorsque je leur explique que c'est formidable ! C'est encore un signe que le corps expulse les toxines, et que vous irez bientôt mieux.

Il est utile de noter que les femmes ménopausées ont perdu l'une de leurs voies principales d'évacuation. Ainsi, pour elles, il est d'autant plus important de s'assurer que le côlon fonctionne le mieux possible.

Les reins

Les reins sont deux organes en forme de haricot, mesurant seulement dix cm de long et cinq cm de large, qui traitent environ cent cinquante litres de liquide par jour. Le plus étonnant, c'est que le corps n'évacue qu'un maigre 1,5 litre sous forme d'urine, dont 96 % d'eau – de l'eau qu'il faut remplacer. Le reste est de l'urée (que l'on retrouve d'ailleurs dans plusieurs soins de beauté) et des sels. La tâche principale des reins est de s'assurer que la composition du sang est constante, en filtrant certains déchets pour les expulser.

Comme je l'ai déjà dit, le pipi idéal est couleur de paille, ce qui confirme que nous avons remplacé l'eau perdue sous forme d'urine. Au cours du programme de 48 heures, vous ferez peut-être pipi plus souvent que d'habitude. Encore une fois, c'est bon signe car cela signifie que les reins travaillent plus efficacement et que les cellules se débarrassent de leurs toxines (surtout si vous faites pipi plus souvent que d'habitude le soir). Ce n'est pas commode, mais c'est rassurant. Vous pourrez rattraper votre nuit perturbée en faisant des siestes dans la journée. Rappelez-vous, c'est votre programme, au cours duquel vous faites exactement comme vous voulez !

16.
Le programme !

Félicitations ! Vous êtes maintenant prête à passer au programme de 48 heures pour purifier le corps et l'esprit. J'espère qu'à ce stade, vous avez déjà essayé certaines des techniques, exclu certains « mauvais » aliments, réduit certaines des toxines externes et que vous avez hâte de savourer un week-end de relaxation totale.

Je vais esquisser l'ordre d'activités qui a été efficace pour moi. Mais je vous en prie, faites comme vous le voulez, dans l'ordre que vous préférez. Mon horaire devrait vous donner une idée de ce que vous pourriez faire, du saut du lit jusqu'au coucher. Mais vous pouvez commencer votre cure détox à n'importe quel moment de la journée. Décidez à l'avance de ce que vous ferez aux différents moments de la journée. J'ai inclus ici toutes les techniques que j'utiliserais dans mon propre programme, en répétant les méthodes pour que vous ne soyez pas obligée de passer votre temps à feuilleter l'ouvrage. Mais vous pouvez bien entendu vous référer aux chapitres précédents pour des alternatives.

Commencer vendredi midi pour terminer lundi midi me convient personnellement : il est plus facile d'observer un tel programme durant le week-end, où vous aurez moins de raisons de culpabiliser. Le fait de commencer vendredi à la mi-journée vous donne tout un après-midi pour vous détendre et vous dorloter, en essayant quelques traitements qui transformeront votre week-end en véritable séjour au spa.

Vous trouverez des suggestions de recettes dans le chapitre suivant, correspondant à la période de l'année que vous avez choisie, pour que vous puissiez tester vos talents culinaires tranquillement.

Débranchez-les !

Pas de télé
Pas de radio
Pas de téléphone
Pas de téléphone portable
Pas de montre
Pas d'ordinateur

Ne paniquez pas en regardant cette liste, et en vous demandant ce que vous allez bien pouvoir faire pendant tout ce temps. Si vous vous ennuyez et qu'il pleut des cordes, vous pouvez jouer au Scrabble, faire des réussites, n'importe quel jeu qui ne soit pas trop compétitif. Ou lire ce bouquin que vous vous promettez de lire depuis si longtemps. Ou bien tenir un journal de vos expériences. Vous pouvez même louer une cassette vidéo si vous êtes vraiment à bout d'idées, à condition qu'il s'agisse d'un film « sous-stimulant », une comédie romantique, par exemple – et que vous ne vous laissiez pas entraîner à regarder la télé et à reprendre contact avec le monde extérieur !

Si vous ne vous sentez pas dans votre assiette, détendez-vous et relisez le chapitre 9 sur les réactions du système immunitaire et la façon d'y réagir. N'oubliez pas, ce week-end n'est pas censé vous faire souffrir – il est censé vous rafraîchir et vous donner l'impression que vous avez pris une semaine de vacances, avec la santé en prime !

Le programme optimum

Vendredi

Déjeuner
Repos d'après déjeuner
Relaxation d'après-midi : lecture, promenade
Séance de soins : masque facial, etc.
Dîner
Repos d'après dîner
Exercices de relaxation
Bain avant le coucher
Coucher de bonne heure

Samedi

Se lever naturellement
Laver le visage et les yeux
Prendre une boisson et un en-cas ou bien un « rince-foie »
Evacuation
Nettoyer la langue, les dents et le nez
Exercices de respiration – *pranayama*
Toupie tibétaine
Exercices de yoga
Gommage à sec et douche
Auto-massage

Méditation
Petit déjeuner
Exercice en plein air
Déjeuner

Répétez ce programme sur les trois jours du week-end. Je laisse un blanc ci-dessous pour que vous puissiez ajouter d'autres activités ou techniques que vous avez envie d'essayer.

Je voudrais aussi essayer :

Déjeuner du vendredi

Mangez aussi tôt que possible. Il s'agit du repas le plus important de la journée et de celui que vous digérerez et brûlerez le mieux. Souvenez-vous : il ne faut pas boire d'eau avec le repas. Buvez un verre d'eau à la température de la pièce une heure avant de manger et attendez encore une heure après déjeuner pour prendre le verre suivant. Mangez lentement. Si vous voulez digérer tranquillement et sans ballonnements (souvent provoqués par le fait d'avaler un repas à toute vitesse), mâchez chaque bouchée de vingt à trente fois minimum.

Repos d'après déjeuner

Tout d'abord, reposez-vous immédiatement après avoir mangé. Si vous êtes comme moi, ce sera peut-être la première fois de votre vie que vous vous asseyez tranquillement sans rien faire pendant quinze minutes minimum après avoir mangé ! Je ne puis assez insister sur ce point. Ne lisez pas, ne parlez pas, ne vous mettez pas à faire des listes de ce que vous allez faire pendant le reste du week-end. Restez là et « soyez » – votre digestion appréciera.

Relaxation d'après-midi

Essayez les activités de relaxation tout l'après-midi. Promenade, lecture, sommeil, ou les trois ! Et chouchoutez-vous avec l'un des soins de beauté.

Vos soins de beauté maison

Cette section est essentielle : vous y apprendrez à vous chouchouter et à vous occuper de tous vos sens. C'est votre récompense, parce que le régime, les exercices et les différentes techniques vous ont demandé de grands efforts. Voici quelques suggestions qui vous permettront d'exercer à la fois deux de vos sens négligés : l'odorat et le toucher !

1. Masque facial : nettoyer et gommer

1 cuillère à table d'avoine ou d'amandes broyées
1 cuillère à café de zestes d'orange
1 cuillère à café de jus de citron ou de citron vert
1 cuillère à café de miel clair
1 à 2 cuillères à café d'huile d'olive ou de lin

Mélangez tous les ingrédients avec les doigts dans un petit bol. Massez la mixture sur votre peau, en frottant doucement d'un mouvement circulaire, puis rincez abondamment à l'eau tiède. (Miam ! Les ingrédients sont aussi bons à l'intérieur que pour votre peau – vous pouvez toujours vous lécher les doigts si vous vous sentez privée !)

2. Masque facial : vapeur

Vous pouvez vous faire votre propre nettoyage à la vapeur en ajoutant deux à trois gouttes de votre huile essentielle préférée à un bol d'eau très chaude. Penchez-vous au-dessus du bol avec une serviette sur la tête, fermez les yeux et inspirez. Passez cinq minutes à laisser vos pores s'ouvrir.

Ou bien :

Remplissez une cuvette d'eau chaude, ajoutez deux-trois gouttes d'huile essentielle, trempez-y un gant de toilette jusqu'à ce qu'il soit complètement imbibé. Essorez et placez-le sur votre visage pour ouvrir les pores. Répétez plusieurs fois.

3. Masque hydratant facile pour le visage, les mains et les pieds

2 à 4 cuillères à soupe de miel clair
2 à 6 cuillères à café de lait de coco
8 à 10 gouttes d'huile de vitamine E
10 gouttes de votre huile essentielle préférée
1 cuillère à café de jus de citron
1 grand concombre – retirez la peau et tranchez-en finement les 3/4.

Réservez. Mixez le reste du concombre pour l'utiliser dans la mixture du masque.

Dans un bol, mélangez tous les ingrédients (sauf les tranches de concombre), jusqu'à ce que la consistance vous convienne. Appliquez la mixture en tapotant au visage, aux pieds et/ou aux mains. Massez doucement pour faire pénétrer, puis laissez poser de quinze à vingt minutes. Retirez la mixture à l'eau tiède. Puis allongez-vous et couvrez tout le visage, les mains et les pieds (si vous pouvez) de tranches de concombre. Le concombre est riche en silicone et en soufre, qui renforcent la peau, les ongles et les cheveux – vous pouvez d'ailleurs appliquer ce traitement à vos cheveux. Laissez poser les tranches de concombre pendant 15 minutes et détendez-vous... détendez-vous... détendez-vous. Rincez à l'eau fraîche et séchez doucement sans frotter. Si vous vous servez de cette mixture pour les cheveux, faites un rinçage final au vinaigre de cidre. Puis hydratez votre peau avec les huiles que vous aurez choisies au préalable et mélangées pour votre massage.

4. Gommage pour le corps, les pieds et les mains

– 3-4 cuillères à soupe d'huile d'olive
– 10 gouttes de votre huile essentielle préférée

– 1 à 2 cuillères à soupe de gros sel de mer ou de graines de sésame

Mélangez l'huile essentielle et l'huile d'olive dans un bol, puis ajoutez le gros sel de mer ou les graines de sésame. Frottez doucement la peau de cette mixture, de la tête aux pieds, en vous concentrant sur les pieds et les mains si vous comptez faire une manucure ou une pédicure ensuite. Douchez-vous à l'eau tiède. Vous aurez la peau toute douce et lisse.

5. Pédicure et manucure

Il y a différentes façons de préparer pieds et mains à leur mise en beauté. Les bienfaits des bains de pied à la moutarde sont légendaires, et vous aurez peut-être envie d'essayer, ou alors l'une des autres suggestions du chapitre 8. Vous pouvez aussi faire tremper mains et pieds dans un bol d'eau chaude additionnée de deux gouttes d'huile essentielle. Quoi que vous décidiez de faire, servez-vous du gommage ci-dessus pour exfolier, du masque facial hydratant pour le soin, et terminez par un massage à l'huile.

6. Massage facial

Faites tiédir une cuillère à café de votre mixture d'huile dans vos paumes. Frottez vos mains ensemble puis pressez-les partout sur votre visage rapidement et fermement. Du bout des doigts, tapotez légèrement et rapidement tout le visage en commençant au centre pour aller vers l'extérieur, le long des sourcils, sous les yeux, sur les pommettes, autour de la bouche et sur le menton. Puis, avec vos doigts, effectuez de petits cercles à partir de la racine des cheveux, en allant vers le bas, tout en suivant le contour extérieur du visage. Arrivée au menton, pincez doucement la chair entre les doigts et le pouce, en allant de la pointe du menton vers les oreilles. Puis, avec les index et les pouces, pincez doucement les sourcils en allant vers l'extérieur. Massez le milieu du front et les tempes en mouvements circulaires. Avec deux ou trois doigts, commencez au nez et faites doucement glisser sous les yeux le long de l'orbite oculaire, en allant vers l'extérieur, du nez vers les oreilles. Répétez le même mouvement sous les pommettes, en allant du nez aux oreilles. Puis, placez vos doigts sous votre nez et « balayez » vers le bas en suivant la courbe de votre lèvre supérieure. Enfin, placez les doigts sous le milieu de votre lèvre inférieure et « balayez » vers le haut et l'extérieur, en suivant encore une fois la courbe de la lèvre. Terminez votre massage en tirant sur vos lobes et en les massant vigoureusement. Ceci aidera le sang à irriguer votre visage et réveillera votre teint. Finalement, frottez rapidement vos mains l'une contre l'autre et couvrez-en votre visage, les yeux fermés. Inhalez les huiles essentielles et la chaleur de vos paumes.

Dîner et repos d'après-dîner

Vous trouverez de nombreuses idées dans le chapitre consacré aux recettes. Essayez de manger votre dernier repas de la journée vers 18 heures. Et souvenez-vous de vous reposer pendant au moins quinze minutes après avoir mangé. Ensuite, vous aurez peut-être envie d'un bain désintoxiquant ou alors tout simplement de vous relaxer...

Exercices de relaxation du soir

Allongez-vous sur le dos, pieds écartés, orteils vers l'extérieur. Vos bras sont allongés à vos côtés, légèrement écartés du corps, paume vers le haut. Assurez-vous que votre tête est dans l'axe de la colonne vertébrale et que le cou est allongé. Laissez votre esprit aider votre corps à se détendre, et répétez mentalement tandis que vous le parcourez, en commençant par les orteils : « Je détends les orteils... mes orteils sont détendus. Je détends les pieds et les chevilles... mes pieds et mes chevilles sont détendus. Je détends les jambes... mes jambes sont détendues. Je détends les hanches... le ventre... les bras... la poitrine... le dos... le cou... le visage... » jusqu'à ce que vous parveniez à la tête, et enfin à l'esprit. Détendez-vous. Détendez-vous. Détendez-vous.

Un bain avant de se coucher

Vous devriez maintenant être toute prête pour un délicieux bain relaxant. Transformez votre salle de bain en sanctuaire.

L'ART DU BAIN

– Décorez la salle de bains de cristaux, galets ou bois flottés.
– Eteignez les lumières et allumez des bougies parfumées.
– Utilisez un brûleur d'huiles essentielles.
– Déposez quelques gouttes d'huiles essentielles dans un petit bol d'eau chaude que vous poserez près du radiateur.
– Mettez une musique relaxante et apaisante.
– Mettez deux gouttes de votre huile préférée sur un gant de toilette humide et tiède et posez-le sur votre front.
– Repliez une petite serviette et glissez-la sous votre cou pour plus de confort. Enveloppez-vous d'épaisses serviettes moelleuses quand vous sortez du bain.
– Allongez-vous et détendez-vous après le bain, en sirotant un verre d'eau ou une tisane.

Choisissez soit un bain aux huiles essentielles (mettez de trois à dix gouttes de votre huile essentielle préférée dans l'eau – ou bien la même quantité de gouttes d'huiles différentes) OU BIEN prenez un bain au sel d'Epsom.

Bain au sel d'Epsom

L'eau devrait être aussi chaude que vous pouvez le supporter. Ajoutez une tasse (200 g) de sel d'Epsom [1] à la baignoire pleine et trempez pendant dix à vingt minutes. Faites-le pendant les trois soirs du programme. Après le bain, enveloppez-vous chaudement, buvez beaucoup d'eau et reposez-vous.

ATTENTION : Ne prenez pas ce bain si vous avez le moindre problème circulatoire ou cardiaque.

Se coucher tôt

Essayez d'être couchée à 22 heures. Ecoutez une musique apaisante, lisez, ou restez allongée à méditer. Ne vous efforcez pas de dormir, laissez-vous aller. A condition que vous vous reposiez, peu importe que vous vous endormiez tout de suite.

Réveillez-vous naturellement samedi matin

L'heure de votre réveil, c'est votre corps qui en décidera ! Ce devrait être le moment le plus calme de la journée pour vous – restez couchée sans bouger pendant un moment. Remerciez le jour qui se lève, votre dieu, vous-même, selon vos croyances. Frottez vos mains l'une contre l'autre pendant une minute, puis couvrez votre visage de vos paumes. Ceci vous aidera à remettre les pieds sur terre. Restez au lit aussi longtemps que vous le souhaitez.

Lavez votre visage et vos yeux

Eclaboussez votre visage d'eau fraîche ou froide à quelques reprises. Massez vos yeux en frottant doucement les

1. Ou à défaut, de sels de la mer Morte, en suivant les indications du fabricant. (*N.d.T.*)

paupières. Clignez des yeux six fois puis tournez-les dans toutes les directions : de côté, en haut, en bas, en diagonale, dans le sens des aiguilles d'une montre puis dans le sens contraire. Ceci vous aidera à vous réveiller.

Buvez un verre d'eau tiède avec du jus de citron et prenez une collation

Pressez un demi-citron frais dans un verre d'eau tiède ou à la température de la pièce et buvez. Ceci réveillera efficacement votre système digestif. Prenez une collation de graines, de noix et de fruit si vous avez faim. Mastiquez bien.

Ou essayez le rince-foie

Mélangez le jus d'un demi-citron, la moitié d'une gousse d'ail écrasée, un peu de gingembre frais râpé et une cuillère à café d'huile d'olive. Ajoutez à un petit verre de jus ou de bouillon de légumes, mélangez vigoureusement et buvez.

Evacuation

Asseyez-vous sur la cuvette et essayez de faire caca – mais sans forcer. Ne vous inquiétez pas si vous n'y arrivez pas. En attendant, faites vos exercices de respiration, ou restez simplement assise. Si vous voulez donner un coup de pouce à la nature, levez les bras au-dessus de la tête. Ceci « ouvre » le côlon et compense le fait que nos corps sont en très mauvaise position pour aller aux toilettes. Dans les cultures où les gens s'accroupissent pour faire leurs besoins, les côlons sont beaucoup moins paresseux. Mais lever les bras est presque aussi efficace que de s'accroupir !

Nettoyez votre langue, vos dents et votre nez

Pour racler la langue, servez-vous d'un racloir ou d'une petite cuillère. Allez doucement de l'arrière de la langue vers l'avant jusqu'à ce que vous ayez raclé toute la surface.

Puis prenez une gorgée d'huile de sésame tiédie et faites-la passer d'une joue à l'autre pendant deux à trois minutes. Ne l'avalez pas. Recrachez l'huile, puis massez vos gencives de l'index.

Faites doucement claquer vos dents cinq ou six fois. Ceci devrait remettre votre *prana* en mouvement !

Mettez trois à cinq gouttes d'huile de sésame tiédie dans chaque narine, pour aider à nettoyer les sinus, tout en améliorant la voix, la vision et la lucidité. (Dans les climats arides ou en hiver, alors que le chauffage central dessèche l'air, cela lubrifiera les narines. Pour certains, le nez est la porte d'entrée du cerveau – alors gâtez-le ce week-end.)

Exercices de respiration : pranayama

Asseyez-vous confortablement avec la colonne vertébrale aussi droite que possible.

Fermez les yeux et posez la main gauche sur le genou – vous allez vous servir de la main droite.

Gardez la bouche fermée du début à la fin.

A l'aide du pouce droit, bouchez la narine droite. Puis, de la narine gauche, inspirez lentement et profondément. Retenez votre souffle en comptant jusqu'à quatre.

Maintenant, avec les doigts du milieu, bouchez la narine gauche et exhalez lentement par la narine droite.

Puis, tout en bouchant toujours la narine gauche, inspirez par la narine droite et retenez votre souffle en comptant jusqu'à quatre.

Bouchez la narine droite du pouce et exhalez par la narine gauche.

Répétez la séquence en alternant les narines pendant environ cinq minutes.

Votre respiration sera sans doute un peu plus lente et plus profonde que d'habitude mais devrait rester naturelle, sans forcer.

Quand vous avez terminé, restez assise tranquillement pendant quelques minutes en respirant normalement.

La toupie tibétaine

Trouvez un espace bien dégagé, où vous ne risquez pas de trébucher sur un meuble et où le sol n'est pas glissant (peut-être le patio du jardin).

Tenez-vous droite, bras étirés parallèles au sol, et tournoyez dans le sens des aiguilles d'une montre jusqu'à ce que vous soyez étourdie – en général, au bout de cinq ou six révolutions. Continuez tous les jours jusqu'à ce que vous atteigniez vingt révolutions (vous pouvez en ajouter une par jour). Assurez-vous que vos pieds soient bien posés au sol du début à la fin, et tournoyez aussi rapidement que vous le pouvez sans tomber à la renverse !

Exercices de yoga

1. Echauffement

Prenez une vieille serviette ou un tapis de yoga pour vous y allonger sur le dos, pieds écartés ; vos orteils devraient être orientés vers l'extérieur par rapport à vos talons, et vos bras légèrement écartés du corps, paumes vers le plafond. Fermez les yeux. Laissez votre corps se calmer et s'immobiliser pendant environ deux ou trois minutes, en relâchant toute tension, particulièrement aux hanches, épaules, menton et mâchoires. Puis, étirez-vous bien longuement avec les bras au-dessus de la tête.

Asseyez-vous ensuite en tailleur, dans une position confortable, le dos droit et les épaules détendues. Penchez doucement le menton vers la poitrine en étirant le cou. Inspirez et expirez à quelques reprises puis tournez lentement votre tête, deux fois vers la gauche et deux fois vers la droite pour assouplir les éventuelles raideurs. Ne relevez pas le cou. Laissez simplement votre tête rouler d'un côté à l'autre à quelques reprises. Puis, entremêlez vos doigts et étirez vos bras devant vous, paumes vers l'extérieur. Relevez les bras au-dessus de la tête en allant aussi haut que possible. Etirez toute la moitié supérieure du corps vers la gauche, puis vers la droite et relâchez vos bras. Puis entremêlez vos doigts derrière votre dos et étirez votre corps en avant le plus loin possible, en gardant la tête alignée avec l'épine dorsale. Tenez la pose, puis relâchez.

Puis, passez aux jambes, afin de renforcer les muscles abdominaux, dorsaux et ceux des jambes. Allongez-vous sur le dos, bras sur les côtés et cou « long » (en pointant le menton vers la poitrine). Gardez les orteils fléchis vers la tête. En inspirant, « tirez » le talon droit et soulevez la jambe droite le plus haut possible. Gardez la jambe droite. Tenez pendant quelques inspirations-expirations, puis relâchez sur une expiration. Répétez avec la jambe gauche. Quand une jambe se soulève, l'autre travaille aussi en restant plaquée au sol, les orteils « flex ».

2. *Flexion avant* (paschimothanasana)

Il s'agit d'une posture assise, qui est un étirement complet de l'arrière du corps, masse tous les organes abdominaux et soulage la constipation. Elle agit également contre l'obésité, tout en renforçant et en étirant les muscles de l'arrière des cuisses.

Asseyez-vous, jambes droites devant vous, orteils fléchis vers le visage. Etirez le tronc vers le haut, épine dorsale toujours longue, puis élevez les bras au-dessus de la tête en inspirant profondément. Tout en expirant, penchez-vous vers l'avant à partir des hanches. Tendez-vous vers vos pieds et pressez votre poitrine vers vos cuisses – ne forcez pas, n'allez pas plus loin si vous avez du mal. Vous visez vos orteils – accrochez-vous à vos cuisses, à vos mollets ou à vos chevilles, comme vous pouvez. Tenez aussi longtemps que possible sans inconfort, puis inspirez et relevez-vous en étirant les bras et le torse. Répétez plusieurs fois pour des bénéfices optimaux. Puis allongez-vous et reposez votre dos.

3. La sauterelle (salabhasana)

Il s'agit d'une flexion du dos, qui améliore la flexibilité, revigore les nerfs de l'épine dorsale, et améliore l'irrigation sanguine des vertèbres. Cet exercice renforce aussi le bas du dos, l'abdomen, les cuisses et les hanches, tout en stimulant les glandes surrénales et les reins.

Allongez-vous sur le ventre, jambes collées, orteils pointés loin du corps. Placez les bras le long du corps, paume vers le sol. En inspirant, soulevez les deux jambes et relevez les bras vers l'arrière, loin du corps, tout en soulevant la poitrine et les bras du sol. Gardez la posture pendant plusieurs inspirations-expirations, puis relâchez. Répétez une ou deux fois. Reposez-vous.

Continuez par deux postures inversées – les *asanas* les plus bénéfiques, parce que le cœur est au-dessus de la tête, ce qui augmente le flux d'oxygène au cerveau et permet au cœur de se reposer, puisque la gravité aide le sang désoxygéné à lui revenir sans effort.

4. Le chien (adho mukha svanasana)

Ce mouvement étire le dos, les jambes et les chevilles, tout en massant les muscles abdominaux.

A genoux, placez les mains par terre de façon à ce qu'elles soient directement sous les épaules, juste devant vous. En expirant, soulevez les hanches en l'air en relevant les genoux, pour former un « V » inversé. Pressez la poitrine vers le sol, tout en soulevant et en pointant le coccyx vers le haut. Laissez pendre la tête vers le sol. Soulevez-vous le plus haut possible, puis pressez les talons vers le sol pour bien étirer les jambes. Ne forcez pas les talons – ils mettront peut-être plusieurs années à atteindre le sol ! Restez bras et jambes aussi droits que possible. Tenez aussi longtemps que possible sans inconfort, puis relâchez. Reposez-vous.

5. *La chandelle* (ardha sarvangasana)

ATTENTION : Cet exercice est potentiellement très bénéfique, mais ne le pratiquez pas si vous avez des problèmes cervicaux.

Cette posture est bénéfique au corps tout entier. La thyroïde est massée, tout comme les autres glandes endocrines : il est donc formidable pour les systèmes immunitaire et nerveux, tout en apportant paix et sérénité mentale.

Allongez-vous sur le dos. En vous appuyant sur vos bras, levez les jambes et les fesses en l'air tout en gardant les jambes collées. Placez vos mains sur vos fesses pour soutenir le dos. Vos bras doivent former un angle par rapport au corps. Pressez les cervicales contre le sol. QUOI QU'IL ARRIVE, NE TOURNEZ JAMAIS LA TÊTE VERS LA DROITE OU LA GAUCHE. Ceci peut être réellement dangereux. Essayez de tenir la posture plusieurs minutes et lorsque vous serez prête, « déroulez » chaque vertèbre vers le sol, du haut de la colonne vertébrale jusqu'aux fesses, en gardant la tête par terre si possible. Allongez les jambes et reposez-vous plusieurs minutes.

(Certains profs de yoga soutiennent que si tout le monde pratiquait cet exercice quotidiennement pendant dix à vingt minutes, personne n'aurait jamais besoin de faire de régime !)

Ce mouvement devrait être suivi par le Pont, en contrepoint et pour étirer le dos.

6. Le pont (setu bandhasana)

Cette posture étire et renforce le cou, assouplit les épaules et améliore la flexibilité de l'épine dorsale.

Allongez-vous sur le dos, genoux repliés, talons près des fesses. L'écart entre les pieds doit être de la même largeur que vos hanches. Bras sur les côtés, inspirez et soulevez les hanches, en déroulant chaque vertèbre vers le haut jusqu'à ce que vous soyez soutenue par les épaules. Placez les mains sur le dos, doigts tendus vers la colonne vertébrale, pouces vers la taille. Vos pieds, vos épaules, votre cou, l'arrière de la tête et le haut des bras soutiennent votre corps. Sentez vos cuisses, votre dos, votre nuque et vos épaules s'étirer. Gardez genoux, jambes et pieds alignés. Inspirez profondément et tenez aussi longtemps que possible sans inconfort. Relâchez en vous déroulant à nouveau, cette fois vers le sol.

7. Relaxation finale – le cadavre (savasana)

Tout comme il est important de débuter chaque séance d'*asanas* par une période de relaxation, il est tout aussi essentiel de la terminer par une nouvelle relaxation d'environ dix minutes. Ceci permet à l'énergie physique et mentale dégagée par les *asanas* de circuler correctement.

Allongez-vous sur le dos, pieds écartés, orteils vers l'extérieur. Les bras sont le long du corps mais un peu écartés, paumes vers le haut. Assurez-vous que votre tête est droite et votre cou allongé. Permettez à votre esprit d'aider votre corps à se détendre et répétez-vous mentalement tout en voyageant d'un bout à l'autre du corps, en commençant par les orteils, « Je détends les orteils... mes orteils sont détendus. Je détends les pieds et les chevilles... mes pieds et mes chevilles sont détendus. Je détends les jambes... » Et ainsi de suite, jusqu'à ce que vous parveniez à la tête et finalement, à l'esprit. Détendez-vous. Détendez-vous. Détendez-vous. Restez ainsi aussi longtemps que vous le désirez. Vous pourriez même vous assoupir !

Respirez plus profondément et revenez, en étirant bras et jambes et en vous roulant vers la droite. Restez-y en position fœtale pendant deux minutes avant de vous rasseoir en tailleur. Les mains sur les genoux, gardez les yeux fermés et prenez une ou deux minutes pour simplement suivre votre respiration.

Gommage à sec et douche

Avant la douche ou le bain, sur peau sèche, commencez à brosser fermement EN DIRECTION DU CŒUR, en commençant par la plante des pieds. Passez du devant de chaque jambe à l'abdomen. Brossez votre ventre avec des mouvements circulaires DANS LE SENS DES AIGUILLES D'UNE MONTRE. Continuez à brosser jusqu'en dessous de vos seins. Puis, repartez de l'arrière des jambes vers le HAUT, sur les fesses puis aussi loin que vous le pouvez dans le dos, en brossant aussi vigoureusement que vous pouvez le supporter. On peut s'attarder sur les cuisses et les fesses, là où se trouvent la majorité des adipocytes.

Quand vous serez parvenue au haut du torse et au haut du dos, changez de sens et brossez-vous du cou VERS LE BAS EN DIRECTION DU CŒUR, devant et derrière, toujours dans la direction que suit le sang pour aller vers le cœur. Enfin, brossez vos mains, puis jusqu'en haut de chaque bras, dessus et dessous. N'oubliez pas de brosser vos aisselles en levant les bras et en allant VERS LE BAS.

Ne gommez pas votre visage, mais vous pouvez brosser la nuque et le cuir chevelu.

Poursuivez par une douche et à la fin de vos ablutions, réglez la température de l'eau au plus froid que vous puissiez supporter pendant dix secondes (au fur et à mesure du week-end vous irez jusqu'à trente secondes), puis réglez-la à tiède pendant une ou deux minutes. Répétez trois ou quatre fois en terminant sur l'eau fraîche.

Auto-massage

Après la douche, votre peau devrait maintenant être agréablement tiède et humide. Versez l'huile de base de votre choix dans un petit bol, puis ajoutez trois à six gouttes de l'huile essentielle choisie, et mélangez. Versez généreusement cette mixture sur vos mains ou vos doigts afin qu'ils glissent sur la peau. Comme pour le gommage à sec, il est important de toujours travailler dans le sens de la circulation sanguine vers le cœur. Mais cette fois, on commence par la tête. Asseyez-vous sur le bord de la baignoire, sur les toilettes ou par terre sur une serviette, selon ce qui vous semble le plus confortable.

La tête

Pour commencer, asseyez-vous bien droite sur une chaise confortable mais avec un bon dossier, ou encore par terre en appuyant votre dos au mur. « Shampooinez » lentement votre cuir chevelu partout, avec la pulpe des doigts, sans les ongles, en faisant bien pénétrer l'huile dans le cuir chevelu. Ce mouvement est incroyablement relaxant et il est excellent pour vos cheveux. Laissez poser l'huile pendant que vous massez le reste du corps.

Le visage

Faites tiédir une cuillère à thé de votre mixture d'huile dans vos paumes. Frottez vos mains ensemble puis pressez-les partout sur votre visage rapidement et fermement. Du bout des doigts, tapotez légèrement et rapidement tout le visage en commençant au centre pour aller vers l'extérieur, le long des sourcils, sous les yeux, sur les pommettes, autour de la bouche et sur le menton. Puis, avec vos doigts, effectuez de petits cercles à partir de la racine des cheveux, en allant vers le bas, tout en suivant le contour extérieur du visage. Arrivée au menton, pincez doucement la chair entre les doigts et le pouce, en allant de la pointe du menton vers les oreilles. Puis, avec les index et les pouces, pincez doucement les sourcils en allant vers l'extérieur. Massez le milieu du front et les tempes en mouvements circulaires. Avec deux ou trois doigts, commencez au nez et faites doucement glisser sous les yeux le long de l'orbite oculaire, en allant vers l'extérieur, du nez vers les oreilles. Répétez le même mouvement sous les pommettes, en allant du nez aux oreilles. Puis, placez vos doigts sous votre nez et « balayez » vers le bas en suivant la courbe de votre lèvre supérieure. Enfin, placez les doigts sous le milieu de votre lèvre inférieure et « balayez » vers le haut et l'extérieur, en suivant encore une fois la courbe de la lèvre. Terminez votre massage en tirant sur vos lobes et en les massant vigoureusement. Ceci aidera le sang à irriguer votre visage et réveillera votre teint. Finalement, frottez rapidement vos mains l'une contre l'autre et couvrez-en votre visage, les yeux fermés. Inhalez les huiles essentielles et la chaleur de vos paumes.

Le cou et les épaules

C'est très difficile à pratiquer sur soi-même, mais avec une main bien huilée, vous pouvez pincer la chair au-dessus de votre omoplate entre les trois premiers doigts et le pouce de la main opposée, en parcourant toute la largeur de l'épaule. Puis, toujours d'une main, massez très doucement la nuque.

Les bras

Placez vos doigts au-dessus du poignet et votre pouce en dessous pour l'encercler. Remontez le bras en pressant fermement. Répétez le geste à plusieurs reprises pour chaque bras, en alternant entre le pouce au-dessus et le pouce en dessous.

Les pieds

Assise, placez le pied droit sur le genou gauche. Enveloppez vos orteils de la main droite et de la main gauche, en utilisant uniquement les jointures, effectuez un mouvement circulaire sur la plante des pieds. Pressez l'arrière et les côtés du talon. C'est là que les tensions s'accumulent. Terminez en tirant sur chaque orteil fermement et rapidement, en vous assurant que chacun est bien huilé. Répétez sur l'autre pied.

Les jambes et les cuisses

Un pied appuyé sur le bord de la baignoire, entourez votre cheville des deux mains, juste au-dessus de l'os, et faites-les glisser lentement et fermement ensemble le long du mollet, jusqu'au-dessus du genou. Vous devrez répéter le geste plusieurs fois pour bien masser toute la jambe. Remettez de l'huile sur vos mains et lissez vos cuisses, mais en appuyant plus fort. Répétez sur l'autre jambe.

L'abdomen et les fesses

Pour l'abdomen, contentez-vous de mouvements circulaires, dans le sens des aiguilles d'une montre, aussi doucement ou fermement qu'il vous plaît. Plusieurs personnes n'aiment pas qu'on leur masse le ventre. C'est à vous de voir. Les fesses sont très difficiles à masser soi-même : contentez-vous simplement de les frotter vigoureusement avec un loofa quand vous êtes dans la douche !

Ne rincez pas l'huile. Laissez-la pénétrer dans la peau, ce sera encore plus bénéfique.

Méditation

Retirez vos chaussures et asseyez-vous en tailleur par terre ou, si vous avez du mal à vous tenir droite, avec le dos contre le mur. Ou encore, asseyez-vous sur une chaise, à condition qu'elle ait un dossier droit et que vos pieds soient bien posés par terre. (Vous pouvez aussi vous allonger – toutefois, je ne vous le conseille pas : je finis toujours par m'endormir !) Donc, assise, paumes tournées vers le haut et ouvertes comme des bols vides, mains reposant sur les genoux.

Fermez les yeux. Laissez-les se détendre et imaginez un point blanc entre vos sourcils. Respirez normalement, mais tandis que vous inspirez et expirez, vous vous mettrez petit à petit à remarquer votre propre respiration. Ne tentez pas de l'influencer, contentez-vous de la suivre. Permettez-lui de trouver son propre rythme.

Si votre cerveau s'active et se met à dresser des listes, n'essayez pas de l'arrêter. Contemplez chaque pensée, imaginez-la dans une bulle et soufflez pour l'éloigner. Puis revenez à votre respiration et à l'immobilité.

A la fin de la médiation, restez assise en silence et laissez votre corps revenir au temps présent.

Petit déjeuner

Vous pouvez le prendre à n'importe quelle étape, sans attendre d'avoir complété toutes les suggestions décrites ci-dessus. Voyez le chapitre consacré aux recettes pour trouver des idées. Le « Smoothie de Suzi » devrait vous apporter assez d'énergie pour faire une longue promenade, mais il y a d'autres propositions. N'oubliez pas de vous reposer de dix à quinze minutes après avoir mangé, même s'il s'agit d'un petit déjeuner « liquide ».

Exercices en plein air

Votre corps a besoin de la précieuse lumière du soleil, même en plein hiver. Allez marcher d'un bon pas, aussi longtemps que vous en avez envie, à condition que ce soit pendant au moins trente minutes pour mettre tout votre organisme en mouvement. Essayez de marcher assez vite pour qu'une légère sueur perle sur votre front et sous vos aisselles.

Si vous voulez perdre du poids et avoir les os solides, l'exercice est essentiel.

Comment rendre la promenade efficace

– Echauffez d'abord vos muscles en faisant des mouvements de stretching (jambes) ou de yoga.

– Gardez la tête et les épaules détendues.

– Portez des vêtements amples et confortables, ainsi que de bonnes chaussures de sport.

– Prenez un imper plutôt qu'un parapluie, pour vous libérer les mains.

– Balancez les bras pour activer encore plus votre cœur.

– Vers la fin de votre promenade, ralentissez pour vous « rafraîchir ».

– Etirez tous les muscles que vous avez mobilisés. Prenez votre temps, ne vous précipitez pas.

Une fois que vous aurez fait tout cela, vous serez prête à déjeuner. Puis, revenez au début de ce chapitre et recommencez à vous chouchouter. N'ayez pas peur d'expérimenter les idées de recettes du chapitre 17 ; essayez-en le plus possible durant le cours du week-end. Quand arrivera l'heure du déjeuner, lundi, vous aurez passé 48 heures sur la voie d'une vie plus saine. Même si vous vous sentez un peu bizarre le premier jour, à la fin vous devriez être reposée – et prête à continuer ! Voyez le chapitre 18, pour appliquer ce que vous avez appris dans la « vraie vie ».

17.

Propositions de recettes

Le régime du week-end devrait être composé du plus possible d'aliments d'origine végétale : fruits et légumes frais, graines et noix, riz brun et légumineuses. Souvenez-vous, évidemment, des deux litres d'eau par jour ! J'ai réparti les suggestions de recettes en deux parties : l'une pour la cure express d'automne ou d'hiver, l'autre pour la purification du printemps ou de l'été.

Rappel des grandes règles du régime pour le week-end

– Pelez et coupez les bouts de tous les fruits et légumes, surtout si vous en faites du jus et qu'ils ne sont pas issus de l'agriculture biologique.

– Conservez l'eau de cuisson des légumes pour vous en servir comme bouillon.

– Ne cuisinez jamais avec l'huile de lin. Faites d'abord revenir les ingrédients dans un peu d'eau, puis quand les aliments sont cuits, retirez la casserole du feu, et ensuite ajoutez l'huile de lin. Ceci l'empêche de s'oxyder, ce qui est plus sain. Vous pouvez remplacer l'huile de lin par de l'huile d'olive, mais en divisant la dose recommandée par deux (on peut de temps en temps cuisiner avec de l'huile d'olive, pour les légumes ou la soupe).

– Un peu de beurre d'arachides, de lait de soja ou de lait de coco peuvent être utilisés avec modération dans certaines recettes, mais vraiment avec modération !

– Faites tremper noix, graines et fruits secs pendant la nuit pour les rendre plus digestes. Ou bien faites griller noix et graines dans un wok (ou une poêle) pendant une minute (sans rien ajouter) pour les rendre encore plus savoureuses.

– Vous pouvez assaisonner avec du tamari, du poivre noir ou du piment de Cayenne – mais encore une fois, avec modération.

A propos des quantités

Pour simplifier, et pour que vous n'ayez pas à vous soucier de tout peser – ou à stresser parce que la cuisine de votre maison de location n'est pas bien équipée – j'utilise une tasse pour mesurer les quantités importantes. Ce qui représente l'équivalent de 250 ml, donc à peu près le volume d'une tasse de café américaine standard. (Je mesure aussi bien les liquides que des ingrédients comme le riz avec une tasse.)

Automne / Hiver

Petit déjeuner

Il peut être aussi léger ou aussi consistant que vous le souhaitez. Même en hiver, mon « smoothie » me tient pendant des heures. Mais si vous avez besoin de quelque chose d'un peu plus consistant, vous pouvez prendre du porridge avec un peu de lait de soja, ou n'importe quelle autre céréale à condition qu'elle ne comporte pas de blé. Les magasins d'aliments naturels proposent de nombreux mélanges à base de millet, de maïs ou de quinoa, mais pour un « nettoyage » maximum, essayez de vous en tenir à un petit déjeuner composé exclusivement de fruits, de noix et de graines, ou au « smoothie ».

Le « Smoothie » de Suzi

(par personne)

1 pomme ou 1 poire
1 kiwi
2-3 fraises, plus quelques mûres, myrtilles ou framboises – n'importe quel fruit rouge, y compris surgelé
1 cuillère à café – 1 cuillère à soupe de granules de lécithine
1 à 2 cuillères à soupe d'huile de lin [1]
1 cuillère à soupe de graines de lin trempées, avec l'eau
1 poignée de graines de courge et de tournesol moulues
2 à 4 amandes
1 noix du Brésil
Jus de canneberges, de pommes ou n'importe quel jus de fruit si vous avez besoin d'ajouter du liquide
1 cuillère à soupe de jus d'Aloès Vera (optionnel)

1. Remplacez par une huile d'olive à goût léger si vous ne pouvez vous procurer l'huile de lin. Cette remarque vaut pour toutes les recettes répertoriées au chapitre 17. *(N.d.T.)*

Les graines de lin doivent avoir trempé toute la nuit.
Pelez et hachez les fruits. Placez ces ingrédients dans un mixeur et mixez.
Ajoutez du jus de fruit si la consistance ne vous convient pas, ou un peu de fruits secs (une ou deux dattes) si vous avez vraiment besoin d'un goût un peu plus sucré.

Déjeuner

Le déjeuner devrait constituer votre repas principal de la journée au cours d'une cure, et le plus tôt vous le mangerez, le mieux ce sera. Rien de meilleur que des légumes vapeur et du riz brun quand il faut prendre un repas purifiant – surtout durant l'hiver ! Dans le meilleur des mondes, votre repas du soir devrait être beaucoup plus léger, de la soupe de légumes par exemple (en ajoutant un peu de riz brun pour donner de la consistance, si nécessaire).

Vous trouverez des propositions de sauces pour ajouter de la saveur au riz, et quelques alternatives si vous n'arrivez vraiment pas à supporter ce régime pendant trois jours. Mais j'espère que vous essayerez.

Maintenant, quelles quantités manger ? Vous pouvez choisir n'importe quel légume de la liste ci-dessous et en manger autant que vous voulez. Dans des limites raisonnables, vous pouvez aussi manger autant de riz brun que vous en avez envie. C'est tellement efficace pour nettoyer le ventre, que s'il n'en tenait qu'à moi, vous en mangeriez tout le week-end !

Mais si vous avez besoin d'une indication sur les quantités, essayez de manger peu et souvent – cela vaut mieux pour le système digestif, que si vous attendez d'avoir une faim de loup pour vous gaver jusqu'aux yeux. Faites en sorte que la quantité d'aliments consommés à chaque repas puisse tenir dans vos deux mains (généreusement remplies), et vous donnerez un vrai coup de pouce à votre digestion. (Tant mieux pour vous si vous avez de grandes paluches !) Si vous voulez manger quatre petits repas de riz brun et légumes vapeur par jour, c'est parfait. Mais les appétits diffèrent selon chaque personne, et je ne veux pas que vous alliez vous coucher affamée et malheureuse.

Légumes suggérés

Ceux-ci sont les plus nourrissants, et ils se prêtent bien à la cuisson vapeur.

Brocoli
Choux de Bruxelles
Chou vert
Chou frisé
Chou-fleur
Epinards
Bettes
Bok Choy
Haricots verts
Haricots mange-tout
Carottes
Fenouil
Poireaux
Gombos

Riz brun

Evidemment, vous trouverez des instructions de préparation sur le sachet, mais voici quelques astuces pour préparer un riz brun parfait.

– Ne rincez pas le riz, qui a déjà été lavé. Vous élimineriez des éléments nutritifs importants (n'oubliez pas que le riz brun contient une huile qui aide à soigner l'intestin).

– Mesurez le riz par volume et non par poids. Remplissez une grande tasse à café de riz et versez le double du volume d'eau froide. Ceci vous suffira pour deux personnes ou deux repas si vous êtes seule. Si vous voulez en cuire plus, doublez simplement les quantités : deux tasses de riz avec quatre tasses d'eau.

– Utilisez une casserole large et peu profonde avec un couvercle (je me sers de mon wok). Une fois que l'eau bout, réglez le feu au plus bas. Laissez le couvercle et ne le soulevez pas pour voir où ça en est, cela allongerait le temps de cuisson. De même, ne touillez pas le riz – les grains sont délicats et si vous les touillez en cours de cuisson, ils se briseront, libérant l'amidon qu'ils contiennent pour former une mixture gluante.

– Le riz brun met ordinairement de 40 à 45 minutes à cuire. Retirez-le du feu et laissez reposer, avec le couvercle, pendant encore 5 à 10 minutes. Aérez le riz juste avant de servir.

– Si vous avez cuit du riz pour le prochain repas, laissez-le refroidir complètement avant de le mettre au frigo. Cela devrait prendre une heure, suivant la quantité préparée. Officiellement, le riz cuit ne doit pas être conservé au réfrigérateur plus de 24 heures – excès de prudence justifié par le fait qu'une bactérie extrêmement virulente pour le ventre, le *Bacillus Cereus*, peut proliférer dans le riz cuit tiède. Pour ma part, je conseille de cuire assez de riz pour 48 heures et de le conserver au frigo, dans un bol couvert d'un film adhérent transparent ou bien dans un contenant hermétiquement fermé, pas plus de deux jours. Assurez-vous de le réchauffer à fond si vous vous en servez pour un repas chaud (pour réchauffer, mettez le riz dans une casserole avec deux cuillères à soupe d'eau et faites chauffer à feu doux, en secouant la casserole de temps en temps.) Quoi que vous fassiez, ne laissez JAMAIS le riz cuit pour la nuit dans une cuisine chauffée.

Si vous trouvez le riz brun trop insipide pour en manger trois jours de suite, voici quelques propositions qui vous permettront de l'égayer.

Riz sauté

(par personne)

Petit morceau (selon votre goût) de gingembre frais, haché finement
2-3 gousses d'ail, hachées finement

1 tasse de riz brun Basmati, cuit
Quelques gouttes de tamari
(selon votre goût)
1-2 cuillères à soupe d'huile de lin

Dans un wok ou une grande poêle, faites chauffer 2 cuillères à soupe d'eau jusqu'à ce qu'elle frémisse (de préférence l'eau de cuisson des légumes). Ajoutez le gingembre et l'ail, puis le riz et touillez très vide avec une cuillère en bois pendant quelques minutes, jusqu'à ce que le riz soit bien réchauffé. Ajoutez le tamari et l'huile de lin après avoir retiré la poêle du feu (comme je l'ai déjà dit, ceci empêche l'huile de s'oxyder). Vous pouvez ajouter d'autres herbes et épices à l'eau de cuisson.

Si vous avez besoin de quelque chose d'encore plus relevé, voyez les suggestions suivantes, qui complémentent le riz brun et les légumes.

Sauce d'avocat

(pour deux portions)

1 ou 2 avocats mûrs (1 gros ou 2 petits), pelés et coupés en dés
2 gousses d'ail frais, écrasées
Jus d'1 ou 2 citrons
Larme de Tabasco
Pincée de piment rouge séché
Un peu de lait de soja ou de riz (optionnel)

Mettez tous les ingrédients dans un mixeur et mélangez. Servez la sauce avec les légumes vapeur et le riz brun, soit en la versant dessus, soit en accompagnement. Vous pouvez rendre la sauce plus liquide en y ajoutant du lait de soja ou de riz, ou la mixer très peu pour qu'elle soit épaisse et consistante.

Sauce verte

(pour 2 portions)

2 gousses d'ail, hachées
Gingembre frais (selon votre goût), pelé et haché
2-3 cuillères à café de vinaigre de riz (ou de cidre)
1 tasse de coriandre fraîche hachée
1/4 tasse d'eau
2 cuillères à soupe de miel

Mélangez tous les ingrédients au mixeur jusqu'à obtenir une consistance lisse. Cette sauce peut être utilisée pour napper le riz et les légumes.

Sauce tomate santé

(pour 4 portions)

1 oignon rouge haché
2 tasses d'eau ou de bouillon de légumes

1/2 cuillère à café de piment rouge frais, finement haché et épépiné
2 cuillères à café d'origan frais
4 gousses d'ail, hachées
2 boîtes de 400 g de chair de tomate concassée (avec le jus)
Paillettes de Nori ou tamari à la place du sel, et poivre (selon votre goût)
Un bouquet de basilic frais, haché grossièrement ou déchiqueté
Huile de lin ou d'olive au goût

Faites revenir l'oignon haché dans deux cuillères à soupe d'eau ou de bouillon jusqu'à ce qu'il soit transparent. Ajoutez piment, origan et ail. Laissez frémir 2 minutes, puis ajoutez les tomates concassées et le reste de l'eau, ou du bouillon. Laissez frémir encore 30 minutes. Ajoutez le substitut de sel et le basilic frais. Retirez la poêle du feu et ajoutez de l'huile.

Pour les deux recettes de sauce suivantes, vous n'avez qu'à mettre tous les ingrédients dans un mixeur jusqu'à obtenir la consistance voulue.

Sauce de tomates séchées

(pour 2 portions)

Un petit bocal (250 g) de tomates séchées, sans l'huile
2 gousses d'ail hachées
2 cuillères à soupe d'huile de lin
Basilic, persil, coriandre fraîche, au choix

Pesto aux épinards et basilic

(pour 2 portions)

2 gousses d'ail hachées
Flocons de nori ou sauce tamari, poivre selon votre goût
1/4 tasse de graines de tournesol
1/3 de tasse de pignons
1 bouquet de basilic frais
2 tasses d'épinards frais
1-2 cuillères à soupe d'huile de lin

Les trois plats d'accompagnement suivants ajouteront des protéines – et de la saveur – à vos repas de riz brun et de légumes vapeur. Des légumes secs, les pois chiches par exemple, sont en effet nécessaires pour transformer un repas à base de glucides en repas riche en protéines. Cela ne vous fera pas de tort de vivre sans protéines animales pendant trois jours. Vous en consommerez bien assez avec les graines et les noix grignotées entre les repas, et plus qu'assez avec les plats suivants. Si vous avez l'intention de suivre le programme pendant beaucoup plus longtemps que trois jours, les recettes suivantes méritent d'être essayées.

Sauce au tahini (ma préférée)

(par personne)

1 cuillère à soupe de tahini (le plus léger et coulant que vous puissiez trouver)
2 gousses d'ail écrasées
Jus de 1 à 2 citrons

Un peu de lait de soja ou de riz (si nécessaire)

Mélangez au mixeur et versez sur les légumes vapeur et le riz brun.

Hoummos

(2 portions)

1 boîte de pois chiches égouttés
Jus de 1 à 2 citrons (selon votre goût)
1 à 2 cuillères à thé de tahini
2 gousses d'ail écrasées
1 à 2 cuillères à soupe d'huile d'olive ou de lin
Persil pour décorer
Tamari et poivre (selon votre goût)

Encore une fois, il suffit simplement de mettre tous les ingrédients au mixeur. Vous pouvez verser une fine couche d'huile d'olive sur le hoummos après l'avoir mixé, pour le conserver au réfrigérateur. Ce plat est riche en protéines, et peut être dégusté avec des crudités en été, ou alors avec du riz et des légumes.

Dhal

(2 portions)

1 tasse de lentilles rouges sèches
Tamari (selon votre goût)

1 cuillère à café de curcuma en poudre
piments frais épépinés
1 tomate, hachée
1 cuillère à soupe d'huile de lin
1 cuillère à café de graines de cumin
1 oignon, finement haché
2 gousses d'ail, finement hachées
Coriandre fraîche (selon votre goût)

Rincez les lentilles à l'eau froide dans une passoire jusqu'à ce que l'eau soit claire. Versez-les dans une casserole et recouvrez-les d'eau froide afin de dépasser les lentilles d'environ 5 cm. Portez à ébullition, en retirant l'écume qui se forme avec une écumoire. Puis faites mijoter les lentilles jusqu'à ce qu'elles soient réduites en bouillie ; si la texture est trop épaisse, ajoutez de l'eau. Ajoutez le tamari et la moitié du curcuma. Coupez les piments en quatre, ajoutez-les ainsi que la tomate en cubes. Entre-temps, faites chauffer 1 cuillère à soupe d'eau ou de bouillon dans une deuxième casserole. Mettez-y les graines de cumin, le reste du curcuma, l'oignon et l'ail et cuisez jusqu'à ce que l'oignon soit transparent. Ajoutez au dhal, avec la coriandre hachée. Laissez mijoter pendant 40 à 60 minutes avec le couvercle. Ajoutez de l'eau si nécessaire pour empêcher d'attacher. Ajoutez l'huile de lin après avoir retiré la casserole du feu.

Recettes de légumes

Comme vous le remarquerez, il y a de l'huile d'olive dans les recettes ci-dessous. Parce qu'on ne peut pas cuisiner avec l'huile de lin, vous utiliserez l'huile d'olive pour faire griller les légumes et dans certaines soupes. Vous pouvez toujours ajouter un peu d'eau (mais PAS quand il n'y a que l'huile chaude dans la casserole, ça la ferait « cracher »).

Brocoli croquant

J'inclus cette recette parce qu'elle est délicieuse et que le brocoli est tout simplement ce qu'il y a de meilleur, du point de vue nutritif ! Vous pouvez néanmoins l'essayer avec toute une variété de légumes.

(1 à 2 portions)

1 à 2 têtes de brocoli, découpées en fleurettes
Huile d'olive
Flocons de Nori et poivre (selon le goût)
2 gousses d'ail, finement hachées
2 pincées de piment de Cayenne
1 cuillère à soupe de graines de sésame

Mettez les fleurettes de brocoli dans un plat allant au four, arrosez d'huile d'olive et assaisonnez du reste des ingrédients. Faites cuire au four à chaleur moyenne jusqu'à ce que le brocoli soit croquant (de 10 à 20 minutes). Vous pouvez également faire cette recette avec d'autres restes de légumes vapeur.

Légumes racines

Carottes (le top)
Navets

Panais
Rutabagas
Céleri-rave
Patates douces

Les légumes racines sont de saison à cette époque de l'année mais ne se cuisent pas facilement à la vapeur (sauf les carottes) et doivent être apprêtés avec beaucoup d'huile d'olive pour être vraiment savoureux. Ils contiennent également beaucoup d'amidon et sont assez difficiles à digérer. Toutefois, avec modération, ils constituent un bon substitut si vous n'arrivez pas à supporter le riz brun. Ces légumes peuvent être cuisinés selon la recette ci-dessous, ou bouillis et mis en purée avec un peu d'huile d'olive et des épices.

Curry aux légumes de Suzi

Ceci est en fait un compromis entre un ragoût et une soupe, parfait lorsque vous avez des tonnes de légumes que vous voulez cuisiner tous ensemble. L'idéal pour un week-end de cure détox !
Plus le curry cuit longtemps et doucement, plus il devient savoureux (surtout si vous le laissez reposer toute une nuit). Prenez une grande casserole et continuez à ajouter des légumes hachés jusqu'à ce qu'elle soit pratiquement remplie, en ajoutant assez de bouillon pour que les légumes soient bien recouverts de liquide. Vous pourrez toujours ajouter plus de bouillon et d'épices après, si le mélange vous paraît trop épais.

(3-4 portions)

Brocoli, carottes, fenouil, 1-2 patates douces, gombos, panais, poireaux, chou frisé (bref, tous les légumes qui vous plaisent), pelés et taillés en cubes.
Jus d'1 citron vert
1 mangue, découpée en tous petits morceaux
Coriandre fraîche hachée
2 piments rouges frais, épépinés et finement hachés
Gingembre frais (selon le goût), finement haché
2 cuillères à café de Garam Masala
2 tasses de bouillon de légumes (ou plus)
2 cuillères à soupe, soit de lait de coco, soit de flocons d'amandes (selon le goût).

Dans un pot, mélangez le jus de citron vert, la mangue, les épices et les herbes et réservez. Faites assez de bouillon de légumes (soit l'eau de cuisson des légumes vapeur, soit du bouillon en cubes) pour couvrir tous les légumes dans une grande casserole. Ajoutez la mixture de jus, d'épices, d'herbes et mélangez. Faites mijoter à feu très doux, avec le couvercle, pendant environ une heure. Ensuite, si c'est possible, laissez reposer sur la cuisinière, feu éteint, afin de permettre aux épices et aux herbes de mieux imprégner les légumes. Refaites chauffer le curry, ajoutez le lait de coco ou les flocons d'amandes à la dernière minute et servez avec du riz Basmati brun. Vous pouvez ajoutez des graines de sésame pour enrichir le plat de protéines.

Sauce thaïe

Si vous n'appréciez pas la cuisine indienne, vous pouvez préparer un ragoût très semblable (et qui vous durera également tout le week-end) en utilisant des épices thaïes au lieu des épices indiennes. Une fois de plus, préparez un mélange des légumes qui vous plaisent dans au moins 2 tasses de bouillon pour les recouvrir dans la casserole, et ajoutez-y cette sauce :

1 oignon, finement haché
1 à 2 gousses d'ail, finement hachées
Galangal (un gingembre thaïlandais doux), selon le goût
1 tige de citronnelle, finement hachée
3-4 feuilles de tilleul fraîches
Basilic doux (selon le goût)
1-2 piments rouges frais, épépinés et finement hachés
1 cuillère à soupe de lait de coco

Mettez tous les ingrédients au mixeur et mélangez. Si nécessaire, ajoutez plus de lait de coco ou de soja pour rendre la sauce plus liquide. La sauce peut être conservée au réfrigérateur pour être utilisée plus tard. Elle est de loin meilleure que toutes les sauces déjà préparées qu'on peut acheter en magasin, et les épices sont toutes de bons dé-toxifiants. Elle est assez relevée, donc goûtez avant d'en mettre trop.

Soupes pour le dîner

Soupe aux poivrons rouges

(2 portions)

1 oignon rouge haché
3 gousses d'ail finement hachées
1 patate douce moyenne, pelée et coupée en cubes
2 cuillères à soupe de paprika
1/2 cuillère à café de piment rouge en poudre, ou 1 cuillère à café de piment de Cayenne
2 cuillères à soupe de coriandre fraîche hachée
2 tasses de chou émincé
2 boîtes de pulpe de tomates (avec leur jus)
5 tasses de bouillon de légumes
1 cuillère à soupe de miel
1 à 2 piments rouges frais, épépinés et coupés en dés
2 cuillères à soupe d'huile d'olive

2 poivrons rouges, épépinés et coupés en dés
1/2 tasse de lait de coco
Tamari et poivre (selon le goût)

Faites cuire l'oignon, l'ail, la patate douce et toutes les épices (à part les piments frais), ainsi que les assaisonnements, dans deux cuillères à soupe d'eau, pendant 5 minutes.
Ajoutez le chou, les tomates, le bouillon de légumes, le miel et les piments. Faites mijoter jusqu'à ce que la patate douce soit cuite.
Retirez du feu et ajoutez une cuillère à soupe d'huile d'olive. Dans une autre casserole, faites sauter les poivrons dans le reste de l'huile (pour une fois !) jusqu'à ce qu'ils soient mous.
Ajoutez les poivrons à la soupe, puis le lait de coco et ajustez l'assaisonnement. Laissez refroidir, puis mixez. Servez chaud avec des tranches de polenta – c'est tout à fait délicieux.

Soupe carotte et coriandre

(2 portions)

1 gros oignon rouge, haché
1-2 cuillères à soupe d'huile d'olive
3 gousses d'ail broyées
2 cuillères à soupe de marjolaine fraîche ou une cuillère à café de marjolaine séchée
3 cuillères à soupe de coriandre fraîche hachée (réservez deux brins pour la garniture)

6 grosses carottes, pelées et coupées en dés
1 patate douce, pelée et coupée en dés
4 tasses de bouillon de légumes
Piment de Cayenne et tamari (selon le goût)

Faites revenir l'oignon dans une cuillère à soupe d'huile d'olive pendant 5 minutes, puis ajoutez l'ail, la marjolaine et la coriandre hachée et faites cuire encore une minute. Puis ajoutez les carottes et la patate douce et faites sauter pendant une ou deux minutes. Transférez le tout dans une grande casserole. Ajoutez le bouillon de légumes et portez à ébullition. Laissez mijoter jusqu'à ce que les carottes et la patate douce soient bien cuites. Assaisonnez selon votre goût. Laissez refroidir et mixez. Réchauffez et garnissez de coriandre avant de servir.

Soupe de légumes « santé »

(1-2 portions)

Vous pouvez aussi vous faire une soupe roborative et réconfortante, en dissolvant un cube de bouillon de légumes bio dans 2 tasses d'eau bouillante. Une fois le cube dissous, ajoutez le bouillon à une casserole contenant des légumes hachés. Ajoutez de l'ail, des herbes et des assaisonnements et laissez mijoter à feu très doux pendant une heure ou

plus, en vous assurant que les légumes sont bien recouverts de liquide. Vous remarquerez qu'aucune huile n'est utilisée dans cette recette, ce qui la rend un peu moins savoureuse mais beaucoup plus purifiante !
Si vous voulez donner un peu de consistance à la soupe, ajoutez une poignée de légumes secs, lentilles ou pois chiches, et une poignée de riz Basmati brun. Vous obtiendrez un repas complet en protéines et glucides.

Les alternatives au riz

Millet

Comme vous l'avez lu au chapitre 5, le millet est le roi des céréales du point de vue de la cure détox. Il exige en général plus d'eau pour cuire que le riz – 3 tasses d'eau pour 1 tasse de millet – mais vérifiez les indications du sachet. Vous pouvez ajouter du millet aux soupes et ragoûts ou le manger en accompagnement aux légumes, à la place du riz. Pour améliorer sa texture et sa saveur, vous pouvez le faire griller dans un peu d'huile avant de le cuire.

Millet au potiron

(4 portions)

1/2 oignon rouge haché
2 carottes pelées et coupées en dés
1 tête de brocoli, coupée en dés
1/4 de petit potiron, pelé et coupé en cubes
2 tasses de millet
6 tasses d'eau

Assaisonnement selon le goût
Graines de sésame grillées

Mettez tous les légumes dans une grande casserole. Ajoutez le millet, l'eau et l'assaisonnement. Recouvrez la casserole et portez à ébullition. Laissez mijoter pendant 30 minutes. Mélangez avec une cuillère en bois et servez accompagné de sauce au tahini ou parsemé de graines de sésame grillées.

Quinoa

Le quinoa double de volume quand il est cuit, donc vous n'avez pas besoin d'en mettre beaucoup au départ.

Quinoa et sauce aux légumes

(1 à 2 portions)

1/2 tasse de quinoa
1 tasse d'eau
1 cuillère à soupe d'huile d'olive
1 oignon rouge haché finement
1/2 bouquet de coriandre fraîche hachée
1 piment rouge frais, épépiné et haché
Tous les légumes que vous voulez, hachés finement. Les poivrons sont excellents dans cette recette.
1 boîte de tomates concassées avec leur jus

Mettez le quinoa dans une casserole avec l'eau et portez à ébullition. Laissez mijoter à feu doux pendant 10-15 minutes, puis égouttez le quinoa et réservez. Entre-temps, dans une autre casserole, faites revenir l'oignon dans l'huile d'olive jusqu'à ce qu'il soit transparent, puis ajoutez la coriandre et le piment. Après une minute, ajoutez tous les légumes, recouvrez et faites suer pendant 5-10 minutes. Puis ajoutez les tomates concassées et laissez cuire pendant encore 10 minutes. Essayez de coordonner avec le temps de cuisson du quinoa, sinon, réchauffez-le à feu doux. Servez-le nappé de légumes.

Polenta

C'est une alternative franchement savoureuse au riz brun, et puisqu'elle est à base de maïs, elle est totalement adaptée au programme du week-end.

Polenta aux olives et tomates séchées

(2 portions)

4 tasses de lait de soja
1 cuillère à soupe d'huile d'olive
Tamari (selon le goût)
1 1/2 tasse de polenta
10 olives noires dénoyautées et finement hachées
6 tomates séchées finement hachées
1 bouquet de basilic frais finement haché

Mélangez le lait de soja, l'huile d'olive et le tamari dans une grande casserole. Portez à ébullition, réduisez à feu doux puis versez lentement la polenta en touillant constamment. Après 3 minutes, ajoutez les olives hachées, les tomates séchées et presque tout le basilic. Mélangez encore pendant une minute, puis retirez la casserole du feu. Le mélange devrait être de texture crémeuse. Si ce n'est pas le cas, ajoutez du lait de soja ou de l'eau. Transférez la polenta dans un plat qui va au four et lissez-la avec le dos d'une cuillère. Laissez-la refroidir pendant quelques heures. Elle durcira jusqu'à la consistance d'une quiche et vous n'aurez alors aucun mal à la découper en tranches. Réchauffez-la en passant des tranches sous le gril. C'est un goûter délicieux ainsi qu'un bon accompagnement à la soupe (ou une grosse salade en été). Garnissez de feuilles de basilic.

Desserts

Je n'ai pas parlé des desserts parce qu'il n'existe aucun substitut vraiment sain à une tarte aux pommes maison ou à une glace au chocolat ! Nous devons tenter d'enrayer le besoin de manger des aliments sucrés au cours du week-end, mais si vous êtes vraiment malheureuse et que vous rêvez d'un dessert, grignotez des fruits secs et des noix – avec modération. Pour un dessert d'hiver, mettez deux pommes ou poires sur une plaque et faites cuire au four jusqu'à ce qu'elles soient molles. Quand elles sont cuites, arrosez d'un peu de miel, ajoutez quelques graines et vous obtiendrez un dessert d'hiver merveilleusement sain et réconfortant !

Printemps / Eté

Fruits frais, crudités, jus et soupes froides devraient former l'essentiel de votre programme à cette époque de l'année. Vous trouverez aussi des propositions de repas plus consistants si vous le souhaitez.

Le riz brun reste important pour ses propriétés purifiantes, donc même si vous ne vous en servez que dans la salade, assurez-vous d'en manger des quantités suffisantes au cours du week-end, sans oublier noix, graines et légumes secs.

Petit déjeuner

Encore une fois, vous pouvez commencer la journée avec une poignée de noix, de graines et de fruits ou encore, le « smoothie » de Suzi. Vous aurez peut-être aussi envie d'un jus.

Jus

Si vous avez une centrifugeuse, vous pouvez faire du jus avec pratiquement n'importe quel fruit ou légume. Sinon, pas de panique – les fruits vous feront autant de bien s'ils sont pressés ou mixés. Mais vous ne pourrez pas mixer les légumes crus. Donc, si vous avez envie de vous faire un régime « tous jus » ce week-end, ajoutez une cuillère à thé de spiruline ou de chiendent lyophilisé à votre mélange de fruits pour compenser le manque de légumes verts (ces « aliments miracle » se trouvent dans la plupart des magasins d'aliments naturels).

Mes 3 jus préférés

Pour les recettes suivantes, vous aurez bien évidemment besoin d'une centrifugeuse. Les légumes crus passés au mixeur ne sont pas aussi bons. (Toutefois, si vous n'avez pas de centrifugeuse et que vous avez vraiment envie d'essayer ces recettes, hachez les légumes en tout petits morceaux, et assurez-vous que le jus est assez sucré en y ajoutant un peu de pomme ou de miel. Vous aurez peut-être besoin d'ajouter un peu d'eau s'il est trop épais pour être bu.)

Si vous avez effectivement une centrifugeuse, vous n'avez même pas besoin de peler vos fruits et légumes, et vous pouvez même inclure l'écorce et les graines de citron. (Mais si vous utilisez un mixeur, assurez-vous d'avoir pelé, retiré les trognons et coupé en dés tous les ingrédients.)

Les quantités indiquées sont pour une personne.

Le chasse-toxines

4 carottes
1/4 gros concombre
1 tasse de feuilles d'épinards
1-2 cuillères à soupe de jus d'Aloès Vera

OU :

4 carottes
1 pomme
1 tête de brocoli
1 branche de fenouil
2 branches de céleri
Gingembre frais selon le goût
Un peu de citron selon le goût

Le requinque-foie

Ceci est un mélange de « rince-foie » et d'un jus qui aidera le foie à faire son travail.

1/2 betterave crue (épluchée)
2 branches de céleri
2 pommes
4 carottes
1/4 de citron (y compris l'écorce et les pépins)
1/2 pamplemousse
Gingembre frais au goût
Pincée de piment de Cayenne

(Ne vous inquiétez pas si vous faites « pipi rouge » après avoir bu ce jus – c'est l'effet de la betterave et c'est tout à fait normal.)

Remontant d'après-midi

4 tranches d'ananas
1/2 tasse d'eau filtrée
1/2 concombre
2 pommes rouges
1 cuillère à café bien rase de spiruline ou de chiendent
Gingembre frais selon le goût

Gaspacho

(2 portions)

1 petit oignon rouge, haché finement
3-4 tomates, pelées et épépinées
1 poivron rouge épépiné
1 concombre
1-2 cuillères à soupe de vinaigre de riz brun (ou de cidre)
3-4 cuillères à soupe d'huile d'olive ou de lin
2 gousses d'ail
1/2 brick de jus de tomate
Tamari et poivre selon le goût
2 oignons verts, finement hachés
Basilic, persil, marjolaine ou thym frais

Mixez l'oignon haché, les tomates, la moitié du poivron, la moitié du concombre et versez dans un grand bol. Ajoutez le vinaigre, l'huile d'olive, le jus de tomate et assaisonnez. Hachez finement les oignons verts, le reste du concombre, le poivron rouge et les herbes fraîches et éparpillez-les sur la soupe. Réfrigérez pendant deux heures. C'est un repas d'été délicieux et rafraîchissant, et assez « bourratif ». Ajoutez des graines de tournesol ou de sésame à la place des croûtons !

Soupe froide aux épinards et à l'avocat

(2 portions)

500 g d'épinards frais
2 tasses de lait de soja
2 tasses de bouillon de légumes
2 gros avocats bien mûrs
Un trait de sauce Tabasco
Jus de 2 citrons verts
Tamari et poivre selon le goût
Persil pour la garniture

Equeutez les feuilles d'épinard, lavez-les et placez-les dans une casserole avec 2 cuillères à soupe d'eau. Couvrez la casserole et faites cuire à feu moyen pendant 5 minutes. Ajoutez le lait de soja et le bouillon. Portez à ébullition, recouvrez la casserole et laissez mijoter pendant 10 minutes en remuant de temps en temps. Laissez refroidir, puis mixez et versez dans un bol. Pelez et dénoyautez les avocats et faites-en de la purée avec un peu de soupe. Intégrez au reste de la soupe. Recouvrez le bol de film alimentaire et laissez rafraîchir au réfrigérateur pendant 2 heures. Avant de servir, ajoutez la sauce Tabasco et le jus de citron vert, assaisonnez et garnissez de persil.

Soupe au cresson dépurative

(2 portions)

- **3 tasses de bouillon de légumes**
- **3-4 tiges de ciboule**
- **Mélange d'herbes aromatiques fraîches hachées**
- **1 patate douce, pelée et tranchée**
- **2 bouquets de cresson, hachés**
- **1/2 tasse de lait de soja**
- **Jus de citron ou de citron vert selon le goût**
- **Tamari et poivre selon le goût**

Faites chauffer une tasse de bouillon dans une grande casserole. Ajoutez la ciboule et les herbes, couvrez et laissez mijoter 5 minutes. Ajoutez la patate douce et le reste du bouillon, couvrez et laissez mijoter encore 20 minutes, ou jusqu'à ce que la patate soit cuite. Ajoutez le cresson et laissez mijoter encore 2 minutes. Retirez la casserole du feu et ajoutez le lait de soja. Mélangez bien et laissez refroidir. Puis mixez la soupe jusqu'à obtenir une consistance lisse et crémeuse. Réchauffez à nouveau, ajoutez le jus de citron ou de citron vert et assaisonnez avant de servir. Ou alors, réfrigérez pendant deux heures avant de servir.

Brochettes de légumes à la sauce satay thaïlandaise

Prévoyez assez de légumes pour faire 2 brochettes par personne
Coupez en dés aubergines, courgettes, champignons, cœurs d'artichauts, poivrons, oignons et tomates – combinez comme vous voulez. Passez-les sur les brochettes, badigeonnez d'huile d'olive et faites cuire sous le gril pendant quelques minutes de chaque côté.
Pour la *sauce satay thaïlandaise*, mélangez 2 cuillères à café de beurre d'arachide (choisissez-le bio et aussi peu salé que possible !) avec 1 cuillère à café de la sauce thaïe de la section « recettes d'hiver », et jusqu'à une cuillère à soupe d'eau ou de lait de soja pour diluer, si nécessaire. Nappez-en les brochettes ou servez à part pour faire trempette.
Accompagnez d'une portion de riz brun pour un repas plus consistant.

Légumes au four tout en couleurs

(2 portions)

1 poivron rouge
1 poivron jaune
1 poivron orange
1 aubergine
2 courgettes
1 gros oignon rouge

4 tomates
3 gousses d'ail écrasées
Tamari et poivre selon le goût
1-2 cuillères à soupe d'huile d'olive
Jus d'1 citron ou 1 cuillère à soupe de vinaigre de riz brun (ou de vinaigre de cidre)

Epépinez les poivrons et tranchez-les en quatre. Coupez aubergine, courgettes, oignons et tomates en petits morceaux et mettez le tout dans un moule à gâteaux. Parsemez d'ail, de tamari et de poivre et arrosez bien d'huile d'olive, puis faites cuire au four à feu doux ou moyen jusqu'à ce que les légumes soient cuits et légèrement brunis – ce qui prend environ 45 minutes. Vous devrez peut-être ajouter un peu d'huile pour empêcher les légumes de brûler. Une fois cuits, arrosez-les de jus de citron ou de vinaigre de riz brun et ajoutez encore un peu d'huile d'olive. Laissez refroidir dans le moule avec la marinade. Servez avec du riz Basmati brun et nappez d'une cuillerée d'hoummos ou de sauce tahini.

Salades

Tout d'abord, voici des sauces qui devraient rendre encore plus savoureuses les délicieuses et saines salades d'été.

Mayo de tricheuse

Vous ne pouvez pas imaginer à quel point c'est délicieux, et sans la moindre trace d'œuf. Si la mayonnaise vous manque au cours du week-end ou que vous aimez les sauces onctueuses pour vos salades, essayez ceci. Mais assurez-vous d'utiliser uniquement du tofu soyeux, sinon ce sera franchement dégoûtant !

1 cuillère à soupe de câpres
2 grosses gousses d'ail écrasées
2 cuillères à soupe de jus de citron
1/2 cuillère à café de moutarde de Dijon
1 cuillère à soupe de vinaigre de riz brun (ou de cidre)
Tamari selon le goût
1-2 cuillères à soupe d'huile d'olive ou de lin
300 g de tofu soyeux (la moitié d'un gros paquet)
Lait de soja ou eau pour diluer le mélange si nécessaire

Il suffit de combiner tous les ingrédients dans un mixeur et d'ajuster les quantités en fonction du goût et de la texture désirés.

Vinaigrette « à la française »

2 cuillères à café de vinaigre de riz brun (ou vinaigre de cidre)
Giclée de jus de citron
1/2 cuillère à café de miel
1 pincée de moutarde en poudre
1 gousse d'ail écrasée
Tamari selon le goût
3-4 cuillères à soupe d'huile d'olive ou de lin

Mettez tous les ingrédients dans un bocal à confiture, refermez bien et secouez vigoureusement. Vous pouvez conserver le bocal dans le frigo pour le week-end – simplement, secouez bien avant de vous servir.

Méli-mélo de crudités

Faites-vous un plateau de bâtonnets de carottes, fleurettes de brocoli, haricots verts, poivrons en tranches – tout ce qui vous tente ! – et servez avec de l'hoummos ou n'importe quel plat d'accompagnement, en plus de l'une des sauces proposées.

Salade d'été de Suzi

Voici ma salade d'été préférée :
(Pour 2 portions)

1 sachet de mesclun
1 bouquet de cresson
1 carotte épluchée et râpée
1/2 poivron vert épépiné et tranché
1 avocat mûr, coupé en dés
4 ciboules finement hachées
2 tomates séchées, finement hachées

Disposez les feuilles de salade, le cresson et la carotte râpée sur une grande assiette. Placez le poivron et l'avocat dessus. Parsemez de ciboule hachée et de morceaux de tomate séchée. Ajoutez votre sauce préférée.

Salade d'été de Suzi n° 2

(2 portions)

150 g de haricots verts fins
1 tête de brocoli débitée en fleurettes
2 grosses carottes pelées et tranchées finement
1 branche de fenouil tranchée finement
1 petite betterave cuite, pelée et tranchée finement
1/2 concombre, tranché finement
1 sachet de mesclun
2 tiges de ciboule hachées

Faites cuire les haricots verts et le brocoli à la vapeur. Laissez refroidir. Arrangez les tranches de carotte, fenouil, betterave et concombre sur un lit de feuilles de salade. Parsemez de ciboule hachée et nappez de l'une des sauces suggérées ci-dessus. Ajoutez des tranches d'avocat, des graines de sésame ou des pignons pour un plat plus consistant. Vous pouvez aussi remplacer les haricots verts et le brocoli par n'importe quel autre légume vert de votre choix.

Salade de haricots Hazuki à la sauce d'avocat

(2 portions, en plat d'accompagnement)

1 boîte de haricots Hazuki cuits, égouttés et rincés
1/2 concombre finement haché
2 tomates finement hachées
1 branche de céleri finement hachée
1 ciboule, finement hachée
Basilic frais et ciboulette selon le goût
Sauce d'avocat (voir la section « hiver »)

Mélangez tous les ingrédients dans un saladier et ajoutez la sauce d'avocat.

Salade mixte de légumes secs

(2 portions en plat d'accompagnement)

1 boîte de haricots cuits égouttés
1 petit oignon rouge finement haché
1 cuillère à soupe de persil frais haché

Mélangez les ingrédients dans un bol et ajoutez une sauce pour en faire une salade savoureuse et purifiante.

Salade au quinoa

(2 portions)

1 tasse de quinoa
2 tasses d'eau
1 oignon rouge
1 poivron rouge
1/2 concombre
3 tomates
1 cuillère à soupe de ciboule hachée
1 cuillère à soupe de persil haché
1 cuillère à soupe de menthe hachée
Sauce à la française

Rincez bien le quinoa et égouttez. Versez dans une casserole avec 2 tasses d'eau. Portez à ébullition, couvrez puis laissez mijoter 10-15 minutes. Retirez la casserole du feu et laissez refroidir. Egouttez si nécessaire. Pelez les légumes et coupez-les en petits dés.

Mélangez, avec les herbes hachées, au quinoa refroidi dans un saladier et nappez de sauce.

Salade de riz brun et de champignons shitaké
(2 portions)

1 oignon rouge haché
1 barquette de champignons shitaké émincés
2 grosses tomates en dés
1/2 concombre en dés
1 cuillère à soupe de persil frais haché
2 ciboules hachées
1 tasse de riz brun cuit

Faites revenir l'oignon dans un peu d'huile d'olive jusqu'à ce qu'il soit transparent et doré. Puis ajoutez les champignons et faites sauter jusqu'à ce qu'ils soient cuits. Laissez-les refroidir avant d'ajouter tous les autres ingrédients dans un saladier et d'ajouter la sauce.

Desserts

Si vous avez vraiment besoin de terminer sur du sucré, prenez un peu de yaourt actif avec du miel, des fruits coupés, des graines ou des noix. Ou le tout mélangé, ce qui fera presque de votre dessert un repas complet en soi !

18.

Comment prolonger le programme au quotidien

Le week-end est fini... Ou bien vous êtes impatiente de recommencer à manger et boire « normalement », ou bien vous avez décidé de faire un nettoyage optimum de trois à six semaines ! (Plus longtemps vous observerez le programme, mieux vous vous sentirez et plus longtemps vous aurez envie de continuer.) Quoi qu'il en soit, bravo d'être arrivée jusqu'ici. J'espère que vous avez appris de nouvelles façons de vous occuper de votre propre bien-être et de celui de votre famille.

Pour celles qui veulent continuer un régime sans blé ni produits laitiers, j'ai inclus dans ce chapitre d'autres suggestions de repas intégrant poisson, produits à base de soja et fromage de chèvre. Vous trouverez ces plats plus faciles à réaliser au cours de votre vie quotidienne. Il s'agit toujours d'une diète purifiante, bien qu'un petit peu plus acide. Si vous n'avez plus envie de suivre un régime, au moins maintenant vous savez quels aliments sont les plus riches en nutriments.

Vous savez aussi désormais quels changements dans votre mode de vie vous ont fait le plus de bien. Quoi que vous décidiez maintenant que vous êtes revenue à la vie « normale », essayez de vous occuper de vous en incorporant certaines des techniques mentionnées dans les chapitres précédents et dans celui-ci. Essayez de voir comment vous pouvez intégrer au moins dix minutes de temps à vous occuper de vous dans votre journée. Prenez le temps de cultiver tous vos sens et de vous chouchouter. Et trouvez une façon de pratiquer régulièrement une activité physique, quoi qu'il arrive.

Continuer – les points essentiels

Autres propositions de régimes
Exercices
Réduire l'apport des toxines extérieures
Intégration
Cultiver ses sens

Autres propositions de repas rapides et faciles à réaliser, sans blé ni produits laitiers

Ces suggestions de repas et de goûters sont conçues pour les gens qui n'ont pas le temps de préparer des soupes maison et des bols de riz brun au quotidien mais veulent néanmoins continuer à manger sainement. Si vous voulez prolonger le régime purifiant, prenez quelques heures le dimanche pour préparer certains des repas de la semaine et conservez-les dans le réfrigérateur ou le congélateur (mais mon « smoothie » ne se garde pas).

Petit déjeuner

Le « smoothie » de Suzi OU ajoutez des graines de lin, de l'huile de lin et des granules de lécithines à un « smoothie » commercial.

Flocons de millet bio avec du lait de chèvre, de soja ou de riz

Muesli bio sans blé avec du lait de chèvre, de soja ou de riz

Porridge

Salade de fruits (ou fruits cuits en hiver)

Une poignée de noix, de graines et un fruit

Œuf bio et toast de pain sans blé

Fromage de chèvre sur un toast de pain sans blé

Déjeuner

Préparez ces repas à la maison et emportez-les au travail.

Smoothie

Hoummos avec bâtonnets de carotte et autres crudités ou salade

Légumes grillés, riz brun et tahini

Soupe aux légumes maison

Sandwiches d'avocat (écrasez l'avocat avec du jus de citron, du poivre, de l'ail et un peu d'huile d'olive. Prenez du pain sans blé).

Sandwiches au thon, maquereau, saumon ou poulet avec du pain sans blé.

Déjeuner au restaurant ou à la cantine

Evidemment, vos choix dépendront de ce qui est disponible à la cantine ou dans les cafés ou restaurants du quartier où vous travaillez.

– Essayez de trouver un bar à salades – prenez plein de légumes et d'autres ingrédients « fiables ».

– Trouvez des sushis – la plupart des supermarchés et certaines chaînes de restauration rapide en vendent.

– Achetez une salade, accompagnée d'hoummos ou de fromage de chèvre.

– Soupe aux légumes.

– Poissons gras comme le saumon ou le maquereau avec de la salade ou des légumes.

– Pomme de terre au four avec une salade de choux.

Collations

Graines de courge, de tournesol et de sésame.

Noix sans sel

Fruits secs : figues, abricots et dattes

Raisins secs

Fruits frais

Idées de repas du soir ou du week-end

Saumon au four : Couvrez le poisson d'herbes fraîches, comme l'aneth ou l'estragon, ajoutez un peu de vin blanc et faites une papillote en papier alu. Inutile d'ajouter de l'huile : le saumon en a déjà assez ! Servez avec des légumes vapeur comme le brocoli ou les épinards. Si vous voulez un repas consistant ou si votre compagnon a un gros appétit, ajoutez du riz Basmati brun ou une pomme de terre au four, avec un peu de beurre.

Plats sautés au wok : Essayez les saucisses de soja, car elles sont étonnamment savoureuses. Faites sauter dans le wok des carottes, du brocoli ou n'importe quel autre légume vert, ou utilisez un sachet de légumes déjà préparés. Ajoutez les saucisses de soja, coupées en petits morceaux. Utilisez du bouillon ou de l'eau pour cuire, et en ajoutant l'huile à la fin de la cuisson après avoir retiré le wok du feu. Vous pouvez assaisonner avec du tamari, de l'ail ou une cuillerée de pâte de tahini. Vous pouvez aussi ajouter une goutte de vin blanc, de la purée de tomate, tout ce qui ajoutera de la saveur au plat – à condition qu'il n'y ait pas d'ingrédients chimiques.

Fromage de chèvre grillé sur toast de pain sans blé : Relevez-en la saveur avec du sel d'algues ou du chutney bio. Vous pouvez accompagner ce plat d'une salade de roquette avec une vinaigrette à la française.

Sardines en boîte et toast de pain sans blé

Petite friture et toast de pain sans blé

Pâtes sans blé avec une sauce tomate et une grosse salade verte

Huiles

Pour une consommation optimale d'acides gras essentiels, vous pouvez continuer, dès que c'est possible, à cuisiner vos aliments sans huile et à arroser vos plats d'un peu d'huile de lin quand ils sont prêts. A défaut, faites la même chose avec l'huile d'olive. Si vous avez besoin d'huile d'olive pour cuisiner, ajoutez une cuillère à soupe d'eau pour chaque cuillère à soupe d'huile. Vous utiliserez moins d'huile et vos aliments ne colleront pas à la poêle.

Desserts

Essayez les desserts à base de soja ou de tofu, des yaourts aux flans, vendus dans les magasins d'aliments naturels et dans certains supermarchés. Sans oublier les fruits frais, évidemment !

Les bons trucs pour manger sainement

– Une fois par semaine, ne mangez aucun aliment solide.

– Prenez un petit déjeuner et un dîner légers – votre repas principal doit être pris à midi.

– Respectez un intervalle de 4 heures entre les repas.

– Mangez au calme et assise.

– Ne parlez pas en mâchant et mastiquez chaque bouchée au moins vingt fois.

– Mangez lentement, en déposant vos couverts entre chaque bouchée.

– Exercez vos papilles gustatives en bouchant votre nez.

– Mangez jusqu'à satiété, pas jusqu'à ce que vous soyez « pleine ».

– Ne buvez pas d'eau avec vos repas – buvez de trente minutes à une heure avant manger et attendez une heure après.

– Evitez les aliments et les boissons glacés.

– Essayez de manger essentiellement des aliments alcalins.

Exercices

Je n'ai pas besoin de vous rappeler à quel point l'exercice est important. Choisissez votre type d'activité préférée et trouvez le temps de la pratiquer – QUOI QU'IL ARRIVE – car votre santé, votre cœur et vos os en dépendent !

Trente minutes, cinq jours par semaine – cela représente seulement 2,2 % de votre temps de veille pour une semaine. Vous avez le temps. Vous avez simplement pris l'habitude de penser que vous n'avez pas le temps.

Réduire l'apport des toxines extérieures

Personnellement, je ne suis pas arrivée à réduire de beaucoup l'usage de l'ordinateur et de la télé, mais je me suis débarrassée de la couverture électrique et du radio-réveil de ma chambre. Nous ne pouvons pas vivre sans nos gadgets électriques, mais pour le bien de notre santé à long terme et de nos sens sur-stimulés, nous devrions au moins nous demander comment les utiliser autrement.

Les bons trucs pour utiliser des appareils électriques

– Placez les appareils électriques à un mètre au moins de la tête de lit.

– Asseyez-vous à au moins un mètre de la télé.

– Alimentez le plus souvent possible votre ordinateur portable avec la batterie.

– Restez à un bras de distance de l'écran de l'ordinateur.

– N'utilisez pas le sèche-cheveux après 19 heures. Les ondes électromagnétiques pourraient interférer sur la production de mélatonine et troubler votre sommeil.

– Offrez des vacances à votre montre durant le week-end ou les périodes de loisir.

– Ne parlez pas longtemps sur les téléphones cellulaires ou sans fil.

– Faites marcher votre machine à laver le linge pendant la nuit.

Purificateurs d'air

Et si rien ne marche, voici une liste des plantes considérées comme les meilleures « bouffe-toxines » de la maison. Elles sont capables d'absorber les émissions chimiques des ordinateurs et peuvent également améliorer le taux d'humidité d'un environnement domestique ou professionnel trop sec.

Lierre
Palmiers
Fougères
Figuier pleureur
Peace lily
Gerberas en pot
Dracaena
Caoutchouc
Chrysanthèmes en pot
Chlorophytum

Alors, remplissez votre foyer ou votre bureau de plantes !

Intégration

Vous aurez peut-être du mal à trouver le temps de faire votre yoga tous les matins, ainsi que de pratiquer les techniques de nettoyage du nez et de la langue. J'ai mis au point un rituel très rapide pour m'assurer que le corps, l'esprit et l'âme sont soignés chaque jour, quoi qu'il arrive. Il suffit de dix minutes tous les matins et tous les soirs, rien de plus. Quand j'ai le temps, j'en fais plus ! Encore une fois, c'est à vous de choisir les techniques et les exercices qui vous font vraiment plaisir et que vous pouvez facilement intégrer à vos habitudes.

Rituel du matin

2-3 minutes tranquillement au lit après le réveil
Boisson à l'eau chaude et au citron
Toupie tibétaine

Raclage de langue / nettoyage des dents / nettoyage du nez

Exercices de respiration *pranayama* sur les toilettes

Gommage à sec

Douche écossaise

Rapide massage facial avec une crème hydratante plutôt que de l'huile

Petit auto-massage rapide avec de la lotion hydratante pour le corps, bras et jambes seulement.

Dix minutes de marche rapide ou d'exercices de yoga.

Rituel du soir

Exercices de yoga, séance de gym ou longue marche de trente minutes à une heure, cinq-dix minutes de méditation.

Cultiver ses sens

Enfin, nous devons nous occuper de nos cinq sens. Selon le Dr Charles Spence, psychologue expérimental, il faudrait adopter une nouvelle philosophie qu'il appelle le « sensisme » pour améliorer notre bien-être.

Pour lui, il existe une telle confusion entre nos sens que le plupart des gens sont incapables de distinguer une pomme d'un oignon s'ils mangent avec le nez bouché. Pour équilibrer et intégrer nos sens, nous avons donc besoin de les stimuler régulièrement – c'est une sorte de gym sensorielle, si vous voulez.

L'ouïe

Recherchez des sons naturels, comme l'eau qui coule, les feuilles qui bruissent, les oiseaux qui chantent. Efforcez-vous d'être à l'écoute des sons naturels dès que vous le pouvez (éteignez le téléphone portable pour ne pas être dérangée). Ecoutez de belles musiques qui vous inspirent et vous détendent. La musique de fond peut avoir un effet profond sur ce que nous ressentons et la façon dont nous agissons – demandez aux géants de la grande distribution !

La vue

Profitez le plus possible de la lumière du soleil – même si ce n'est que par bribes de cinq minutes – au cours de la journée. Réfléchissez aux couleurs de votre maison et de vos vêtements et à la façon dont elles peuvent affecter votre humeur – rouges énergisants, bleus et verts apaisants. Mangez des aliments hauts en couleur : les nourritures rouges, orange et jaunes sont riches en anti-oxydants.

Le goût

Incorporez les six goûts suivants à votre diète quotidienne afin d'exercer vos papilles gustatives autant que votre corps : *sucré* (dattes), *aigre* (yaourt), *salé* (tamari), *piquant* (gingembre), *amer* (légumes verts à feuilles) et *astringent* (légumes secs).

L'odorat

Si possible, posez un brûleur d'huiles essentielles sur votre bureau. D'après le Dr Spence, l'odeur de l'huile de lavande équilibre et stimule les travailleurs de bureau et les rend plus productifs et efficaces. Elle change même le ton de leur voix, qui devient également plus détendue. 80 % de la saveur d'un aliment provient de son odeur : fermez les yeux et humez les arômes de votre repas la prochaine fois que vous vous mettez à table.

Le toucher

C'est le plus négligé des cinq sens, d'après les études menées par le Dr Spence. Selon lui, nous sommes affamés de toucher et c'est pourquoi nous adorons les massages, autant que pour soulager le stress et les tensions. C'est l'excuse rêvée pour s'en offrir régulièrement, non ?

Le Dr Spence suggère aussi de nous entourer d'objets tactiles et naturels, galets ou bois flottés, à toucher et manier : « L'irrégularité des objets naturels nous attire sans doute parce qu'il y a des milliers d'années, avant que nous évoluions, nous ne touchions que des formes irrégulières. »

... Sans oublier le sixième sens

C'est celui que nous, les femmes, connaissons le mieux et sur lequel nous comptons le plus : l'intuition. Elle sera très bien entretenue si vous pratiquez un peu de méditation ou de relaxation tous les jours, ne serait-ce que cinq minutes. Tout ce qui calme l'esprit, même si ce n'est que fixer un mur en silence, aidera au développement de votre sixième sens.

Votre intuition, je l'espère, vous aidera avec votre famille à rester sur la voie d'une vie plus saine. C'est votre corps, et si vous prenez le temps de l'écouter, il vous dira tout ce que vous devez savoir ! Quoi que vous décidiez, faites en sorte que ce soit bon pour vous. Je sais combien il est facile de croire qu'on n'a pas une minute à soi. Vous déciderez peut-être de ne consacrer que 50 % de votre vie à une santé optimale. Peu importe, à condition que certaines habitudes plus saines vous restent.

Si vous voulez faire une journée de « nettoyage » par semaine, c'est parfait. Si vous mangez du gigot tous les dimanche à déjeuner, c'est très bien aussi – à condition que vous l'accompagniez de plein de légumes ! Quel que soit le régime choisi, faites en sorte de diminuer votre consommation des trois « S » – sel, sucre et stimulants – et d'augmenter celle d'acides gras essentiels en mangeant beaucoup de poissons gras et en buvant un « smoothie » quotidien. Et buvez 2 litres d'eau par jour ! Comme je le disais au début de ce livre, même si vous ne faites rien de plus, vous améliorerez votre santé au long terme plus que vous ne pouvez l'imaginer !

Songez à changer les proportions d'aliments sains et malsains dans votre régime et votre vie, plutôt que de vous priver en permanence et de vous rendre malheureuse. La vie ne devrait pas être un combat ou une suite de privations – elle devrait être variée et pleine de plaisir. Rappelez-vous :

90 % de nutrition optimale + 10 % de ce que vous aimez = une santé parfaite !

J'espère vous avoir fait découvrir la façon de mener une vie équilibrée, afin que votre corps, votre esprit, votre âme, et tous vos sens, soient en meilleure santé bien après la fin du week-end. Si le stress et les toxines recommencent à s'accumuler, prenez à nouveau 48 heures pour parcourir le chemin d'une vie plus saine. Il sera toujours là, devant vous. Maintenant, vous saurez le trouver.

Bonne chance et bonne santé !

Remerciements

Un immense merci à tous les experts qui ont volontiers corroboré mes convictions par leurs propos solides et scientifiquement étayés ; à Louise Moore, Saskia Janssen, Elisabeth Merriman et tout le monde chez Penguin pour leur enthousiasme, leurs encouragements et leurs conseils éditoriaux ; à Janie Hildebrand et Patricia Hagarth pour leurs contributions ; à Barbara Wren du College of Natural Nutrition pour l'inspiration qu'elle m'a procurée ; et à mon agent Ruth Katz, sans laquelle je ne serais jamais arrivée si loin ! Et enfin, un grand merci à Cathy McClure, David Collett, Jill Brett, Martyn Levett, Emma Green, Ruth et Micky, à tous mes amis et à ma famille, qui par leur confiance m'ont aidée à traverser les jours difficiles !

Bien-être, des livres qui vous font du bien

Psychologie, santé, sexualité, vie familiale, diététique... : la collection Bien-être apporte des réponses pratiques et positives à chacun.

Psychologie

Thomas Armstrong

Sept façons d'être plus intelligent - n°7105

Jean-Luc Aubert et Christiane Doubovy

Maman, j'ai peur – Mère anxieuse, enfant anxieux ? - n°7182

Anne Bacus et Christian Romain

Libérez votre créativité ! - n°7124

Anne Bacus-Lindroth

Murmures sur l'essentiel – Conseils de vie d'une mère à ses enfants - n°7225

Simone Barbaras

La rupture pour vivre - n°7185

Martine Barbault et Bernard Duboy

Choisir son prénom, choisir son destin - n°7129

Doctor Barefoot

Le guerrier urbain - n°7359

Deirdre Boyd

Les dépendances - n°7196

Nathaniel Branden

Les six clés de la confiance en soi - n°7091

Sue Breton

La dépression - n°7223

Jack Canfield et Mark Victor Hansen

Bouillon de poulet pour l'âme - n°7155
Bouillon de poulet pour l'âme 2 - n°7241
Bouillon de poulet pour l'âme de la femme *(avec J.R. Hawthorne et M. Shimoff)* - n°7251
Bouillon de poulet pour l'âme au travail - *(avec M. Rogerson, M. Rutte et T. Clauss)* - n°7259

Kristine Carlson

Ne vous noyez pas dans un verre d'eau… à l'usage des femmes - n°7487

Richard Carlson

Ne vous noyez pas dans un verre d'eau - n°7183
Ne vous noyez pas dans un verre d'eau… en famille ! - n°7219
Ne vous noyez pas dans un verre d'eau... en amour ! *(avec Kristine Carlson)* - n° 7243
Ne vous noyez pas dans un verre d'eau... au travail - n° 7264

Steven Carter et Julia Sokol

Ces hommes qui ont peur d'aimer - n°7064

Chérie Carter-Scott

Dix règles pour réussir sa vie - n°7211
Si l'amour est un jeu, en voici les règles - n°6844

Loly Clerc

Je dépense, donc je suis ! - n°7107

Guy Corneau

N'y a-t-il pas d'amour heureux ? - n°7157
La guérison du cœur - n°7244
Victime des autres, bourreau de soi-même - n°7465

Lynne Crawford et Linda Taylor

La timidité - n°7195

Dr Christophe Fauré

Vivre le deuil au jour le jour - n° 7151

Dr Christian Gay et Jean-Alain Génermont

Vivre avec des hauts et des bas - n° 7024

Daniel Goleman

L'intelligence émotionnelle - n° 7130
L'intelligence émotionnelle 2 - n° 7202

John Gray

Les hommes viennent de Mars, les femmes viennent de Vénus - n° 7133
Une nouvelle vie pour Mars et Vénus - n° 7224
Mars et Vénus, les chemins de l'harmonie - n° 7233
Mars et Vénus, 365 jours d'amour - n° 7240
Les enfants viennent du paradis - n° 7261
Mars et Vénus ensemble pour toujours - n° 7284
Mars et Vénus au travail - n° 6872
Mars et Vénus - Petits miracles au quotidien - n° 6930
Mars et Vénus se rencontrent - n° 7360

Marie Haddou

Savoir dire non - n° 7178
Avoir confiance en soi - n° 7245
Halte au surmenage - n° 7278

James Hillman

Le code caché de votre destin - n° 7256
La force du caractère - n° 6477

Evan Imber-Black

Le poids des secrets de famille - n° 7234

Sam Keen

Être un homme - n° 7109
Aimer et être aimé - n° 7262

Dr Barbara Killinger

Accros du boulot - n° 7116

Dr Gérard Leleu

Amour et calories - n° 7139
La fidélité et le couple - n° 7226
L'intimité et le couple - n° 7260
L'écologie de l'amour - n° 7275
L'art de bien dormir à deux - n° 7467

Jean-Claude Liaudet

Dolto expliquée aux parents - n° 7206
La psychanalyse sans complexes - n° 7270
Telle fille, quel père ? - n° 7466

Ursula Markham

Le deuil - n° 7230
Les traumatismes infantiles - n° 7231

Bernard Martino

Le bébé est une personne - n° 7094

Pia Mellody

Vaincre la dépendance - n° 7013

Yannick Noah

Secrets, etc. - n° 7150

Robin Norwood

Ces femmes qui aiment trop – 1 - n° 7020
Ces femmes qui aiment trop – 2 - n° 7095

Armelle Oger

Et si l'on changeait de vie - n° 7258

Dr Xavier Pommereau

Quand l'adolescent va mal - n° 7147

Dr Henri Rubinstein

La dépression masquée - n° 7214

Jacques Salomé

Papa, maman, écoutez-moi vraiment - n° 7112
Apprivoiser la tendresse - n° 7134

Elaine Sheehan

Anxiété, phobies et paniques - n° 7213

Barbara Sher et Barbara Smith
Vous êtes doué et vous ne le savez pas - n° 7141

Nita Tucker
Le grand amour pour la vie - n° 7099

Isabelle Yhuel
Mère et fille, l'amour réconcilié - n° 7161
Quand les femmes rompent - n° 7201

Santé

R. Aron-Brunetière
La beauté et les progrès de la médecine - n° 7006

Joanna Bawa
Santé et ordinateur : le guide quotidien - n° 7207

Dr Martine Boëdec
L'homéopathie au quotidien - n° 7021

Dr Jacques Boulet
Se soigner par l'homéopathie - n° 7165

Julia Buckroyd
Anorexie et boulimie - n° 7191

Dr Jean-Pierre Cahané et Claire de Narbonne
Nourritures essentielles - n° 7168

Chantal Clergeaud
Un ventre plat pour la vie - n° 7136

Bruno Comby
Libérez-vous du tabac ! - n° 7012

Dr Lionel Coudron
Stress, comment l'apprivoiser - n° 7027
Mieux vivre par le yoga - n° 7115

Dr David Élia
Comment rester jeune après 40 ans Version femmes - n° 7111
Le bonheur à 50 ans - n° 7184
50 ans au naturel - n° 6828

Pierre Fluchaire
Bien dormir pour mieux vivre - n° 7005
Plus jamais fatigué ! - n° 7015

Claire Fontaine
Vivre ! - n° 7218

Dr Pierrick Hordé
Allergies, le nouveau fléau ? - n° 7248

Arthur Janov
Le corps se souvient - n° 7257

Chris Jarmey
Le shiatsu - n° 7242

Dr Michel Lecendreux
Le sommeil - n° 7280

Dr Gérard Leleu
Le traité du plaisir - n° 7093

Claudie Lepage
Le nouvel âge d'or de la femme - n° 7274

Maurice Mességué
C'est la nature qui a raison - n° 7028

Dr Sylvain Mimoun
Des maux pour le dire - n° 7135

Peter Mole
L'acupuncture - n° 7189

Paule Neyrat
Les vertus des aliments - n° 7265

Lionelle Nugon-Baudon et Évelyne Lhoste
Maisons toxiques - n° 7229

Pierre et Florence Pallardy
La forme naturelle - n° 7007

Jean-Yves Pecollo
La sophrologie - n° 3314
La sophrologie au quotidien - n° 7101

Vicki Pitman
La phytothérapie - n° 7212

Jocelyne de Rotrou
La mémoire en pleine forme - n° 7087
La tête en pleine forme - n° 7199

Josette et Vincent Rousselet-Blanc
Les remèdes de grands-mères - n° 7272

Dr Hubert Sacksick
Les hormones - n° 7205

Jon Sandifer
L'acupression - n° 7204

Béatrice Sauvageot et Jean Métellus
Vive la dyslexie ! - n° 7073

Debbie Shapiro
L'intelligence du corps - n° 7208

Sidra Shaukat
La beauté au naturel - n° 7222

Rochelle Simmons
Le stress - n° 7190

André Van Lysebeth
J'apprends le yoga - n° 7197

Dr Andrew Weil
Huit semaines pour retrouver une bonne santé - n° 7193
Le corps médecin - n° 7210
Le guide essentiel de la diététique et de la santé - n° 7269

Diététique

Marie Binet et Roseline Jadfard
Trois assiettes et un bébé - n° 7113

Julie Bocage
Mince toute l'année - n° 7488

Dr Alain Bondil et Marion Kaplan
Votre alimentation - n° 7010
L'âge d'or de votre corps - n° 7108

André Burckel
Les bienfaits du régime crétois - n° 7247

Dr Jean-Michel Cohen
Savoir maigrir - n° 7266
Au bonheur de maigrir - n° 6893

Sonia Dubois
Maigrissons ensemble ! - n° 7120
Restons minces ensemble ! - n° 7187
À chacun son régime ! - n° 7512

Dr Pierre Dukan
Je ne sais pas maigrir - n° 7246

Annie Hubert
Pourquoi les Eskimos n'ont pas de cholestérol - n° 7125

Dr Catherine Kousmine
Sauvez votre corps ! - n° 7029

Linda Lazarides
Le régime anti-rétention d'eau - n° 6892

Marianne Leconte
Maigrir - Le nouveau bon sens - n° 7221

Colette Lefort
Maigrir à volonté - n° 7003

Michelle Joy Levine
Le choix de la minceur - n° 7267

Michel Montignac
Je mange donc je maigris... et je reste mince ! - n° 7030
Recettes et menus Montignac - n° 7079
Recettes et menus Montignac 2 - n° 7164
Comment maigrir en faisant des repas d'affaires - n° 7090
La méthode Montignac Spécial Femme - n° 7104
Mettez un turbo dans votre assiette - n° 7117
Je cuisine Montignac - n° 7121
Restez jeune en mangeant mieux - n° 7137
Boire du vin pour rester en bonne santé - n° 7188

Lionelle Nugon-Baudon

Toxic-bouffe - Le dico - n° 7216

Dr Philippe Peltriaux et Monique Cabré

Maigrir avec la méthode Peltriaux - n° 7156

Nathalie Simon

Mangez beau, mangez forme - n° 7126

Sexualité

Régine Dumay

Comment bien faire l'amour à une femme - n° 7227

Comment bien faire l'amour à un homme - n° 7239

Céline Gérent

Savoir vivre sa sexualité - n° 7014

John Gray

Mars et Vénus sous la couette - n° 7194

Shere Hite

Le nouveau rapport Hite - n° 7294

Dr Barbara Keesling

Comment faire l'amour toute la nuit - n° 7140

Le plaisir sexuel - n° 7170

Brigitte Lahaie

Les chemins du mieux-aimer - n° 7128

Dr Gérard Leleu

Le traité des caresses - n° 7004

Le traité du désir - n° 7176

Dagmar O'Connor

Comment faire l'amour à la même personne... pour le reste de votre vie - n° 7102

Jean Paccalin

Une pilule nommée désir - n° 7180

Isabelle Yhuel

Les femmes et leur plaisir - n° 7268

Vie familiale

Edwige Antier

J'aide mon enfant à se concentrer - n° 7232

L'enfant de l'Autre - n° 7250

Éloge des mères - n° 7283

Confidences de parents - n° 7293

Françoise Civeyrel

Consommez bien. Dépensez mieux - n° 7098

Brigitte-Fanny Cohen

Un bébé mais pas à tout prix - n° 6859

Dr Julien Cohen-Solal

Comprendre et soigner son enfant – I - n° 7096

Comprendre et soigner son enfant – II - n° 7097

Être heureux à l'école ? - n° 7173

Les deux premières années de la vie - n° 7203

Carolyn Pape Cowan et Philip A. Cowan

1+1 = 3 - n° 7065

Shakuntala Devi

Éveillez le génie qui est en votre enfant - n° 7277

Brigitte Hemmerlin

Maman Solo - n° 7100

Tracy Hogg

Les secrets d'une charmeuse de bébés - n° 6970

Harry Ifergan et Rica Etienne

6-12 ans, l'âge incertain - n° 6478

Mais qu'est-ce qu'il a dans la tête ? - n° 7271

Vicki Iovine
Grossesse, le guide des copines - n° 7176

Pr Philippe Jeammet
L'adolescence - n° 6971

Hélène de Leersnyder
Laissez-les faire des bêtises - n° 7106

Élisabeth Lesne
Papa, maman, on m'a traité de gros - n° 7511

Gerry Marino et Francine Fortier
La nouvelle famille - n° 7122

Bernard Martino
Le bébé est un combat - n° 7181

Heather Noah
S'épanouir en attendant bébé - n° 7252

Nancy Samalin
Savoir l'entendre, savoir l'aimer - n° 7062
Conflits parents-enfants - n° 7198

Chantal de Truchis-Leneveu
L'éveil de votre enfant - n° 7146

Paul Wilson et Tania Wilson
Mère calme enfant calme - n° 7330

Cuisine

Flore Andreis-Caubet
La cuisine provençale d'aujourd'hui - n° 6832

Paul Bocuse
Bocuse dans votre cuisine - n° 7145

Jean-Pierre Coffe
Comme à la maison –1 - n° 7148
Comme à la maison –2 - n° 7177
Le marché - n° 7154
Au bonheur des fruits - n° 7163

Christine Ferber
Mes confitures *(édition augmentée)* - n° 6162
Mes tartes sucrées et salées - n° 7186
Mes aigres-doux, terrines et pâtés - n° 7237

Nadira Hefied
130 recettes traditionnelles du Maghreb - n° 7174

Peta Mathias
Fêtes gourmandes - n° 720

Christian Parra
Mon cochon de la tête aux pieds - n° 7238

Jean-Noël Rio
Je ne sais pas cuisiner - n° 7273

Marie Rouanet
Petit traité romanesque de cuisins - n° 7159

Denise Verhoye
Les recettes de Mamie - n° 7209

Harmonies

Karen Christensen
La maison écologique - n° 7152

Lama Surya Das
Éveillez votre spiritualité - n° 7281

Karen Kingston
L'harmonie de la maison par le Feng Shui - n° 7158

Philip Martin
La voie zen pour vaincre la dépression - n° 7263

Pratima Raichur et Marian Cohn
La beauté absolue - n° 6929

Jane Thurnell-Read
Les harmonies magnétiques - n° 7228

Jean Vernette et Claire Moncelon
Les nouvelles thérapies - n° 7220

Richard Webster
Le Feng Shui au quotidien - n° 7254

Christine Wildwood
L'aromathérapie - n° 7192

Paul Wilson
Le principe du calme - n° 7249
Le grand livre du calme – La méthode - n° 7249
Le grand livre du calme – Au travail - n° 7276

Nature et loisirs

Sonia Dubois
La couture - n° 7144

John Fisher
Comprendre et soigner son chien - n° 7160

Daniel Gelin
Le jardin facile - n° 7143

Louis Giordano
Aux jardiniers débutants : 500 conseils et astuces - n° 7215

Marjorie Harris
Un jardin pour l'âme - n° 7149

Jean-Marie Pelt
Des fruits - n° 7169
Des légumes - n° 7217

Roger Tabor
Comprendre son chat - n° 7153

Bienêtre

7559

Composition IGS
Achevé d'imprimer en France (Manchecourt)
par Maury-Eurolivres
le 3 février 2005.
Dépôt légal février 2005. ISBN 2-290-34283-1

Éditions J'ai lu
84, rue de Grenelle, 75007 Paris
Diffusion France et étranger : Flammarion